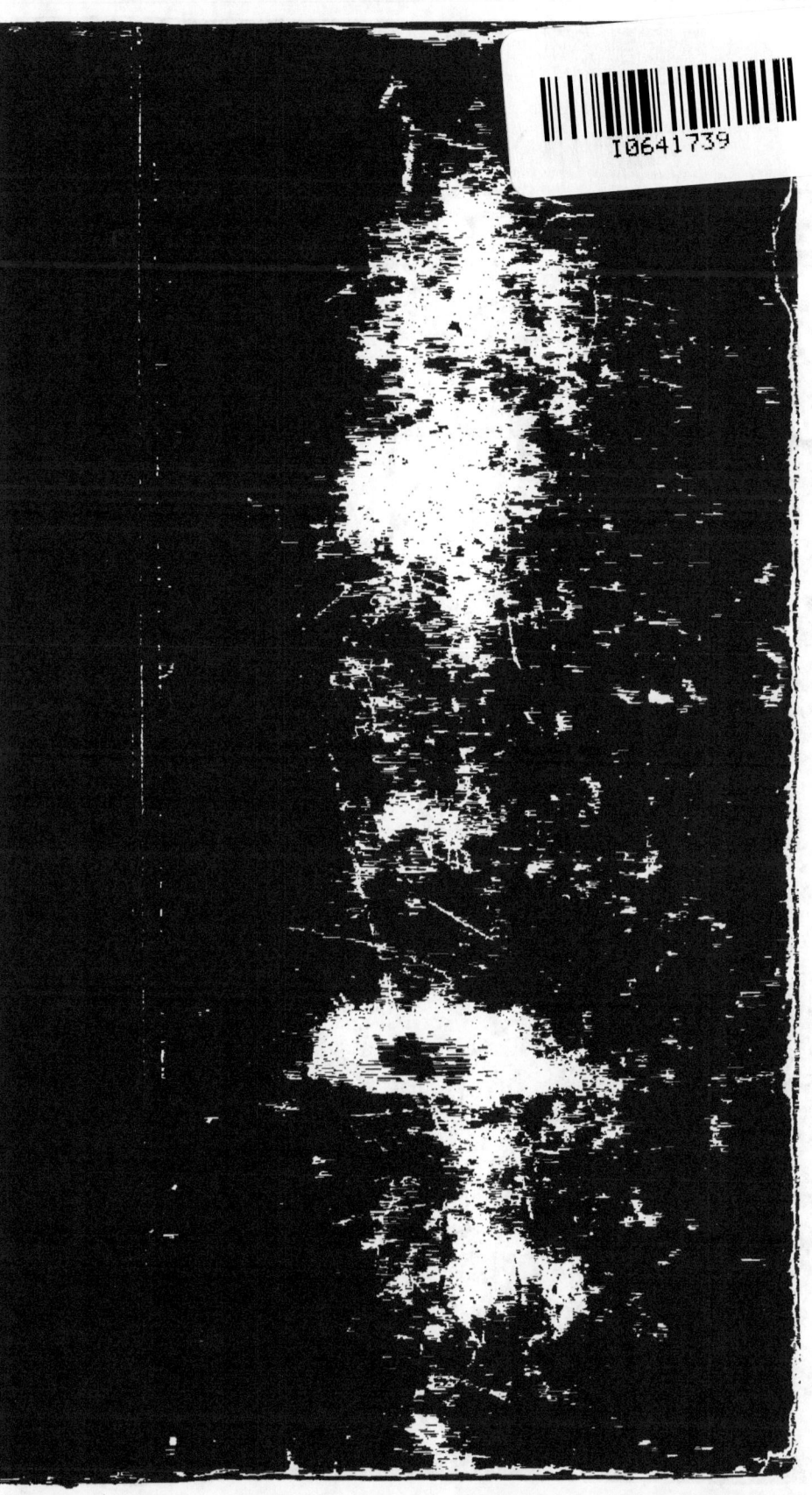

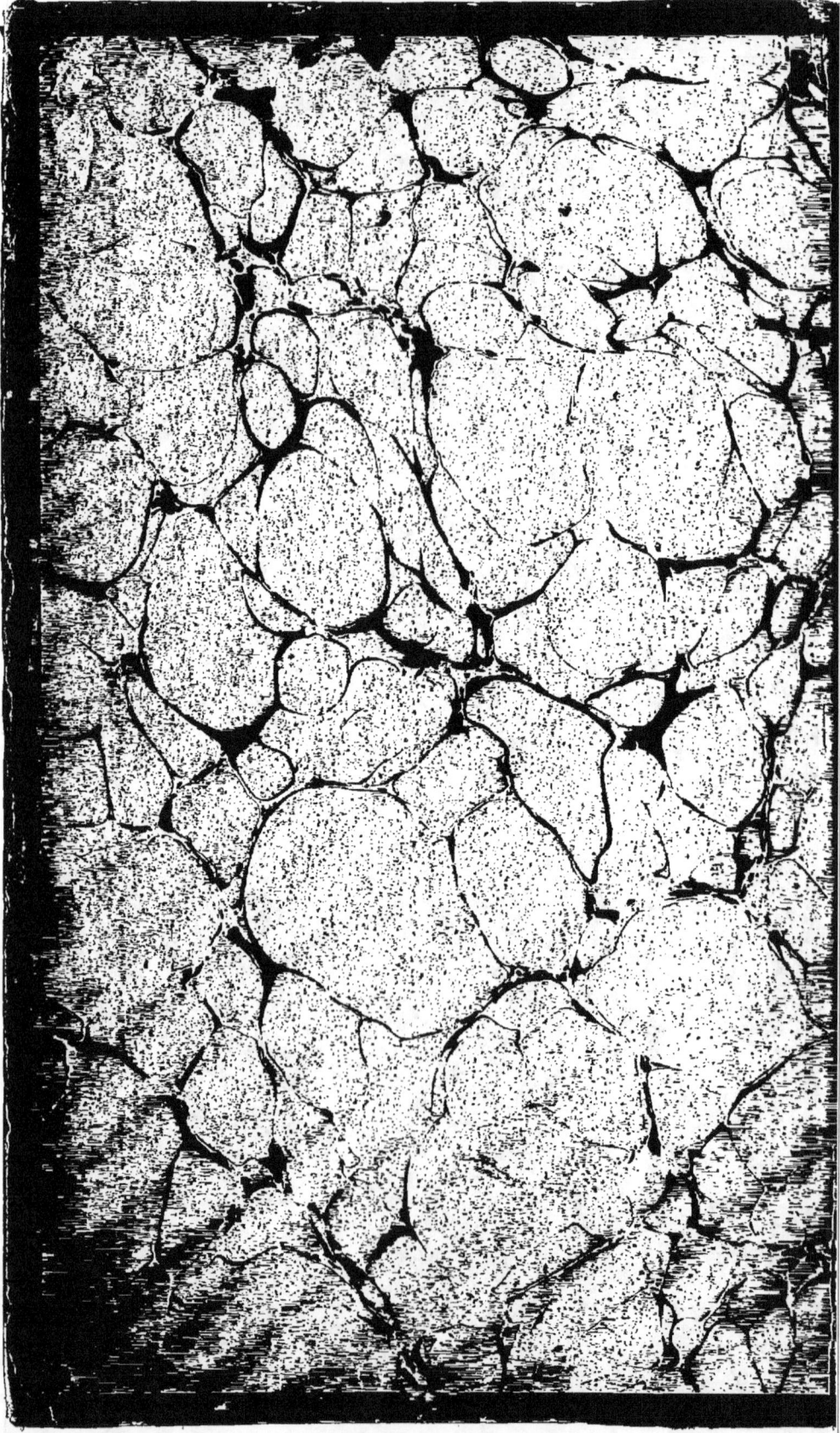

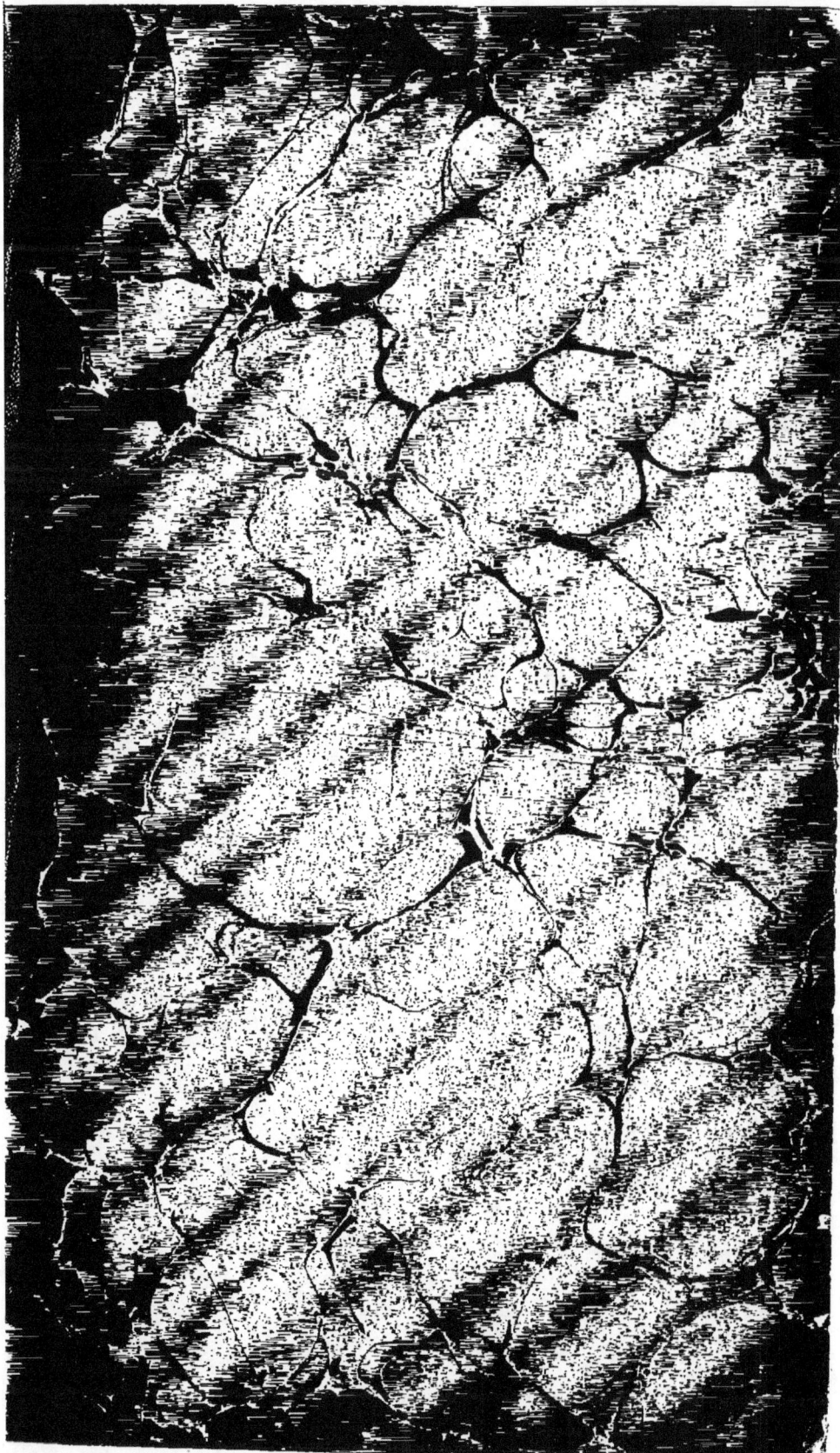

LETTRES

DE

BENJAMIN CONSTANT

PARIS. — IMPRIMERIE ÉMILE MARTINET, RUE MIGNON, 2.

LETTRES

DE

BENJAMIN CONSTANT

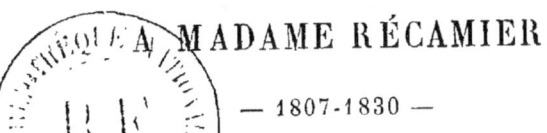 MADAME RÉCAMIER

— 1807-1830 —

PUBLIÉES

PAR L'AUTEUR DES SOUVENIRS DE Mme RÉCAMIER

PARIS

CALMANN LÉVY, ÉDITEUR

ANCIENNE MAISON MICHEL LÉVY FRÈRES

3, RUE AUBER, 3

—

1882

PRÉFACE

Les lettres que nous publions aujourd'hui on été l'occasion d'un procès qui eut un certain retentissement, car il donna lieu à un arrêt de la cour d'appel de Paris établissant la jurisprudence en matière de publication de correspondances, arrêt qui depuis a été souvent invoqué.

Madame Récamier, enlevée à l'affection de sa famille et de ses amis, venait de succomber en quelques heures, le 13 mai 1849, à une attaque de choléra. Peu de semaines après ce cruel événement et alors que l'impression qu'il avait causée était encore très vive, on annonçait la publication dans le feuilleton de *la Presse* des lettres de Benjamin Constant à madame Récamier.

Les deux familles, justement blessées de ce qu'une telle publication dans ces conditions et en pareille circonstance avait d'inconvenant, s'opposèrent de concert à sa réalisation. La famille du célèbre publiciste était représentée par la baronne d'Estournelles, sœur de Benjamin Constant, et celle de madame Récamier par sa nièce et légataire universelle, madame Charles Lenormant, entre les mains de qui se trouvaient et sont encore toutes les lettres autographes de Benjamin Constant.

Un jugement du tribunal de première instance du 14 août 1859 et un arrêt de la cour d'appel du 20 décembre 1850 leur donnèrent gain de cause et ordonnèrent la restitution à madame Lenormant de la copie des soixante-seize lettres dont on prétendait se servir pour la publication.

Nous ferons remarquer que le directeur de *la Presse*, qui avait cru au droit de publication de la personne qui lui avait offert ces lettres, édifié par les débats de première instance, se refusa à aller en appel. M. Émile de Girardin avait été reçu à

l'Abbaye-aux-Bois avec sa belle et spirituelle com-
pagne Delphine Gay; le souvenir qu'il conservait
de ses relations avec madame Récamier lui dicta
sans doute ce refus. Dix ans plus tard, au grand
étonnement des parties qui avaient obtenu l'arrêt
interdisant la publication, et au mépris des termes
formels de cet arrêt, une nouvelle tentative de
publication eut lieu de la part de la même personne que la première fois; mais il suffit d'une
ordonnance de référé se fondant sur la décision
antérieure de la cour, pour faire saisir et détruire
l'édition prête à être mise en vente.

L'interdiction que les deux familles avaient opposée en 1849 à la publication des lettres de Benjamin Constant à madame Récamier n'était nulle-
ment fondée sur la crainte que cette publication
ne nuisit à la mémoire ou de celui qui les avait
écrites ou de celle à qui elles étaient adressées.
Loin de là. Mais, faite sous forme de feuilleton,
à l'insu des deux familles et au lendemain de la
mort de madame Récamier, cette publication manquait aux plus vulgaires convenances. Elle bles-

sait tous les sentiments de respect que méritaient deux noms illustres.

Maintenant qu'un demi-siècle s'est écoulé depuis la mort de Benjamin Constant, que trente-deux ans nous séparent du jour qui vit disparaître la belle et noble femme dont le souvenir demeure entouré d'une auréole de pureté, nous avons cru le moment venu de faire connaître au public des lettres qui aideront à mieux juger le caractère trop souvent méconnu d'un homme dont le talent a toujours servi à la défense de la liberté.

On a beaucoup écrit sur l'éminent publiciste. M. Laboulaye, esprit aussi élevé que vraiment libéral, dans la très remarquable introduction qu'il a mise en tête des écrits politiques de Benjamin Constant, a fait ressortir de ces ouvrages les doctrines d'un gouvernement libre. Loeve-Veimars dans la *Revue des Deux Mondes*, Sainte-Beuve dans cinq articles successifs de ses *Nouveaux Lundis*, ont fort diversement apprécié et discuté le caractère et le talent de Benjamin Constant.

M. de Loménie, dans sa *Galerie des contemporains illustres*, lui a consacré un travail étendu. Bien jeune alors, le futur académicien nous semble y avoir porté un jugement complet, aussi juste que ferme et sympathique. Il a pénétré et fait comprendre avec une grande finesse les côtés élevés et les parties faibles du tempérament impétueux et mobile de l'auteur d'*Adolphe,* en même temps que, avec toute la verve de la jeunesse, il nous fait voir l'orateur à la tribune, apprécie l'écrivain et pèse les actes de sa vie avec une impartiale maturité.

Le lecteur nous saura gré, et nous avons été heureux d'obtenir de la famille de M. de Loménie l'autorisation de reproduire cette excellente notice. Nous n'y ajouterons que peu de lignes et uniquement pour préciser les circonstances générales et particulières qui servirent de cadre et d'occasion à la correspondance que nous publions.

Ce fut chez madame de Staël que Benjamin Constant connut madame Récamier. Durant plusieurs

années, des relations plus fréquentes qu'intimes
l'amenèrent souvent le soir chez la jeune et belle
amie de madame de Staël, pendant les séjours qu'il
faisait à Paris. Mais, en 1806, madame Récamier
ayant passé deux mois de suite à Coppet, Benjamin
Constant l'apprécia mieux en vivant à côté d'elle
dans l'enivrante existence que créaient à ses
amis et à ses hôtes l'esprit éblouissant et la bonté
de madame de Staël. Néanmoins, madame Récamier, confidente et souvent témoin des scènes
orageuses qui parfois troublaient les échos de
ces beaux lieux, n'était pour Benjamin Constant
que l'objet d'une admiration fort à distance. La
première lettre qu'il lui adresse est datée de
1807.

Ce n'est qu'en 1814 que commence entre eux
une correspondance suivie. A ce moment, le
premier Empire est tombé. Napoléon est à l'île
d'Elbe. Les souverains qui ont formé la Sainte-Alliance, réunis en Congrès à Vienne, y discutent et
doivent y régler le sort du monde.

Benjamin Constant, marié en 1808 à mademoi-

selle Charlotte de Hardenberg, est récemment
revenu en France après plusieurs années passées
en Allemagne, où il a laissé sa femme.

Madame Récamier rentre à Paris après trois ans
d'un exil dont elle n'a jamais demandé la révo-
cation.

Madame de Staël l'a précédée de quelques
semaines. Elle revient usée par dix années d'une
lutte héroïque contre le despotisme impérial,
mais en possession d'un talent mûri et d'une célé-
brité européenne.

Le maintien des souverainetés fondées par Napoléon allait se discuter au Congrès de Vienne.
Murat craignait d'être dépossédé de son beau
royaume de Naples. La reine Caroline, sa femme,
écrivit à madame Récamier pour la prier de ui
indiquer un publiciste renommé auquel pût être
confiée la rédaction d'un mémoire dans lequel les
droits de Murat seraient défendus. La pensée de
madame Récamier ne pouvait guère se porter que
sur Benjamin Constant. Tout le désignait en effet :
son talent et sa réputation littéraire, son brillant

esprit, le rang éminent qu'il occupait parmi les écrivains politiques, enfin ses anciennes relations avec madame de Staël, et, par elle, avec la plupart des diplomates français ou étrangers.

Madame Récamier exilée, arrivant à Naples en 1813, avait reçu du roi Joachim et de la reine sa femme l'accueil le plus aimable et le plus cordial. Elle en conservait une vive reconnaissance et fut heureuse de trouver une occasion de la leur témoigner.

Elle s'empressa d'inviter Benjamin Constant à passer chez elle : c'était à la fin d'août. Il vint, il eut avec elle une très longue conversation. Ils s'entretinrent d'abord des destinées d'un royaume, puis d'anciens et chers souvenirs : mais lui, tandis qu'elle lui parlait, oubliant les graves intérêts politiques en question, ne voyait plus que celle dont la douce voix le pénétrait tout entier.

Le sentiment qu'il conçut à partir de ce jour pour madame Récamier prit sur lui un empire étrange, absolu : dix-huit mois de rigueurs mêlées à un sincère intérêt eurent grand'peine à l'en

guérir, et, comme il l'écrivait plus tard, *à le réduire à l'amitié.* Les lettres qu'on lira dans ce
volume sont l'expression de cette passion, la dernière et non pas la moins vive de celles qui ont
ravagé la vie de Benjamin Constant.

NOTICE

SUR

BENJAMIN CONSTANT

PAR

L. DE LOMÉNIE
de l'Académie française

Henri-Benjamin Constant de Rebecque naquit à Lausanne le 25 octobre 1767, d'une famille originaire d'Aire en Artois et dont l'illustration remonte à plusieurs siècles. Ses aïeux étaient de vaillants soldats qui servirent successivement les ducs de Bourgogne et l'empereur Charles-Quint.

Vers le milieu du xvie siècle, l'un d'entre eux, Antoine Constant de Rebecque, après avoir embrassé la religion protestante, quitta l'Artois, alors province espagnole, pour venir en France se ranger sous les drapeaux du parti huguenot, conduit par le roi de Navarre, depuis Henri IV. A la bataille de Coutras, le Béarnais, engagé dans la mêlée et assailli par plusieurs ennemis, allait périr : « Il fut, dit un historien, sur le point d'être tué par un gendarme, qui le frappa plusieurs fois pendant qu'il tenait Châtellerault embrassé. Le capitaine Constant sauva le prince en tuant le gendarme. » Dans cette même bataille de Coutras figurait, aux premiers rangs de l'armée, un pasteur huguenot nommé Antoine de Chandieu, qui avait ajouté à son nom le surnom biblique de Sadeël, et, tandis que le brave capitaine de l'Artois combattait avec l'épée, le pasteur Sadeël, les bras au ciel comme Moïse, animait les courages en chantant des psaumes. Le sang de ce pasteur et le sang de ce capitaine devaient s'unir, deux siècles plus tard, pour produire Benjamin Constant; car sa mère, Henriette de Chandieu, descendait en ligne directe du ministre Sadeël.

Il paraît, d'après les Mémoires de Sully, qu'après l'abjuration d'Henri IV, le capitaine Constant fut un des chefs du protestantisme qui formèrent le projet de transformer la France en république. La découverte de ce complot, les dangers auxquels elle l'exposait, le décidèrent à s'expatrier en 1605 et à se retirer en Suisse. Il se fixa à Lausanne, où il devint la souche d'une famille nombreuse, dont les membres occupèrent un rang distingué, les uns au service de la France, les autres de la Hollande.

Un des oncles de Benjamin Constant, devenu plus tard lieutenant-général dans l'armée hollandaise, était un des officiers suisses qui défendirent les Tuileries au 10 août. Son père, Just-Louis Constant de Rebecque, était, au moment de la naissance de Benjamin, capitaine au service des États généraux. Sa mère, d'une complexion frêle et délicate, mourut en lui donnant le jour, et son enfance fut privée des soins maternels, que rien ne remplace.

Il a tracé dans *Adolphe* un portrait qui, à en juger par d'autres témoignages plus sûrs, s'applique assez bien à son père, et il a décrit avec non moins de vérité l'influence que le caractère de son père exerça sur sa propre nature.

« Sa conduite envers moi était plutôt noble et généreuse que tendre. J'étais pénétré de tous ses droits à ma reconnaissance et à mon respect, mais aucune confiance n'avait existé jamais entre nous. Il avait dans l'esprit je ne sais quoi d'ironique qui convenait mal à mon caractère (Benjamin Constant n'avait lui-même que trop hérité de cette disposition d'esprit); je ne demandais alors qu'à me livrer à ces impressions primitives et fougueuses qui jettent l'âme hors de la sphère commune et lui inspirent le dédain de tous les objets qui l'environnent. Je trouvais dans mon père, non pas un censeur, mais un observateur froid et caustique qui souriait d'abord de pitié et qui finissait bientôt la conversation avec impatience... Ses lettres étaient affectueuses, pleines de conseils raisonnables, sensibles, mais à peine étions-nous en présence l'un de l'autre qu'il y avait en lui quelque chose de contraint que je ne pouvais m'expliquer et qui réagissait sur moi d'une manière pénible... Je ne savais pas que, même avec son fils, mon père était timide, et que souvent, après avoir longtemps attendu de moi quelques témoignages d'affection que sa froideur apparente semblait m'interdire, il me quittait les yeux mouillés de larmes et se plaignait à d'autres de ce que je ne l'aimais pas.

» Ma contrainte avec lui eut une grande influence sur mon caractère : timide autant que lui, mais plus agité parce que j'étais plus jeune, je m'accoutumais à ren-

fermer en moi-même tout ce que j'éprouvais; à considérer les avis, l'intérêt, l'assistance, la présence même
des autres, comme une gêne et un obstacle, à ne me
soumettre à la conversation que comme à une nécessité
importune, et à l'animer alors par une plaisanterie perpétuelle qui me la rendait moins fatigante et m'aidait
à cacher mes véritables pensées; de là une certaine
absence d'abandon qu'aujourd'hui encore mes amis me
reprochent et une difficulté de causer sérieusement
que j'ai toujours peine à surmonter. Il en résulta en
même temps un désir ardent d'indépendance et une
grande impatience des liens dont j'étais environné... »

Élevé jusqu'à l'âge de douze ans dans la maison pa-
ternelle, Benjamin Constant eut une croissance de
corps, d'esprit et de cœur d'une rapidité et d'une pré-
cocité étonnantes. On a de lui une lettre à sa grand'-
mère écrite à douze ans, de Bruxelles, où il se trouvait
avec son gouverneur, qui semble incroyable [1], tant ell
est fine, et dont cependant le tour naïf annonce l'enfant,
en même temps que la pensée témoigne en faveur de la
bonté native de ce cœur si souvent accusé de séche-
resse. Je voudrais pouvoir la citer tout entière; en
voici la plus grande partie :

« Bruxelles, 10 novembre 1778.

» J'avais perdu toute espérance, ma chère grand'-
mère; je croyais que vous ne vous souveniez plus de

1. L'autographe de cette lettre, dont Sainte-Beuve a mis en
doute l'authenticité, existe à la bibliothèque de Genève.

moi et que vous ne m'aimiez plus. Votre lettre si bonne
est venue très à propos dissiper mon chagrin; car
j'avais le cœur bien serré. Votre silence m'avait fait
perdre le goût de tout, et je ne trouvais plus aucun
plaisir à mes occupations, parce que, dans tout ce que
je fais, j'ai le but de vous plaire, et, dès que vous ne
vous souciiez plus de moi, il était inutile que je m'applique. Je disais: « Ce sont mes cousins qui sont auprès
» de ma grand'mère qui m'effacent de son souvenir. Il
» est trop vrai qu'ils sont aimables, qu'ils sont colonels,
» capitaines, etc., et moi, je ne suis rien encore. Cepen-
» dant je l'aime et la chéris autant qu'eux ! » Vous voyez,
ma chère grand'mère, tout le mal que votre silence
m'a fait; ainsi, si vous vous intéressez à mes progrès,
si vous voulez que je devienne aimable, savant, faites-
moi écrire quelquefois et surtout aimez-moi malgré
mes défauts; vous me donnerez du courage et des
forces pour m'en corriger.

» Il ne me manque que des marques de votre amitié,
et j'ai en abondance tous les autres secours; j'ai le
bonheur qu'on n'épargne ni les soins ni l'argent pour
cultiver mes talents si j'en ai, ou pour y suppléer par
des connaissances.

» Je voudrais bien pouvoir vous dire de moi quelque
chose de bien satisfaisant, mais je crains que tout se
borne au physique; je me porte bien et je grandis
beaucoup : vous me direz que, si c'est tout, il ne vaut
pas la peine de vivre; je le pense aussi, mais mon
étourderie renverse tous mes projets. Je voudrais qu'on
pût empêcher mon sang de circuler avec tant de rapi-

dité et lui donner une marche plus cadencée. J'ai essayé si la musique pourrait faire cet effet : je joue des *adagio*, des *largo*, qui endormiraient trente cardinaux; les premières mesures vont bien, mais je ne sais par quelle magie, les airs si lents finissent toujours par devenir des *prestissimo*. Il en est de même de la danse : le menuet se termine toujours par quelques gambades. Je crois, ma chère grand'mère, que le mal est incurable et qu'il résistera à la raison même. Je devrais en avoir quelque étincelle, car j'ai douze ans et quelques jours; cependant je ne m'aperçois pas de son empire. Si son aurore est si faible, que sera-t-elle à vingt-cinq ans?

» Savez-vous, ma chère grand'mère, que je vais dans le grand monde deux fois par semaine? J'ai un bel habit, une épée, mon chapeau sous le bras, une main sur la poitrine, l'autre sur la hanche : je me tiens bien droit et je fais le grand garçon tant que je puis. Je vois, j'écoute, et, jusqu'à ce moment, je n'envie pas les plaisirs du grand monde : ils ont tous l'air de ne pas s'aimer beaucoup. Cependant le jeu et l'or que je vois rouler me causent quelque émotion. Je voudrais gagner pour mille besoins que l'on traite de fantaisies...

» Malgré tous les plaisirs que je me propose, je préférerais de passer quelques moments avec vous, ma chère grand'mère ; ce plaisir me va au cœur, il me rend heureux, il m'est utile ; les autres ne passent pas les yeux et les oreilles, et ils laissent un vide que je n'éprouve pas lorsque j'ai été avec vous... »

Vers cette même époque, Benjamin Constant fut conduit par son père en Angleterre et placé à l'université d'Oxford; il y séjourna peu, mais assez cependant pour apprendre à fond la langue anglaise. Ses études se continuèrent en Allemagne, à l'université d'Erlangen, et se complétèrent à Édimbourg, où il fut le condisciple et l'ami des Mackintosh, des Erskine, des Graham, de tous ces jeunes whigs studieux et ardents qui devaient un jour devenir les hommes les plus distingués de l'Angleterre. C'est sans doute par suite de ce contact et de l'émulation qu'il excitait que Benjamin Constant sentit se développer de bonne heure en lui le goût et l'instinct de la liberté politique, et cet amour si vif de l'étude, cet impérieux besoin de travail intellectuel qui ne le quitta jamais au milieu des entraînements de sa vie si agitée et si fougueuse.

Ses études terminées, il arrive à Paris au commencement de 1787, pour assister au prologue de la révolution française. Il avait alors vingt ans. Recommandé à la famille Necker et à M. Suard, dans la maison duquel il logeait, il fréquente la société des philosophes, suit les cours de La Harpe au Lycée, observe en curieux la fermentation des esprits, et en même temps se livre à toutes les dissipations de son âge.

« Je serais bien aise, écrit-il quelques années plus tard, de revoir Paris; et je me repens fort, quand j'y pense, d'avoir fait un si sot usage, quand j'y étais, de mon temps, de mon argent et de ma santé... Je suis peut-être aussi sot à présent; mais au moins je ne me pique plus de veiller, de jouer, de me ruiner et d'être malade, le jour, des excès de la nuit. »

Durant ce premier séjour, il ne vit pas madame de

Staël, qui était, je crois absente. Du reste, ce séjour fut court; au bout de quelques mois, son père, informé de ses fredaines, mécontent de le voir gaspiller sa vie sans but, et désirant qu'il s'occupât sérieusement d'embrasser un état, lui ordonna de quitter Paris et de venir le rejoindre à Bois-le-Duc, où il tenait alors garnison. L'ordre arrive ʾau moment où Benjamin Constant, amoureux d'une jeune personne qu'il recherchait en mariage et qui l'avait à peu près éconduit, se livrait à un de ces accès de désespoir qui seront fréquents dans sa vie.

« Je me représentais, moi, pauvre diable, ayant manqué tous mes projets, ennuyé, plus malheureux, plus fatigué que jamais de ma triste vie. Je me figurais ce pauvre père trompé dans toutes ses espérances... j'étais abattu, je souffrais, je pleurais... une idée folle me vint, je me dis : « Partons, vivons seul; ne faisons plus le malheur d'un père et l'ennui de personne. »

« Ma tête était montée, je ramasse à la hâte trois chemises et quelques bas... Un sellier, qui demeurait vis-à-vis, me loue une chaise de poste; je fais demander des chevaux pour Amiens, je m'enferme dans ma chaise avec mes trois chemises, une paire de pantouffles et trente et un louis en poche. Je vais ventre à terre; en vingt heures, je fais soixante neuf lieues, j'arrive à Calais, je m'embarque, j'arrive à Douvres et je me réveille comme d'un songe. Mon père irrité, mes amis confondus, les indifférents clabaudant à qui mieux mieux; moi, seul avec quinze guinées, sans domestique, sans habit, sans chemises sans recommandations. Voilà ma situation, madame, au moment où je vous écris. · »

C'est par ce récit que s'ouvre la correspondance avec madame de Charrière, publiée par M. Sainte-Beuve. Cette dame, Hollandaise d'origine, mais mariée et établie en Suisse, auteur de plusieurs romans et de différentes brochures, avait alors au moins quarante-cinq ans.

Elle fut, comme dit Sainte-Beuve, la première *marraine de ce Chérubin* déjà quelque peu émancipé. Benjamin Constant nous en a donné dans *Adolphe* un portrait un peu arrangé, quand il parle d'une femme âgée, dont l'esprit d'une tournure remarquable et bizarre avait commencé à développer le sien ; d'une femme qui, faute de s'être pliée à des convenances factices mais nécessaires, avait vu ses espérances trompées, sa jeunesse passer sans plaisirs ; que la vieillesse avait atteinte sans la soumettre, et qui, n'ayant plus que son esprit pour ressource, analysait tout avec son esprit, et lui avait enseigné l'horreur des maximes communes, des formules dogmatiques. Ce qui veut dire, en prose, que madame de Charrière était une personne fort paradoxale, point méchante, passablement sceptique et plus spirituelle que sensible.

Au retour de son équipée d'Angleterre, B. Constant se rend à Lausanne, où son père le gronde et lui pardonne, à la condition qu'il accepte une place de gentilhomme ordinaire qu'il a obtenue pour lui à la petite cour du duc de Brunswick. Il passe ensuite deux mois à Colombier, auprès de madame de Charrière, d'où il part tristement pour aller remplir son rôle de gentilhomme ordinaire ou

plutôt *fort extraordinaire*, comme il dit. Il le remplit
très mal, s'ennuie prodigieusement, se venge de son ennui en se moquant de ceux qui le causent, et, tout en
s'ennuyant, tout en travaillant à son ouvrage sur les religions qu'il médite déjà, il finit par se prendre d'une
belle passion pour une jeune personne attachée à la duchesse régnante, et il l'épouse en 1789.

Deux ans s'étaient à peine écoulés et déjà le bonheur rêvé n'était plus qu'un enfer... Le divorce rompit
cette chaîne, mais le séjour de Brunswick lui devint
odieux. Démocrate et moqueur, il sut se faire détester
doublement par ce qu'il appelle la *Béotie brunswickoise*.
Les secousses qui agitent l'Europe éveillent en lui le dé-
mon de l'ambition : il lui faut une patrie, une patrie
qui vaille la peine d'être servie; c'est la vieille patrie
de ses pères, c'est la France qu'il choisira. Il jette aux
orties son habit brodé de chambellan, retourne d'abord
en Suisse, et y rencontre pour la première fois, le 19 septembre 1794, madame de Staël. Elle produit en lui un
vif enthousiasme : « J'ai rarement vu, dit-il, une réunion pareille de qualités étonnantes et attrayantes, autant de brillant et de justesse, tant de charme, de simplicité, d'abandon... Enfin c'est un être à part, un être
supérieur, tel qu'il s'en rencontre peut-être un par
siècle ; et tel que ceux qui l'approchent, le connaissent
et sont ses amis, doivent ne pas exiger d'autre bonheur. »

Bientôt saisi du désir d'être grand pour être aimé
d'une femme supérieure, Benjamin Constant part pour
Paris (en 1795). Il y avait alors dans les esprits les plus
distingués et les plus honnêtes de France, tels que Dau-

nou, Lanjuinais, Boissy-d'Anglas, avec lesquels madame de Staël était particulièrement liée d'opinions,
bien qu'elle eût avec un autre monde des relations
antérieures, il y avait, dis-je, dans tout ces esprits
un désir vif et unanime de voir se consolider
la république, et l'ordre et la liberté se concilier
sous la constitution de l'an III. Malgré ses défauts, cette
constitution était encore la meilleure de toutes celles
qu'on avait eues jusque-là. Discutée, votée librement,
elle avait été sanctionnée par l'assentiment universel
de la France, des armées et de Paris lui-même ; car les
sections l'avaient adoptée et ne s'opposaient qu'aux décrets de révision des deux tiers de la Convention : et
elles s'y opposaient bien plus par haine de ce qui restait
des anciens terroristes que par royalisme.

Arrivant en France en un pareil moment, Benjamin
Constant se trouva naturellement porté, sous l'influence
de madame de Staël, à se faire l'organe de cette opinion, également hostile aux terroristes et aux royalistes. C'est dans cet esprit de républicanisme intelligent que fut rédigée sa première brochure politique.

Quelques jours après la publication de cet écrit, Benjamin Constant adressait à la fois au Directoire et au
Corps législatif une demande pour recouvrer sa qualité
de Français[1]. Le Directoire lui objecta les sept ans de ré-
sidence exigés par la constitution de l'an III. Sa pétition

1. Ses droits à cette qualité étaient fondés sur la loi du 19 décembre 1790, qui déclarait que toutes personnes nées en pays
étranger, descendant, à quelque degré que ce fût, d'un Français ou
d'une Française expulsés pour cause de religion, étaient déclarées

au Corps législatif donna lieu à une discussion dont le résultat fut indéfiniment ajourné. Mais, le pétitionnaire ayant acquis une propriété à Luzarches et s'étant fait inscrire sur les registres de la municipalité de cette commune, la question fut considérée comme tranchée et ne reparut plus. Benjamin Constant, nommé député, siégea pendant deux législatures sous la Restauration, et ce ne fut qu'à sa troisième élection qu'il prit fantaisie à la Chambre de 1824 de revenir sur la chose jugée, et de se débarrasser, par ce moyen, d'un des champions les plus habile d'une opposition réduite à dix-sept membres. Ce grand procès occupa quelques jours tout Paris. M. Dudon, un des plus fougueux de la droite, se chargea de prouver que Benjamin Constant n'était pas Français ; M. de Martignac, nommé rapporteur, conclut à l'admission. Ajoutons que ce qui ne contribua pas peu à apaiser la majorité des féodaux d'alors, c'est qu'en compulsant les titres de sa famille on découvrait que ce jacobin était après tout de bonne race et qu'il comptait dans sa généalogie bon nombre de preux qui avaient rudement mené vilains et bourgeois. Benjamin Constant de Rebecque fut donc de nouveau définitivement reconnu Français.

Mais revenons au citoyen Constant, sous le Directoire. En mai 1797, il publia une seconde brochure sous ce titre : *les Réactions politiques*, qui eut plus de succès encore que la première. En donnant une seconde édi-

naturels français et jouiraient de tous les droits attachés à cette qualité, s'ils revenaient en France y fixer leur domicile et s'ils prêtaient le serment civique.

tion de cet écrit promptement épuisé, il y ajouta un nouvel opuscule, depuis publié à part et intitulé : *les Effets de la Terreur*. L'auteur y prouve que la Terreur n'a pas été nécessaire au salut de la République, que la République a été sauvée malgré la Terreur, que la Terreur a créé la plupart des obstacles dont on lui attribue le renversement, que ceux qu'elle n'a pas créés auraient été surmontés d'une manière plus facile et plus durable par un régime juste et légitime ; en un mot, que la Terreur n'a fait que du mal, et que c'est elle qui a légué à la République tous les dangers qui la menacent de toutes parts.

Cependant les deux partis ennemis du gouvernement devenaient chaque jour plus impétueux : le parti royaliste surtout, qui avait conquis la majorité dans le Corps législatif, se préparait à livrer bataille au Directoire. Pour résister au club royaliste de Clichy et au club jacobin du Manège, au club républicain constitutionnel se forma à l'hôtel de Salm, rue de Lille, et Benjamin Constant, déjà haut placé dans l'opinion publique, en fut nommé secrétaire.

Quelques mois après eut lieu le coup d'État du 18 fructidor, par lequel le Directoire prévint l'attaque de ses ennemis, en attaquant le premier. Si critique que fût la position, si acharnée que fût la lutte, si grand que fût le danger, je vois avec regret Benjamin Constant prononcer, dans le club de Salm, quelques mots qui peuvent ressembler à une apologie de la journée de fructidor.

Bientôt Bonaparte arrive pour hériter de la Révolution par un nouveau coup d'État. Appelé à faire partie du

Tribunat, Benjamin Constant fut du petit nombre de ceux qui prirent leur rôle au sérieux et essayèrent d'arrêter quelque peu le mouvement des esprits, affamés de servitude politique autant que de gloire militaire. Ces quelques voix qui se permettaient la discussion déplurent bientôt au futur empereur ; il les fit taire d'autorité, en éliminant du Tribunat les membres qui se permettaient de parler. Benjamin Constant fut naturellement du nombre. Exilé en même temps que madame de Staël, il parcourut avec elle l'Allemagne. En janvier 1804, ils étaient à Weimar, dont Goëthe et Schiller leur faisaient les honneurs.

C'est pendant ce séjour que Benjamin Constant eut l'idée de traduire ou plutôt d'imiter en mauvais vers le *Wallenstein* de Schiller ; heureusement qu'il y joignit une préface en prose, beaucoup plus belle et plus poétique que ses vers. Cette préface est un examen aussi éloquent que judicieux des deux systèmes auxquels on a donné le nom de classique et de romantique. Il y a là surtout un passage où l'auteur traite de l'amour en France et en Allemagne, qui prouve que, pour faire de mauvais vers, Benjamin Constant n'était pas, comme on s'est plu à le dire, étranger au sentiment de la poésie.

C'est aussi vers cette époque qu'éclatent, entre les deux exilés, ces orages de cœur dont je ne parlerais pas, si d'autres n'en avaient déjà parlé. On a voulu voir dans Ellénore un portrait de madame de Staël. D'abord il est évident que la position équivoque d'Ellénore, position qui s'applique bien plutôt à une Anglaise, madame

Lindsay, avec laquelle Benjamin Constant eut une liaison passagère, n'a rien de commun avec la situation de madame de Staël, et déroule déjà pour tous un ordre de sentiments qui sont peints dans le roman comme une conséquence de la position. De plus, il est dit qu'Ellénore était une personne d'un esprit ordinaire, ce qui ne ressemble guère à madame de Staël ; ensuite rien n'est plus absurde que de vouloir toujours appliquer à telle ou telle personne un ensemble de traits que l'imagination d'un romancier a recueilli de partout. Enfin l'on se tromperait fort si l'on croyait que Benjamin Constant, dans le cas particulier dont il s'agit, fut toujours Adolphe. S'il fut souvent Adolphe, souvent aussi il fut Ellénore. La vérité est qu'on ne vit jamais deux êtres plus distingués, plus parfaitement faits pour se comprendre, s'attirer, se repousser et se tourmenter mutuellement.

En définitive, ce fut le refus de madame de Staël, refus très explicable d'ailleurs, d'unir légalement sa destinée à celle de Benjamin Constant, qui décida ce dernier à se marier avec une sœur du comte de Hardenberg. Pendant quelque temps, il jouit d'un peu de repos à Goettingue; et il en profita pour travailler, avec des idées mûries par la souffrance, à son ouvrage sur les religions. Mais le cœur de Benjamin Constant avait contracté le besoin de l'orage, il en chercha d'autres ailleurs, et, lorsqu'il eût perdu la puissance d'aimer et d'être aimé, il se jeta dans la passion du jeu, et sa vie fut ainsi dévastée jusqu'à la fin.

C'est dans son dernier séjour en Allemagne, en 1813,

au moment où l'édifice napoléonien craquait de toutes
parts, que Benjamin Constant voulut aussi lui porter son
coup de massue en publiant sous ce titre : *De l'esprit
de conquête et d'usurpation*, un manifeste éloquent
contre le despotisme et la guerre érigés en système. Ce
livre, qui annonçait comme inévitable et prochaine la
ruine de Napoléon, fit une grande sensation dans toute
l'Europe ; et, bien qu'il soit l'expression d'un ordre de
sentiments nés de la lassitude des corps et des âmes,
sentiments aujourd'hui effacés par une longue paix, il y
a encore plaisir et profit à le relire. Car, par la vigueur
du style, la justesse des déductions et la hauteur des
vues, c'est peut-être le meilleur ouvrage de Benjamin
Constant. Vers le même temps, il vit à Hambourg Bernadotte, qu'il avait connu jadis sous le Consulat, et qui
essaya dès lors de le sonder sur son secret désir de
remplacer Napoléon. Toujours est-il qu'il ne prit,
comme on l'a prétendu à tort, aucun engagement
avec lui ; il rentra à Paris, non pas à sa suite, mais
seul, en compagnie d'Auguste de Staël. Et, convaincu,
comme il le disait plus tard, que tout gouvernement
est bon lorsqu'il donne des garanties de liberté et qu'il
les tient, il offrit à la Restauration l'appui de sa plume
tant qu'elle serait constitutionnelle et s'appuierait sur
les intérêts nouveaux. C'est dans ce sens qu'il écrivit
dans les *Débats* une suite d'articles dont les derniers
avaient déjà pris une teinte de défiance et d'hostilité,
lorsque reparut tout à coup Bonaparte, ramené par les
fautes que le célèbre publiciste ne cessait de blâmer. A
cette nouvelle, le parti constitutionnel se rallia autour

du gouvernement, en lui demandant de se prêter à ses vues de résistance patriotique et libérale. Lafayette lui-même voulut s'offrir pour résister à Napoléon, disait-il, avec de la liberté. L'alliance fut adoptée, mais mollement et avec défiance réciproque. Napoléon d'ailleurs déjouait toutes les prévisions; il arrivait avec la rapidité de l'aigle. Benjamin Constant resta le dernier sur la brèche ; le 19 mars 1815, après avoir vainement combattu le départ du roi, au moment où le roi partait et où Napoléon, à Fontainebleau, attendait son départ pour rentrer dans Paris, à ce moment où tout était désespéré, Benjamin Constant lance encore à l'ennemi victorieux la dernière et la plus acérée de ses flèches; on devine que je veux parler du violent et fameux article des *Débats* qui se termine avec sa signature au bas par ces mots si connus : « Je n'irai pas, misérable transfuge, me traîner d'un pouvoir à l'autre, couvrir l'infamie par le sophisme et balbutier des mots profanés pour racheter une vie honteuse ». Un mois s'était à peine écoulé, et Benjamin Constant, conseiller d'État de l'empereur, concourait à la rédaction de l'Acte additionnel.

C'est là le fait le plus fâcheux de sa vie politique, celui qui lui a été le plus vivement reproché par ses ennemis et sur lequel il a été faiblement défendu par ses amis. Non pas, qu'en lui-même, ce fait d'avoir repoussé d'abord Bonaparte pour se rallier ensuite à lui, quand il offrit de lutter d'une main contre l'étranger et de briser de l'autre le despotisme qu'il avait fait peser sur la France; non pas, dis-je, que ce fait ait quelque chose d'étonnant et de spécial à Benjamin Constant. Car il faudrait commencer par blâmer le parti constitutionnel tout entier à commencer par Lafayette, qui, partisan des Bourbons avant le 20 mars, se déclarait aussi pour Bonaparte offrant la liberté et repoussant l'étranger, et le rejetait ensuite après Waterloo. En un mot, ce que fit Benjamin Constant aux Cent-Jours, beaucoup d'autres le firent comme lui. Seulement personne ne le fit avec autant de maladresse que lui, personne ne se prononça comme lui avec tant de force et d'éclat dans un sens, à la veille de se prononcer dans un autre. Ceux qui n'ont pu se rendre compte de ce coup de tête n'ont pas manqué de l'attribuer à la bassesse. Or le fait peut s'expliquer par les motifs admis pour d'autres hommes politiques, c'est-à-dire par une pensée de patriotisme, sacrifiant tout ressentiment antérieur au besoin de s'allier pour repousser une nouvelle invasion, qui devait être cette fois fatale, non seulement à Napoléon, mais à la France.

La situation étrange que Benjamin Constant s'était créée avec tant d'éclat et d'imprudence, pour une cause qui n'était pas celle de sa vie, s'explique encore pour lui par des raisons d'une autre nature. M. Loëve Veimars, dans l'article qu'il a consacré à l'illustre publiciste, donne pour cause à sa conduite pendant les Cent-Jours l'influence funeste d'une personne des plus distinguées dont il était ardemment épris[1]. Nous sommes en me-

---

1. La personne à laquelle il est fait ici allusion est la même à laquelle sont adressées les lettres que nous publions. Madame

sure de donner sur ce point quelques explications.

Il est vrai qu'au débarquement de Napoléon à Fréjus, Benjamin Constant était en proie à une passion d'autant plus vive qu'elle n'était point partagée ; il est vrai que l'objet de cette passion, sans être, comme l'a dit M. Loëve Veimars, le centre d'aucune coterie politique, et quoiqu'ayant eu des amis dans tous les partis, aimait médiocrement Napoléon et comptait beaucoup d'amis parmi ses adversaires. Ce qui paraîtra plus étonnant, mais ce qui n'est pas moins vrai, c'est qu'au moment où le sol tremblait sous les pas de l'empereur, au moment où tout Paris était dans la stupeur et l'attente, Benjamin Constant, ce cœur avide, cet homme blasé, avec son esprit et sa raison de quarante-huit ans, n'était occupé que d'une seule et unique chose, chercher dans le bouleversement qui se préparait un moyen de se faire aimer. Que faire pour cela? Défendre la cause des Bourbons? Cela ne suffit pas, d'autres la défendent aussi : il en est de jeunes, il en est de braves qui, à la première nouvelle du débarquement, font résonner leur sabre et se déclarent prêts à mourir aux portes de Paris. Pour faire mieux qu'eux, il faut prendre une plume, en ce moment plus dangereuse à manier qu'une épée, et, quand la partie est abandonnée par les autres, porter un dernier coup, qui peut servir à faire de celui qui le porte un homme proscrit ou fusillé, c'est-à-dire un être essentiellement intéressant. On verra, au ton de re-

Récamier étant vivante au moment où parut cette notice, les convenances ne permettaient point que son nom fût prononcé.

proche qui domine dans les lettres de Benjamin Constant, que la personne en question, si elle ne le retenait pas, ne l'excitait pas davantage, et, par conséquent, ne saurait être considérée comme responsable en aucune manière de ce coup de tête politique.

Quoi qu'il en soit, Napoléon entre dans Paris et tous les amis de Benjamin Constant se réunissent pour l'engager à partir. Lafayette le conduit d'abord chez le ministre d'Amérique. De là, il part pour Nantes, afin de pouvoir gagner la côte et s'embarquer. Arrivé, il ne peut supporter l'idée d'être séparé, pour des années peut-être, de celle dont la pensée l'absorbe tout entier : il se ravise et revient à Paris d'un seul trait, après cinq jours d'absence. Cependant Napoléon avait déjà commencé à s'essayer dans son rôle nouveau de souverain constitutionnel. Ses partisans, au lieu de courir sus à Benjamin Constant, l'entourent, le flattent et l'amènent enfin à accepter une première entrevue avec Napoléon.

L'empereur ne chercha point à se donner avec lui le mérite de revenir à la liberté par inclination; mais, examinant avec une apparente froideur ce qui convient le mieux à ses intérêts, il s'attacha à lui démontrer que, sa situation étant nouvelle, la nécessité de gouverner désormais avec de nouveaux principes était devenue une conviction de sa raison. Sous ce rapport, il n'eut pas de peine à faire partager à Benjamin Constant cette conviction, qui était la sienne, et il le congédia, en lui demandant un projet de constitution. Benjamin Constant sortit sans avoir pris d'engagement, et, quelques jours après, il était engagé.

Cependant Benjamin Constant ne s'était rallié à l'empereur qu'à la condition qu'il se rallierait aux principes de la liberté. Dans la discussion de l'Acte additionnel, au sein du Conseil d'État, il opina toujours dans le sens le plus libéral, et, lorsque la nouvelle constitution fut promulguée, en publiant un ouvrage (*Principes de politique applicables à la nouvelle constitution*) destiné à en défendre les principes généraux, il ne dissimule pas les points par lesquels elle lui paraissait encore défectueuse. Plus conséquent que Lafayette et d'autres constitutionnels, il ne crut pas la France dégagée, par la défaite de Waterloo, des liens nouveaux contractés avec Napoléon. Il combattit de toutes ses forces la pensée de désarmer le héros vaincu, et ce ne fut que lorsqu'il vit cette pensée prévaloir, qu'il crut devoir engager Bonaparte à éviter un conflit désastreux et inutile, en cédant aux volontés de la Chambre qui demandait son abdication.

Benjamin Constant publia en 1820 ses *Mémoires sur les Cent-Jours*: le but principal de cet ouvrage est l'apologie de sa conduite et de celle du parti constitutionnel. Il est rempli, surtout dans sa seconde partie, de détails curieux sur les derniers jours de l'Empire et de l'empereur. Quant aux motifs politiques de sa conduite, il les résume ainsi :

« On m'a reproché, dans un libelle, de ne m'être pas fait tuer auprès du trône que, le 19 mars, j'avais défendu ; c'est que, le 20, j'ai levé les yeux, j'ai vu que le trône avait disparu et que la France restait encore... S'isoler du gouvernement que Bonaparte instituait, c'était expo-

ser la France à trois chances également désastreuses :
la dictature militaire dans toute sa violence, l'asservis-
sement complet de la France par l'étranger, et la contre-
révolution avec toutes ses fureurs. Il faut remarquer, de plus, que l'une des trois ne nous garantis-
sait pas des deux autres. Il fallait, pour conjurer ces
divers périls, se réunir au gouvernement nouveau et le
limiter en l'appuyant. Ce n'était pas un faible sacrifice
pour des hommes qui avaient résisté à Bonaparte ou du
moins s'étaient éloignés de lui durant treize années. »

Tout cela peut assurément se soutenir. Mais, il faut
bien le dire, il est des cas où la forme emporte le
fond, il est des mots qui engagent tellement, que, lorsqu'on les a prononcés, on s'interdit toute possibilité de
rétractation, et malheureusement pour Benjamin
Constant, l'article du 19 mars fournissait à ses ennemis
un moyen insidieux, mais puissant, d'enlever toute
valeur à son argumentation, de contester toute sincérité à sa parole. Ils se contentèrent de répéter : « Je
n'irai pas, misérable transfuge, me traîner d'un pouvoir
à l'autre, couvrir l'infamie par le sophisme et balbutier
des mots profanés pour racheter une vie honteuse. »

Ce fut pour Benjamin Constant une grande fatalité
d'avoir écrit ces mots, et une fatalité non moins grande
de revenir à Paris après les avoir écrits. Nous avons
dit sous l'empire de quel sentiment passionné s'accom-
plirent ces deux faits; et, si leurs conséquences furent
peu favorables aux intérêts de sa position politique,
elles ne le furent pas davantage aux intérêts de cœur
qui le dominaient alors si puissamment. A la vérité, la

perspective d'une nouvelle proscription pouvait bien lui
offrir la chance de devenir encore intéressant pour une
femme dont le noble cœur fut toujours sympathique à
l'infortune ; mais les causes de cette proscription
diminuaient un peu cet intérêt. La société habituelle de
la personne qu'il aimait ne le considérait plus que
comme un transfuge d'autant plus coupable qu'il
avait paru plus dévoué ; il voyait le vide se faire autour
de lui. A mesure que s'approchait la dernière catastrophe
de l'Empire, le découragement et l'abattement l'enva-
hissaient. C'est alors que surgit dans cette âme si im-
prèssionable et si mobile un nouvel ordre de sentiments.

Malheureux par le cœur, malheureux par la pensée de son avenir politique compromis, à la veille
d'une proscription ou d'une mise en jugement, il voit
madame de Krüdner, la prophétesse ; le langage
mystique de cette sibylle affectueuse et élégante
produit sur lui un effet rapide et puissant, et voilà
Benjamin Constant, le railleur, qui se livre aux effu-
sions religieuses, à la contemplation, à la prière et qui
écrit à la même personne qu'il avait vainement aimée
d'un amour plus profane, des lettres inspirées par
l'amour divin, ou plutôt des lettres dans lesquelles se
mêlent curieusement les deux amours.

Je ne voudrais point jurer qu'il n'y eût pas un peu
d'apprêt dans la mélancolie qu'il exprimait. Mais où
l'apprêt ne se glisse-t-il pas ? il y en a bien autrement
dans Rousseau. Encore moins voudrais-je jurer que la
mélancolie sera durable, que Benjamin Constant ne se

c

reprendra pas un peu à la vie; les natures avides
d'émotion comme la sienne ne s'immobilisent pas dans
un sentiment. Ce que je voulais prouver, c'est qu'A-
dolphe, l'égoïste et vaniteux Adolphe, n'est pas Benjamin
Constant tout entier; que ce vaniteux Adolphe, non
seulement ne transforma point en aversion un amour
repoussé et qui lui avait été si fatal, mais qu'au contraire il garda toujours de la personne vainement aimée
un bon souvenir; que, quinze ans plus tard, au lit de
mort, il dictait encore pour elle d'une voix défaillante,
quelques lignes d'adieu. Et j'ajoute que, dans d'autres
relations plus orageuses, il s'est montré le même; que,
douze ans après la mort de madame de Staël, c'est encore lui qui a écrit sur elle les pages les plus éloquentes,
les plus nobles, les plus touchantes, les plus délicates;
d'autant plus délicates qu'on n'y voit pas trace du
souvenir intime qui les a dictées. Qu'on dise qu'il fut
un être mobile, inquiet, malheureux, incapable de se
résister à lui-même, lui qui unissait à l'imagination
ardente d'un poète la froide intrépidité d'un vieux
soldat; lui, toujours prêt à payer de sa personne dans
les occasions difficiles, soit qu'il fallût braver sans
relâche à la tribune les clameurs frénétiques des
centres; soit qu'il fallût requérir contre les réquisitoires
des procureurs généraux, ou bien faire face, à Saumur,
à une bande de jeunes sous-officiers furieux; soit qu'il
fallût discuter l'épée à la main avec M. de Montlosier les droits de la race conquérante sur la race
conquise, ou bien, cloué sur une chaise par des
rhumatismes et une jambe luxée, échanger à quelques

pas des coups de pistolet avec M. Forbin des Issarts : qu'en un mot, Benjamin Constant foncièrement bon, brave, délicat, désintéressé, généreux, n'ait pas eu le mérite si rare d'être un homme complètement grand, aussi ferme que bon, aussi tenace que courageux, aussi sévère pour lui-même que dévoué au besoin pour les autres, aussi puissant par la volonté que par l'intelligence, c'est là un fait qu'on ne peut contester. Mais j'avoue que je ne vois pas, dans le temps où nous vivons, beaucoup de gens fondés à jeter à sa mémoire la première pierre.

Aussitôt que la Chambre de 1815 se fut assemblée, on entendit des voix ardentes crier : « Malheur aux vaincus ! » Benjamin Constant ne fut point oublié ; *la Quotidienne* le dénonça comme aussi coupable que Labédoyère et digne du même châtiment. C'est alors que ses amis le décidèrent à se rendre en Angleterre en attendant que l'orage fût un peu calmé. Dans les loisirs de cet exil, il écrivit, pour les publier au retour, les *Mémoires sur les Cent-Jours* dont j'ai parlé, et il publia à Londres son roman d'*Adolphe*, composé depuis plusieurs années. Rentré en France après la dissolution de la Chambre introuvable, à la fin de 1816, il écrivit son traité *De la doctrine politique et des moyens de rallier les partis en France*. Bientôt les brochures se succédèrent rapidement sous sa plume ; sa réputation s'accrut par sa collaboration active et puissante au journal *le Mercure*, fondé en opposition au *Conservateur*. Candidat à la députation de la Seine, en 1818, il obtint trois mille suffrages et n'échoua que de quelques voix. Plus heu-

reux l'année suivante, il fut appelé à la Chambre par
le collège électoral de la Sarthe.

Lors de la grande défaite du parti libéral aux élec-
tions de 1824, Benjamin Constant fut un des dix-sept
membres qui échappèrent à cette déconfiture. J'ai
raconté plus haut comment les royalistes exaltés cher-
chèrent à l'éliminer de la Chambre; ils n'y réussirent
pas; il resta sur son banc pour s'illustrer parmi les
chefs de cette petite phalange libérale, qui, soutenue
par l'opinion, finit, après trois ans de combat, par renverser le ministère Villèle et par ressaisir, malgré la loi
du double vote, la majorité que cette loi lui avait fait
perdre. Les discours prononcés par Benjamin Constant
à la Chambre des députés de 1819 à 1827 ont été réunis
et publiés en deux volumes. Je renvoie le lecteur à ce
recueil. Il y verra par quelle fertilité de ressources ora-
toires, par quelle grâce, quelle élégance de diction,
quelle puissance, quelle souplesse d'argumentation se
distinguait Benjamin Constant. Il manquait cependant
de cette véhémence, de cette abondance spontanée qui
constitue le parfait orateur. Il n'improvisait guère que
la plume à la main, mais sa plume avait la rapidité de la parole, et souvent il lui arrivait d'écrire sa
réplique au discours qu'il écoutait. Sa prononciation
était difficile, au début surtout; mais, sa parole une fois
échauffée, l'attention était soudainement captivée par l'as-
pect de sa grande taille, de sa figure fatiguée mais
belle de distinction et d'originalité, encadrée de longs
cheveux blonds qui tombaient en boucles jusque sur
le collet de son habit; par un mélange singulier de

nonchalance allemande, de raideur britannique et de
vivacité française qui caractérisait toute sa personne.
Toujours spirituel dans son émotion, toujours poli dans
son persiflage, toujours plein de sang-froid dans sa
colère, possédant à fond l'art de tout dire, il se
faisait écouter par ceux-là mêmes qu'il irritait profondément. Sa popularité était grande, surtout auprès de la
jeunesse, qu'il flattait un peu et qui lui rendait ses flat-
teries en enthousiasme. Benjamin Constant, sevré par
l'âge d'émotions plus chères, donnait malheureusement une part de sa vie aux émotions du jeu ; l'autre
part, et c'était la plus grande, était consumée par ses
travaux de philosophie religieuse qui le captivaient toujours, et par les mille soins d'un patronage que les
malheureux et les opprimés ne sollicitèrent jamais en
vain. Le moindre acte d'arbitraire commis sur quelque
point de la France, la moindre chance d'arracher
quelque tête au bourreau, trouvaient Benjamin Constant
toujours prêt à donner son temps, sa parole, sa plume
et sa bourse au besoin.

Cependant Benjamin Constant n'était pas heureux;
le désir d'une vie réglée, qui, comme il l'a dit lui-même,
le poursuivit toujours, se combinait en lui pour son
malheur avec une éternelle impuissance de s'y renfer-
mer. Cette organisation nerveuse mais frêle, dont il
avait tant abusé, s'affaissait chaque jour davantage sous
le poids de la maladie; une chute qu'il avait faite en
descendant de la tribune le forçait depuis quelque temps
à ne plus marcher qu'avec le secours de béquilles, et
son esprit commençait à trahir par une ironie de plus

en plus amère, l'influence du mal qui dévastait son corps. C'est dans cet état que la révolution de Juillet vint le surprendre et éveiller, par une violente secousse, tout ce qui lui restait de force morale et d'enthousiasme. Il était à la campagne entre les mains des chirurgiens qui venaient de lui faire subir une opération cruelle, lorsqu'il reçut un billet dans lequel Lafayette lui disait : « Il se joue ici une partie où nos têtes servent d'enjeu, apportez la vôtre. » Et, malgré l'opposition du chirurgien qui déclarait tout déplacement dangereux jusqu'à la mort, il voulut absolument apporter sa tête : il se rendit en chaise à porteurs à l'hôtel de ville, appuya de toute son influence la solution monarchique, et accepta du nouveau souverain deux cent mille francs.

Dans les siècles antérieurs au nôtre, ce dernier fait aurait, à peine, eu besoin d'une mention, encore moins d'une explication ; ou, si on l'eût mentionné, c'eût été comme un titre d'honneur pour le donataire aussi bien que pour le donateur : de notre temps de pareils faits veulent être expliqués.

Voici, si mes renseignements sont exacts, l'explication de celui-ci :

Benjamin Constant était débiteur envers M. Laffitte d'une somme égale, ou à peu près, à deux cent mille francs. Lorsque les affaires de l'opulent et généreux banquier se trouvèrent tout à coup dérangées ; il chercha naturellement à rentrer dans ses fonds, et c'est alors que le roi, apprenant l'embarras de Benjamin Constant pour se libérer, et saisissant avec son habileté ordinaire l'occasion d'obliger deux personnes dont les services lui

avaient été fort utiles, offrit, avec une grâce pleine de délicatesse, et au nom de la liberté, à Benjamin Constant, la somme nécessaire pour rembourser M. Laffitte. On connaît la réponse qu'il fit en acceptant : « Sire, j'accepte ; mais la liberté passe avant la reconnaissance : je veux rester indépendant, et, si votre gouvernement fait des fautes, je serai le premier à rallier l'opposition. — C'est bien ainsi que je l'entends, répliqua le roi. » En effet, Benjamin Constant ne tarda pas à prouver son indépendance en combattant sur divers points le premier ministère de Juillet. Les ennuis de la vieillesse aidant, les dernières paroles de Benjamin Constant à la tribune furent empreintes d'amertume et de découragement. Un récent échec éprouvé dans sa candidature à l'Académie française, échec auquel il avait été fort sensible et dont le public s'étonna et s'irrita comme lui, entra pour beaucoup aussi dans la tristesse de ses derniers jours. Il se mit au lit vers la fin de novembre 1830, et mourut le 8 décembre de la même année, après avoir écrit la veille le bon à tirer du dernier volume de son grand ouvrage : *De la religion considérée dans sa source, ses formes et ses développements.*

J'aurais voulu parler avec détail de cet ouvrage qui n'a peut-être pas toute la réputation qu'il mérite ; mais il me faut absolument abréger. J'en veux citer au moins ces belles paroles : « Laissons la religion à elle-même ; toujours progressive et toujours proportionnée, elle marchera avec les idées, elle s'éclairera avec l'intelligence ; elle s'épurera avec la morale, elle sanctionnera, à chaque époque, ce qu'il y a de meilleur :

A chaque époque, réclamons sans cesse la liberté religieuse ; elle entourera la religion d'une force invincible, et garantira sa perfectibilité. Ainsi l'entendait le divin auteur de notre croyance, lorsque, flétrissant les pharisiens et les scribes, il réclamait pour tous. la charité, pour tous la lumière, pour tous la liberté ».

Reconnaissante des services rendus par Benjamin Constant, la nation lui fit de magnifiques funérailles ; tout Paris était dans les rues, beaucoup de maisons étaient tendues de noir. Au sortir du temple protestant de la rue Saint-Honoré, le cercueil ayant été replacé sur le char, les étudiants s'y attelèrent : on arriva au Père-Lachaise à la nuit, par une pluie froide et fine ; Benjamin Constant fit son entrée dans le champ du repos escorté de cavaliers portant des torches, aux sons d'une musique lugubre, et suivi d'une immense multitude. Il s'achemina vers la fosse où nous descendons tous, et, là, après avoir reçu les adieux touchants de son vieil ami Lafayette, l'auteur d'*Adolphe* put enfin jouir dans la mort de cette paix constamment refusée à sa vie.

LETTRES

DE

BENJAMIN CONSTANT

A MADAME RÉCAMIER

I

Dôle, 13 juillet 1807.

Je n'ai point su, madame, l'accident [1] que vous avez éprouvé en arrivant en Suisse. Je vois par votre lettre qu'il n'a pas eu de suites fâcheuses, et je me livre à l'espérance de vous voir à Coppet vers les derniers jours de la semaine.

Un père de quatre-vingt-deux ans est une bien bonne excuse pour quelques jours de retard ; mais je n'en suis pas moins impatient de revoir

---

1. En se rendant de Paris à Coppet, en poste, la voiture de madame Récamier avait versé auprès de Morez.

1

madame de Staël. Vous savez, madame, que vous voir aussi est toujours un de mes plus vifs désirs. Je félicite notre amie de vous posséder et je me félicite d'avoir contribué peut-être par mes exhortations à votre voyage. Mes yeux qui vont mal m'empêchent de continuer.

Mille tendres hommages

II

Brévans, près Dôle (Jura), 1er juin 1808.

Ai-je besoin de vous dire, madame, que c'est avec un extrême regret que je suis parti de Paris sans vous revoir? Des inquiétudes, heureusement peu fondées, sur la santé de mon père, ne m'ont permis de mettre aucun retard à mon voyage ici. Qui sait maintenant quand nous nous reverrons? Je voudrais bien que vous suivissiez votre projet d'Aix et que Coppet y gagnât quelques jours. Mais vos projets sont vagues, et vous avez tour à tour du découragement quand vous êtes triste, et de l'indolence quand vous ne l'êtes pas. Je ne me plaindrais cependant ni de votre découragement

ni de votre indolence si j'étais près de vous, parce
que la nature a mis dans tous vos défauts un
charme particulier. Mais, s'ils ont pour résultat de me priver de votre présence, comme je
n'éprouverai plus leur charme, je les jugerai plus
rigoureusement. Adieu, madame; à cet été ou à
l'hiver prochain. Tout cela est bien long. Je compte
passer ici trois semaines. Vous devriez bien m'in-
struire de vos projets et de ce que je puis espérer,
vous seriez mille fois bonne.

III

Coppet, 20 juillet 1808.

Vous avez écrit, madame, une lettre tellement
aimable à madame de Staël, que sans doute elle
se sera empressée de vous répondre, et que je n'ai
plus pour vous écrire le prétexte de vous parler
de la commission dont vous m'aviez chargé auprès
d'elle. Je vous écris donc uniquement pour le plaisir de vous écrire et de me rappeler à vous, parce
que je ne veux pas, si vous m'oubliez, qu'il y ait
de ma faute; ce sera assez du chagrin, sans le re-

mords. Je suis ici depuis huit jours à peu près; mais Coppet me paraît bien désert, et c'est vous que j'en accuse. Il n'y a ici que Mathieu [1] qui restera encore trois semaines. Je ne sais si M. de Sabran [2] viendra. Il y a dans le courant du mois prochain une grande fête suisse, qui pourra lui servir de motif, et je le désire fort. Ce sera un petit souvenir de l'année dernière. Madame de Staël me paraît dans une situation d'âme moins douloureuse sur son éloignement de Paris que lorsque vous l'avez vue. Elle a repris assez de courage; la bienveillance qu'on lui a témoignée à Vienne, et qu'elle est sûre d'inspirer partout où elle ira, est une consolation qu'elle consent à accepter. En tout, je la trouve mieux pour elle-même. Dieu veuille que le séjour de Coppet, qui l'entoure inévitablement d'images tristes et qui la condamne à une société ennuyeuse dès qu'elle ne se borne pas à son intérieur, n'influe pas sur son âme d'une

1. Mathieu de Montmorency, ministre des affaires étrangères en 1821 ; il se rendit au congrès de Vérone en cette qualité, donna sa démission de ministre à la fin de 1822, fut nommé membre de l'Académie française le 8 novembre 1825, et mourut subitement le 24 mars 1826. Il avait été fait duc le 1er décembre 1822.

2. Le comte Elzéar de Sabran, auteur de quelques jolies fables.

manière fâcheuse, comme il l'a fait plus d'une fois.

Je n'ai pas encore fini *Wallenstein*. J'y travaille —
avec la lenteur d'un homme qui, ayant passé l'é-
poque à laquelle il voulait avoir fini, se trouve avoir
de nouveau beaucoup de temps devant lui, et profite avec paresse du loisir que sa paresse lui a
procuré. J'y fais des additions assez considérables,
et il est possible que je l'imprime, au lieu de le
faire jouer.

Savez-vous si Prosper [1] est à Paris? S'il y est,
vous le savez sans doute ; car que pourrait-il avoir
de mieux à faire que de passer de sa vie, chez vous,
tout ce que vous lui permettrez de vous en consacrer? Il m'a écrit de Bressuire, il m'annonçait
son départ pour la capitale, mais on m'a assuré
chez son père qu'il ne ferait pas ce voyage de sitôt.

Je voudrais oser vous questionner sur ce que
vous faites, sur Berlin, sur Rome, sur la Russie,
sur l'emploi des heures mystérieuses. Mais comment exiger de si loin vos confidences? elles se

1. Prosper de Barante, auteur de l'*Histoire des ducs de Bourgogne*, pair de France, ambassadeur de France à Saint-Péters-
bourg, sous le règne du roi Louis-Philippe, membre de l'Académie
française, mort en 1866.

composent de nuances si fines jusqu'à présent, qu'on ne peut guère les écrire : elles sont impalpables comme les nuages auxquels elles ressemblent encore par leur rapide mobilité. Je me résigne donc à ne reprendre mon rôle de confident qu'à mon retour à Paris. Ce rôle-là, du moins, j'espère que vous ne le donnerez pas à un autre, c'est bien assez de m'y avoir réduit. Adieu, madame, croyez que personne ne vous est plus constamment, plus sincèrement attaché.

IV

Lausanne, 18 février 1810.

Je voulais vous voir avant mon départ de Paris, vous le savez, et, quand vous ne le sauriez pas, vous en seriez convaincue, madame; une multitude de tristes affaires y mit obstacle. Je comptais vous écrire en arrivant ici; mais, jusqu'à cet instant, je n'ai pu le faire. J'ai peur que vous ne vous en soyez guère aperçue. Vous avez été, pendant cet été, si bonne pour moi quelquefois, que je voudrais n'être pas tout à fait oublié de vous. J'ai trouvé notre amie

travaillant à son bel ouvrage[1] et se préparant à son—
départ. Je la reverrai encore avant de retourner à
Paris, et je suppose qu'elle s'arrêtera en France de
manière à passer quelques moments avec ceux qui
l'aiment et nommément avec vous qui êtes dans
ses affections au premier rang comme partout. Je
suis venu passer quelque temps au milieu des
neiges et de ma famille. Dans le temps où nous
vivons, on ne saurait trop s'enterrer; d'ailleurs,
tous mes vœux tendent au repos, et les devoirs
le donnent. Je travaille comme vous à devenir dé-
vot, et je me crois plus avancé. Il y a moins de
gens qui aient intérêt à s'opposer à mes progrès en
ce genre. J'ai été bien fâché de n'avoir plus trouvé
Prosper : je lui dois une lettre, mais il y a si longtemps, que je ne sais plus comment lui écrire. Je
vous prierais bien de lui parler de moi; mais ce ne
sera pas à moi que vous penserez ensemble; j'attendrai qu'il soit à Napoléon[2] pour recommencer
notre correspondance. Mes lettres gagneront à
l'ennui de sa solitude, pourvu qu'elles n'arrivent
pas en même temps que les vôtres.

1. Madame de Staël travaillait à son ouvrage sur l'Allemagne.
2. Napoléon-Vendée, dont M. de Barante était préfet.

Croyez-vous que vous me répondrez? Je voudrais l'espérer; mais, depuis que vous ne me cherchez plus pour le bien que vous vouliez faire, vous avez cessé tout à fait de vous intéresser à moi, et, les derniers temps de mon séjour à Paris, vous me traitiez bien en étranger. C'est mal, car je suis de tous vos amis le plus désintéressé peut-être, ce n'est pas un mérite, mais aussi celui qui aurait le plus vif désir de vous voir heureuse, et qui vous suit des yeux avec le plus d'émotion quand vous planez comme vous le faites encore entre le ciel et la terre. Je crois que le ciel l'emportera, et, n'ayant malheureusement rien à gagner à ce que vous restiez mondaine, je suis pour le ciel. Adieu, madame, mille vœux et mille hommages.

V

Paris, 8 septembre 1810.

Hochet[1] a reçu de vous une lettre qui m'a donné de vifs regrets de ne pas avoir mérité que vous

---

1. M. Hochet était un homme d'esprit fort lié avec madame de Staël et madame Récamier. Il avait écrit dans *le Publiciste* et dans

m'écrivissiez aussi. Je suis comme cette femme qui espérait gagner à la loterie, quoiqu'elle n'y eût pas mis. Je voudrais qu'on répondît aux lettres qui n'ont existé que dans ma tête. Alors vous me feriez de longues réponses ; car, si je ne vous écris pas, je pense beaucoup à vous. Il y a en vous, madame, je ne sais quel intérêt qui captive et qui ne peut jamais cesser ; on a beau vous voir occupée de tout autre chose, on a beau se sentir au sixième rang, on ne se détache point, et l'on trouve encore du plaisir à vous suivre dans votre vie pure et mobile, touchante et légère, et sur laquelle ses variétés mêmes répandent un charme particulier. Paris est triste et désert, il meurt encore de temps en temps des victimes de la fête de M. de Schwarzenberg [1]. Madame Touzard est morte avant-hier,

le *Journal des Débats* des articles qui furent remarqués. Nommé secrétaire du Conseil d'État en 1816, il remplit ses fonctions jusqu'en 1840. Son fils, M. Prosper Hochet, le remplaça, mais donna sa démission en 1850. M. Hochet père est mort en 1857.

1. Le prince de Schwarzenberg, ambassadeur d'Autriche à Paris, avait donné, le 1er juillet 1810, une grande fête à l'occasion du mariage de l'archiduchesse Marie-Louise avec Napoléon. Une immense salle de bal, construite en planches, ornée de peintures. décorée de gaze, de mousseline et autres étoffes légères, avait été ajoutée aux appartements de l'hôtel. Tout à coup, au moment où les danses étaient le plus animées, les draperies d'une fe-

après cinq semaines de souffrances[1]; elle laisse une fille aussi brûlée, avec la figure toute couverte de hideuses cicatrices. Du reste, il me semble que, sauf les prix décennaux dont j'ai tant ouï parler, que je n'ai plus le courage d'en écrire un mot, on ne parle de rien. Un auteur a dit que le bonheur était un état sérieux. Un autre a dit que, toutes les fois que l'homme était sérieux, il tombait dans une insurmontable mélancolie : d'où je conclus que le bonheur est une disposition très mélancolique, et j'en conclus encore que nous sommes très heureux. Pour peu qu'on aille de résultats en ré-

nêtre vinrent voltiger sur les flammes d'une bougie : la gaze prit feu. En dépit de tous les efforts tentés pour l'éteindre, l'incendie se propagea avec la rapidité de l'éclair. Une terreur indicible saisit la foule et amena une horrible confusion.

Parmi les très nombreuses victimes de cette épouvantable catastrophe, on déplora surtout la mort de la belle princesse Pauline de Schwarzenberg, belle-sœur de l'ambassadeur. Mère de huit enfants et grosse de quatre mois, elle avait mené sa fille au bal ; quand l'incendie éclata, elle se trouvait séparée de sa fille ; arrachée au danger, emmenée dans le jardin, la pauvre mère, n'y trouvant pas sa fille, se mit à l'appeler, à la demander, et, pour la chercher, rentra dans la salle embrasée ; elle y périt martyre volontaire de son amour maternel. Le corps de la princesse de Schwarzenberg ne fut retrouvé que le lendemain et ne put être reconnu qu'au chiffre en diamants de ses enfants qu'elle portait au cou.

1. Madame Touzard était la femme du général de ce nom.

sultats, comme la mélancolie conduit au suicide,
on se pendra à force de bonheur.

J'ignore habilement les nouvelles publiques, et
nécessairement les nouvelles particulières, car je
ne vais presque nulle part, et j'oublie ce que j'y
entends. Il ne faut donc pas exiger de moi des
lettres intéressantes. En vous écrivant, je ne fais
que preuve de zèle ou plutôt d'égoïsme, car je ne
vous écris que pour que vous me répondiez. Il y a
pourtant une nouvelle qui peut être assez importante pour notre amie. Les décrets de Berlin et
de Milan sont rapportés en ce qui concerne les
neutres ; de sorte que la navigation des vaisseaux
américains ne sera plus gênée, et qu'ils pourront
arriver de partout et partir également des ports
de France. Il me semble que notre amie trouvera
facilement un bon et sûr passage pour New-York,
quand elle voudra.

Je ne suis pas sans quelque inquiétude pour son
déménagement et son séjour à la Godinière. Je sens
que son attachement pour Mathieu lui fait une loi
de ne pas refuser son amicale proposition. Mais
cette maison toute nouvelle ne lui fera-t-elle pas
de mal? J'aime les vieux murs, les vieilles cloisons,

et tous ces beaux édifices, beaux, brillants ne sont
pas sains.

— J'ai envoyé au préfet de Blois et à M. de Salaberry
deux exemplaires de *Wallenstein*. Je ne sais s'ils
leur sont parvenus. Ils me les avaient demandés.

Adieu, madame ; on m'avait dit hier que vous
arriviez ces jours-ci pour prendre congé de madame de Catellan. Je suppose que c'est une fausse
nouvelle : et je le souhaite. Comme je retourne à
la campagne, je n'y gagnerais rien, et madame de
Staël y perdrait.

Mille respects bien tendres et mille tendresses
bien dévouées.

VI

Voici, madame, l'ouvrage que vous avez bien
voulu désirer. Je l'ai copié à la hâte et je souhaite
que vous puissiez le lire. Je suis charmé que ma
détermination de ne pas le publier s'accorde avec
mon désir de ne pas blesser ceux qui ont le bonheur de vous approcher. Par la même raison, je
vous supplie de ne laisser jamais sortir cet ou-

vrage de vos mains et de ne le confier à qui que ce soit au monde.

Je me repose sur la promesse que vous avez bien voulu déjà m'en donner.

Mille respectueux hommages.

VII

Voici le mémoire. Ne me le renvoyez pas ; il pourrait se perdre, parce que je suis forcé de sortir. J'irai chez vous le prendre à l'heure que vous voudrez, depuis une heure jusqu'à cinq heures avant dîner.

Savez-vous que je n'ai rien vu, durant cette vie déjà si longue et que vous troublez, rien au monde de pareil à vous hier ? Je vous ai portée chez Beugnot, chez M. de Talleyrand, chez moi, partout. J'en suis triste et presque étonné. Certes je ne plaisante pas, car je souffre. Je me retiens sur une pente rapide. Il vous est si égal de faire souffrir dans ce genre. Les anges aussi ont leur cruauté. Enfin, pour l'amour du roi Joachim, remettez-moi

le mémoire vous-même : il ne serait pas prudent
de me l'envoyer.

Partez-vous ce soir? Allez-vous à Angervilliers
dimanche ou quand vous voudrez? Que diable
me font mes autres engagements ? Revenez-vous
demain ? Votre absence m'importune. Savez-vous
que vous avez mis quelque volonté à me rendre
fou? Que ferez-vous si je le suis? Enfin le mémoire
en mains propres aujourd'hui : c'est un devoir à
vous de ne pas le risquer. C'est un devoir de diplo-
matie.

VIII

3 septembre 1814.

Demain soir, demain soir? Qu'est-ce que c'est
que ce soir-là ? Il commencera pour moi à cinq
heures du matin. Demain, c'est aujourd'hui. Grâce
à Dieu, hier est passé. Je serai donc à votre porte à
neuf heures ; on me dira que vous n'y êtes pas. J'y
serai entre dix et onze [1], me dira-t-on encore que
vous n'y êtes pas?

1. Madame Récamier recevait après l'Opéra.

Je souffre d'avance de ce que je souffrirai.

Je parie que vous ne me croyez pas. C'est que vous ne me connaissez point. Il y a en moi un point mystérieux. Tant qu'il n'est pas atteint, mon âme est immobile. Si on le touche, tout est décidé. Il est peut-être encore temps.

Je ne pense qu'à vous, mais je puis peut-être encore me combattre. Je n'ai rien vu que vous depuis ces deux jours. Tout le passé, tout votre charme que j'ai toujours craint est entré dans mon cœur. Il est de fait que j'ai peine à respirer en vous écrivant. Prenez-y garde, vous pouvez me rendre trop malheureux pour n'en être pas malheureuse : je n'ai jamais qu'une pensée. Vous l'avez voulu ; cette pensée, c'est vous. Politique, société, tout a disparu. Je vous parais fou peut-être ; mais je vois votre regard, je me répète vos paroles, je vois cet air de pensionnaire qui unit tant de grâce à tant de finesse. J'ai raison d'être fou, — je serais fou de ne l'être pas. A ce soir donc. Mon Dieu si vous n'êtes pas la plus indifférente des femmes, combien vous me ferez souffrir dans ma vie ? Aimer, c'est souffrir. Mais aussi c'est vivre, et depuis si longtemps je ne vivais plus ! Peut-être n'ai-je jamais vécu d'une telle vie. Encore une fois, à ce soir.

IX

25 septembre 1814.

J'ai peur que vous ne trouviez mauvais que je vous écrive tant, et pour qu'au moins le premier effet ne soit pas contre moi, j'imagine de vous écrire par la petite poste. Mon Dieu ! qu'il est malheureux de ne pouvoir s'entretenir qu'avec une seule personne, et de sentir que par là on se rend insupportable ! Je m'afflige de ce que tant de gens me trouvent amusant et spirituel et de ce que vous le trouvez si peu : car c'est le trouver peu que de vous en aller tout de suite quand j'arrive. J'ai pourtant imaginé une chose pour me rendre la société tolérable : c'est d'aller chez des gens qui ont la chance de vous voir et de tâcher de leur plaire, pour qu'ils vous disent que je suis aimable ; car vous me donnez bien peu l'occasion de vous le montrer à vous-même. Savez-vous qu'il est presque douloureux de vivre ainsi dans une autre, en

ayant si peu de communication avec elle? On
étouffe sans cesse. Demain, c'est mon bon jour,
ne me le retirez pas. J'ai déjà assez de difficulté à
supporter le régime auquel vous me soumettez.
Toutes les fois que vous parlez à un autre, je me
dis : « Pourquoi pas moi? » Hier Auguste! Sachez-
moi gré d'être gai et je le serai. Il y a pourtant une
grande idée qui me calme, parce qu'elle ne peut
me manquer. Je vous la dirai, si toutefois vous
lisez assez ceci pour me le demander. Je voudrais
que vous me dissiez si mes lettres vous importunent. Je ne sais si ceci vous parviendra aujour-
d'hui. Je finis, uniquement par l'espèce de tremblement qui me prend de vous déplaire.

X

Saint-Clair [1], lundi 2 octobre.

Pardonnez-moi si je suis si près de vous! Je
n'approcherai pas davantage, personne ne me
verra. Enfermé dans une chambre d'auberge, j'at-

1. Village près d'Angervilliers, où était madame Récamier chez
son amie la marquise de Catellan.

tendrai votre réponse. J'attendrai six heures pour
une ligne de votre écriture, et je retournerai à
Paris. Je ne vis pas sans vous. J'erre, blessé à
mort, sans moyen de retrouver de la force, et
j'aime bien mieux me fatiguer à cheval que me
consumer dans la solitude ou au milieu d'un monde
qui ne m'entend plus, auquel je suis étranger, et
qui ne sait que s'étonner de ma tristesse et lui
prêter des causes absurdes. Je ne m'en relèverai
pas, je le sens; mais j'attends votre réponse pour
vous délivrer de moi. Dites-moi de partir et vous
ne serez plus tourmentée par un homme dont un
mois a bouleversé l'existence et la raison.

Avez-vous ma lettre d'hier ? Si vous ne l'avez pas
encore reçue, vous devinez assez ce qu'elle contient.
Aimé de vous, je pourrais tout supporter, même
l'absence. L'idée que vous pensez à moi me soutien-
drait; mais je n'ai aucun appui, aucune idée con-
solante, je meurs de douleur. Voulez-vous que je
vienne demain avec Auguste [1] et Victor de Broglie [2]?
Cela n'a nul inconvénient, et mon refus frapperait

1. Auguste de Staël.
2. Le duc Victor de Broglie, qui devint le gendre de madame
de Staël.

plutôt que mon arrivée. Mais alors accordez-moi
une promenade, une demi-heure d'entretien.

Je vous importune : je vous plains même de mon
importunité. Pardon, pardon. Si l'affreux obstacle
dont vous m'avez menacé est invincible, je partirai.
Vous ne me reverrez plus. Il faut à tout prix vous
épargner de la peine. Un mot de réponse, un mot
de votre main. Dites-moi si je puis venir. Mais
ne me laissez pas venir si vous n'avez rien de consolant à me dire. Pardon encore et pitié. Jamais on
n'a aimé comme je vous aime, jamais on n'a souffert autant que je souffre. Adieu ; je repartirai dès
que mon messager sera revenu.

Si les autres ne viennent pas, hélas! je ne vien-
drai pas non plus.

XI

Je suis rentré chez moi, inquiet et troublé de
notre conversation de ce soir, non que je me plaigne de vous et de votre adorable bonté, qui est si
nécessaire à ma vie ; mais, gêné que j'étais par la
présence d'un tiers, je n'ai pas assez bien plaidé ma

cause ; occupé trop uniquement de vous, je n'ai pas
assez senti que mon sort était dans ses mains, que
vous le consulteriez et qu'il pourrait, sans vouloir me nuire, mais faute de me connaître, vous
donner des impressions funestes.

J'étais sur le point, avant de sortir, de me jeter
à ses genoux pour le supplier de ne pas me faire
de mal. Mais tout ce qui paraît théâtral me ré-
pugne, même quand c'est vrai. Je prends donc le
seul parti qui me reste : je vous écris avant de me
coucher et de chercher un peu de repos, si je puis
en trouver. J'ai tâché de vous parler devant lui avec
bien du calme et de n'exprimer que le sentiment
dont personne ne peut me blâmer ; et, en effet, je
vous le jure, je ne sais pas si j'ai plus d'amour
pour vous que d'affection pure, profonde et désintéressée. Pourquoi donc vous effrayer de ce sentiment, qui, sans gêner du tout votre vie, peut faire
le bonheur, le seul bonheur de la mienne ? Je respecte toutes vos volontés, je me soumets à tous vos
ordres. Pourquoi craindriez-vous de me permettre
d'être votre premier ami ? l'ami le plus dévoué,
sans autre prétention, sans autre titre que mon
sentiment à un peu de préférence d'amitié ? Je ne

sais ce qui peut vous inquiéter ; vous me connaissez
si bien, vous savez tellement quel est votre empire, vous savez comment un seul de vos regards
m'arrête et me subjugue. Que craignez-vous donc?
de me faire souffrir? Un mot de vous, un léger
signe d'affection, une attention bienveillante, quand
vous m'avez fait de la peine, changeront cette peine
en plaisir.

Je ne vous ai dit ce soir aucune des choses que
j'aurais dû vous dire. Vous avez demandé si souvent ce que vous deviez faire et ce qui résulterait
de ma passion pour vous : je vais vous le dire,
ange du ciel, ce que vous devez faire et ce qui en
résultera. Cette passion n'est pas une passion ordinaire, elle en a toute l'ardeur, elle n'en a pas les
formes. Elle met à votre disposition un homme
spirituel, dévoué, courageux, désintéressé, sensible, dont jusqu'à ce jour les qualités ont été
inutiles, parce qu'il lui a manqué la raison nécessaire pour les diriger. Eh bien, soyez cette raison
supérieure. Guidez-moi, tandis que mes forces
sont entières et que le temps s'ouvre devant moi,
pour que je fasse quelque chose de beau et de bon.
Vous savez comme ma vie a été dévastée par des

orages venus de moi et des autres, et, malgré cela,
malgré tant de jours, de mois, d'années prodiguées,
j'ai acquis un peu de réputation. Né loin de Paris,
j'étais parvenu à y occuper une place importante.
Aujourd'hui même, je ne puis me le cacher, les yeux
sont tournés vers moi, quand on a besoin d'une
voix qui rappelle les idées généreuses. Je n'ai su
tirer aucun parti de mes facultés, qu'on reconnaît
plus que je ne le sens moi-même, parce que je n'ai
aucune raison. Emparez-vous de mes facultés,
profitez de mon dévouement pour votre pays et
pour ma gloire. Vous dites que votre vie est inutile,
et la Providence remet entre vos mains un instrument qui a quelque puissance si vous daignez vous
en servir. Laissons de côté ces luttes sur des
mots qui ne changent rien aux choses. Soyez mon
ange tutélaire, mon bon génie, le Dieu qui ordon-
nera le chaos dans ma tête et dans mon cœur.

Qui sait ce que l'avenir réserve à la France? Si
je puis y faire triompher de nobles idées et si c'est
par vous que j'en reçois la force, et si mes facultés
qu'on dit supérieures servent à mon pays et à une
sage liberté, direz-vous encore que votre vie n'a
servi à rien? Cette moralité dont vous m'accusez

de manquer, rendez-la-moi. La fatigue d'une exagération perpétuelle, plus pénible à voir parce que
les actions ne s'accordent pas avec les paroles,
cette fatigue m'a rendu sec, ironique, m'a ôté, dites-
vous, le sens du bien et du mal. Je suis dans votre
main comme un enfant, rendez-moi les vertus que
j'étais fait pour avoir. Usez de votre puissance, ne
brisez pas l'instrument que le ciel vous confie.
Votre carrière ne sera pas inutile si, dans un temps
de dégradation et d'égoïsme, vous avez formé un
noble caractère, donné à tout ce qui est bon un
courageux défenseur, versé du bonheur dans une
âme souffrante, de la gloire sur une vie que le découragement opprimait. Vous pouvez tout cela,
vous le pouvez par votre seule affection. Mais ce
que vous ne pourriez pas, c'est me détacher de vous
et vous ne pourriez pas non plus, avec votre nature
angélique, supporter l'affreuse douleur que vous
m'infligeriez. Vous me feriez du mal inutilement;
car, en me voyant au désespoir, mourant dans les
convulsions à votre porte ou dans votre rue, vous
reviendriez sur vos résolutions, et il n'y aurait eu
que de la souffrance sans résultat, tandis qu'il peut
y avoir du bonheur et de la gloire et de la morale.

Remettez cette lettre à M. Ballanche [1]. Je voudrais qu'il me jugeât bien, qu'il ne travaillât pas contre moi, qu'il ne m'empêchât pas de devenir par vous ce que la nature veut que je sois, et que la Providence m'a rendu la possibilité d'être, en faisant descendre sur la terre un de ses anges pour me diriger.

A trois heures !

Voici mon livre. Oh ! lisez-le. Je crois que vous y verrez partout que j'ai le sens du bien et du mal.

XII

12 octobre.

Je vous supplie de vous souvenir que vous m'avez promis de me recevoir seule aujourd'hui, à quatre heures. J'ai un besoin positif de vous par-

---

1. Imprimeur à Lyon, vint plus tard se fixer à Paris. L'un des plus chers et des plus dévoués amis de madame Récamier. Mort en 1847, membre de l'Académie française. Ses principaux ouvrages sont : *Antigone*, *l'Homme sans nom*, la *Palingénésie sociale*, *Orphée*. C'était une âme admirable, un philosophe vraiment chrétien et animé de la plus tendre philanthropie.

ler de plusieurs choses, et je n'ai pas eu un moment pour le faire. J'ai à vous consulter, et il est vraiment temps que je vous consulte ; car ma vie se perd, et je n'ai qu'une idée, celle de vous parler, et vous esquivez toujours. Cependant la simple amitié ne refuse pas d'entretien, et c'est un service que vous me rendrez, un vrai service, en m'en accordant un. Vous m'avez donné deux heures pour le roi de Naples ; je vous en demande une pour moi. Daignez réfléchir à ce que je suis et à ce que je souffre depuis six semaines, et écoutez-moi une fois, je vous en conjure, pour me faire du bien, sans que vous me pressiez de finir et sans que j'aie la terreur d'être interrompu.

XIII

Me suis-je assez résigné hier ? m'en suis-je allé d'assez bonne heure ? avez-vous daigné penser à ce que j'ai dû souffrir ? Cependant, si vous daignez tenir votre parole, je tiendrai la mienne. Je ne veux pas que votre bonté pour moi vous coûte un

seul sentiment pénible, et contribuer à votre bonheur, même aux dépens du mien, est un besoin
pour moi. D'autres, un autre s'agite, s'exalte, et
se démène pour vous dominer. Un jour peut-être,
vous serez juste ; aujourd'hui, soyez heureuse, et
soyez bonne.

Je dîne donc avec vous. Vous m'avez permis
de venir avant dîner, j'espère un instant de conversation. Je voudrais aussi faire ma paix avec
M. Ballanche, que j'ai quitté un peu brusquement
quand il me parlait des vers de Pythagore. Avez-
vous lu ma lettre d'hier ? Je vous fais mille ques-
tions dans chaque lettre : vous ne répondez jamais un mot, et vous ne m'en parlez pas quand je
vous vois... Grâces au ciel, il est trois heures, et
M. de F..., j'espère, n'est plus chez vous.

XIV

Savez-vous que vous frappez avec assez de légè-
reté sur un sentiment que vous avez sans doute
fort bien fait de repousser, puisqu'il vous déplai-

sait, mais qui m'a trop fait souffrir, et qui n'est
peut-être pas assez détruit pour ne pas mériter
un peu de ménagement?

Je ne vous dirai plus jamais si je vous aime :
mais ne vous moquez pas d'une chose qui m'a mis
durant deux mois dans une angoisse convulsive,
et qui, je vous le jure à présent que je n'ai plus
aucun but, aurait pu me coûter la vie ou la raison.
Vous avez entendu H... lui-même vous décrire
l'état dans lequel j'étais. Mon état présent, peu
importe, personne ne le saura. Je n'exigerai de
vous que ce que vous voudrez m'accorder. Quand
je croirai être importun, ou avoir à me plaindre
de votre amitié, je me tairai et je m'éloignerai.
Vous n'entendrez jamais rien qui vous apprenne
si cela me coûte : j'ai plus de caractère que l'on ne
croit, quand une fois j'ai du caractère. Mais ne tra-
duisez pas en spectacle aux indifférents des souffrances qui ont été bien réelles et qui dans un autre
peut-être auraient laissé un mélange d'amertume.

Je ne veux être qu'un agrément dans votre vie.
Je ne prétends lutter avec personne. Je ne dis-
puterai aucun de vos moments quand ils ne vien-
dront pas de votre bon gré. Mais, dans une douleur

qui a existé, il y a quelque chose de sacré qui ne
peut être l'objet d'une plaisanterie. C'est bien plus
cela qui m'a fait chercher querelle à ce pauvre et
lourd H... que sa bêtise, à laquelle je suis fait depuis longtemps. Cependant c'est la dernière fois que
je réclame sérieusement contre quoi que ce soit au
monde. Si, malgré ma prière, vous continuez à ne
voir dans ma peine passée qu'un sujet de raillerie,
je parviendrai peut-être à en railler moi-même, et
du moins vous ne serez plus impatientée par une
susceptibilité à laquelle je ne me livrerai plus. Vous
êtes l'être le plus séduisant, le plus spirituel, le
plus fin, le plus gracieux, le plus angélique de
bonté; mais, aux douleurs du cœur, vous n'y entendez rien, si vous croyez que ce qui fait jeter des
cris de souffrance et pleurer des nuits entières
passe comme un rêve, quand on ne le montre pas.
Vous devez être plus convaincue que jamais de la
sincérité de ce que j'ai éprouvé, par cela même
qu'aujourd'hui je ne cherche plus à vous attendrir
en vous en parlant. L'éprouvé-je encore, ou ne
l'éprouvé-je plus? C'est mon secret. Il n'intéresse
personne, vous moins que toute autre. Mais j'ai eu
le besoin de vous dire que je n'avais pas encore

assez d'oubli du passé pour en plaisanter. Je mets
à votre amitié un prix extrême. Je ne connais rien
que je ne fisse pour vous servir dans toutes les circonstances. Je suis charmé quand je crois vous
être agréable. Je suis décidé à ne jamais vous être
incommode. J'aimerais mieux ne pas vous voir
que vous arracher des minutes par pitié. Le
reste est au fond de mon âme et n'en ressortira
de ma vie. Il me semble que ce que je montre
et que je serai heureux de prouver par le dévouement le plus absolu, à travers les privations et les
dangers s'il y en avait, est précisément ce qui vous
convient.

Je vais écrire à cet ours de H... pour qu'il ne soit
pas fâché contre moi, parce qu'il a un fond de
bonté dans sa maladresse. Adieu; je finis cette lettre comme le billet de ce matin par mille tendres
hommages, et respectueux hommages, et hommages de tous les genres, pourvu qu'ils ne soient
pas du genre que vous rejetez.

XV

Convenez que vous connaissez bien toute l'étendue de votre puissance et de cette soumission magique que vous m'avez imposée, quand, lorsque je vous demande si vous recevrez quelqu'un ce soir, vous me répondez : *Pas vous au moins.* Mon Dieu! qu'ai-je fait pour être si asservi et pour ne pas même oser me plaindre? J'ai eu avec madame de Staël une longue conversation sur ce qu'elle a essayé pour moi. Je voudrais vous en parler. Si vous partez à quatre heures, pourquoi ne me recevez-vous qu'à trois? Je vais passer au moins trois jours sans vous voir. Je ne sais comment je les supporterai; soyez bonne pour moi, au moins aujourd'hui. J'ai vu dans ma conversation de ce soir que vos précautions si cruelles ne sont pas nécessaires. Personne ne se doute de mon sentiment. On a attribué mon profond malheur à tout autre cause. Je vous réponds que mon voyage à Angervilliers ne fera pas la moindre sensation. Ne pouvez-vous

pas me permettre ce matin de vous accompagner
un peu sur la route? ce seraient quelques instants
de plus! Enfin, soyez bonne, je vous en supplie.
Mon affreux malheur avait frappé tout le monde
et aurait pu me perdre : vous m'avez rendu un
peu de calme. Ne gâtez pas votre ouvrage : jamais
cœur ne fut si dévoué. Faites-moi du bien. Vous
faites de moi tout ce que vous voulez

XVI

Vous m'avez dit de vous écrire. Vous m'avez
promis de me répondre. Vous lirez donc ma lettre,
et, en me répondant, vous interrogerez votre cœur,
votre pitié, avant de tracer une réponse, qui, je
vous le jure, décidera de mon séjour ou de mon
départ, et de tout mon avenir et de ma destinée
entière. Votre habitude de moi a dû vous convaincre que je n'exagère rien. Je me contrains quand
je suis auprès de vous, j'atténue ce que j'éprouve,
j'évite tout ce qui pourrait vous ébranler, parce
que je sais que tout ébranlement vous est pénible.

J'ose le dire, cet empire sur moi-même, cet empire que jusqu'à présent je n'ai jamais eu sur moi,
au milieu de la plus vive souffrance, est une preuve
de sentiment telle que peu d'hommes vous en donneraient; car elle va contre tout ce que je désire
sur la terre, et je sacrifie le seul vœu que mon
cœur forme à la moindre crainte de vous affliger.
Enfin vous l'avez senti vous-même, vous m'avez dit
d'y réfléchir, vous m'avez promis d'y penser vous-
même. Prononcez donc. Je vous aime chaque jour
plus et vous n'en doutez pas. Je n'ai pas une autre
occupation que vous. Vous voir un instant chaque
jour, voilà ma journée. Tout l'intervalle est une
agonie, et cependant je me soumets à tout. Je me
replie dans des convulsions de douleur, quand
vous vous éloignez; tout mon sang s'arrête à la
moindre preuve d'indifférence ou d'inattention, et
je vous le déguise, et nul ne me devine, décidé que
je suis à me briser intérieurement, plutôt que de
vous causer le moindre embarras. J'en atteste votre
bonne foi : ne voyez-vous pas tout cela en moi et
ne me rendez-vous pas justice? Vous l'avez senti,
il faut que vous prononciez sur ce sentiment. Il
mérite que vous daigniez y faire attention. Qui

vous a aimée comme je vous aime? Carrière, ambition, étude, esprit, distraction, tout a disparu. Je
ne suis plus rien qu'un pauvre être qui vous aime.

Ne vous y trompez pas. Ce n'est pas sur mon
sentiment seul, et sur nos rapports que vous allez
prononcer, c'est sur tout moi, car je ne puis rien
si je n'ai de votre cœur ce que j'ai mérité d'en obtenir et ce dont j'ai besoin pour vivre. Juliette,
Juliette, ne reprenez pas cette froideur qui a pensé
me coûter la raison; je ne parle pas de la vie, car
je ne veux point menacer. Jugez-moi dans la bonté
de votre âme, sauvez-moi, vous le pouvez seule :
et votre cœur vous dit que vous ne manquerez en
le faisant à aucun devoir. Vous parlez de loyauté;
et la pitié pour un malheur si vrai, et la reconnaissance pour un sentiment si dévoué, ne sont-elles
pas aussi de la loyauté? les engagements portent
sur des actions, et quelles actions vous demandé-
je, moi qui, sans cesse entraîné vers vous, passe à
vous regarder, à m'enivrer de votre vue, la moitié des courts instants que vous m'accordez, moi
qui ne peux vous voir ôter un de vos gants sans
que tous mes sens soient bouleversés, et qui
pourtant n'ose pas vous prendre la main quand

3

votre regard me repousse? Quels engagements
avez-vous pu prendre qui soient contraires à ce
que vous reconnaissiez ce qu'un sentiment pareil
a de valeur pour la femme à qui on le consacre?
Peut-on s'engager à ne pas estimer ce qui est bon,
à ne pas aimer ce qui est pur, à ne pas être reconnaissante de ce qui est profond et sincère? Que
vous demandé-je, encore une fois, sinon de me
juger comme je le mérite, et pouvez-vous le refuser? C'est là que serait la déloyauté, c'est là que
serait l'injustice.

C'est votre âme que j'invoque. Tout ce qu'il y
a de noble et de passionné dans la mienne réclame de la vôtre le prix qui lui est dû. Laissez
là de vains sophismes, ne disputons pas sur la
place que vous m'accorderez. Donnez-moi ce que
votre cœur, ce que votre sentiment intime, ce que
la conviction que je suis digne de votre affection,
ce que la certitude que vous me frappez à mort en
me repoussant, vous disent de m'accorder. Appe-
lez-le amour, amitié, qu'importe le nom! mais
qu'il n'y ait pas entre nous une barrière de fer, ou
soyez sûre que cette barrière me tuera. Je puis
tout supporter, je vous l'ai prouvé, tout, hors votre

indifférence. Mais répétez-vous sans cesse, car cela
est, que c'est aux dépens, non pas seulement de
mon bonheur, mais de toute mon existence que
vous laisseriez subsister une pareille barrière entre
nous.

Vous m'avez vu lorsque vous avez essayé de
rompre. Tout le monde m'a vu hors de toute raison, de toute mesure, sans forces, et ne parlant
que comme un mourant ou un insensé. Demandez à Prosper, à Auguste, à sa mère. Je n'ai conservé qu'une seule force, celle de ne pas trahir la
source de mon effroyable malheur, parce que je
vous aurais inquiétée. Quand Prosper m'a vu fondant en larmes, je lui ai parlé de l'ennui de ma
vie, et je l'ai conduit à penser que l'ambition
trompée était mon supplice. Quand j'avais soif de
me jeter sur l'épée de M. de F... pour qu'elle ou-
vrît un passage à ce sang qui me brûlait, il peut
vous dire avec quelle joie j'acceptais cette chance,
et cependant, je ne lui ai rien laissé entrevoir.
Quand madame de Staël attribuait mon agitation
à de la vanité blessée, j'ai encouragé cette conjecture. Je me suis sacrifié : j'ai subi la honte, l'hu-
miliation, les faux jugements qui me nuisent, de

peur qu'une tracasserie ne troublât un instant
votre repos.

Je vous implore à genoux. J'attends de vous tout
ce qui me reste d'avenir. Un mot, et vous le dé-
truisez. Je ne puis rester près de vous si nos cœurs
ne s'entendent. Je ne puis vivre avec une espèce
de tranquillité si je ne vous parle librement. Je
ne puis supporter des privations nécessaires si je
ne suis sûr d'une affection vraie, vive, occupée de
moi, et préparant à mes sacrifices, à ma soumission, des dédommagements et des récompenses.

Je finis cette lettre; car je crains que vous ne la
lisiez à peine. Je la finis comme un condamné finirait une lettre pour demander grâce. Vous m'avez
promis une réponse. Je la réclame. Elle décidera
de toutes mes résolutions. Je ne démentirai point
cette soumission, cet abandon que je vous ai voués.
Ne craignez rien de moi. Si vous me repoussez, je
partirai. Je partirai et je ne verrai plus la seule
créature qui me calme et me donne du bonheur.
Croyez-vous que, quand je parle de Nantes, ce soit
pour aller avec Prosper? Nantes est un port de
mer, et le monde peut s'ouvrir devant moi, et
l'Amérique, où l'on se bat, où l'on peut se faire tuer

sous le prétexte de la liberté, et ma fortune peut
être à ma femme et vous pouvez être délivrée d'un
malheureux sentiment qui vous importune, et je
puis mourir en défendant une noble cause. Dites-
vous alors que j'étais mécontent de ma situation en
Europe, cherchez les causes apparentes d'un parti
bizarre. Je ne vous envie pas ces consolations dont
peut-être, pendant quelques jours, votre cœur aura
besoin. Je les désire, car à Dieu ne plaise que je
veuille vous coûter une heure de peine !

Mais, aujourd'hui que mon sort est en vos mains,
Juliette, chère Juliette, ne vous faites pas ces illu-
sions. Un mot peut me sauver. Dites que vous me
verrez sans cesse, que vous laisserez votre cœur me
juger ; que, si vous me trouvez digne de votre affection, vous ne ferez pas violence à votre âme pour la
repousser ; que, si je suis le plus passionné, le plus
dévoué, le plus fidèle de vos amis, vous reconnaî-
trez que je suis le plus passionné, le plus dévoué,
et le plus fidèle. Surtout que je vous voie, que je
vous voie souvent, librement, que je puisse vous
ouvrir mon cœur, vous consulter, vous prendre
pour guide. J'en ai tant besoin ! Un peu d'espérance
renaît dans mon âme. Ne la tuez pas, par pitié, ne

rejetez pas un rocher sur ce cœur qui se rouvre à peine. Adieu. Vous m'avez promis une réponse. J'y compte. Non, vous ne voudrez pas me replonger dans un état qui a pensé me perdre, et qui, si j'y retombais, me perdrait infailliblement.

Je vous ai obéi en tout. Je vous ai quittée dans une auberge. Je me suis hâté d'arriver. J'ai couru à ce bal par obéissance. J'ai parlé pour vous plaire, comme si vous étiez près de moi. J'ai causé avec M. de Blacas. J'ai soigné mon avenir comme s'il était en moi. Auguste et Victor de Broglie veulent que j'aille avec eux lundi à Angervilliers. Vous m'avez dit qu'avec eux et repartant avec eux, cela n'aurait point d'inconvénients. Si vous en trouvez, dites-le-moi ; je ne veux rien faire qui vous déplaise. Mais avec eux mon voyage est bien simple. Seulement ne me fuyez pas plus qu'eux. Accordez-nous à chacun une heure de causerie. Suis-je assez humble et assez docile !

Répondez, décidez. Vous disposez souverainement de toute ma destinée. Adieu, pitié, affection, justice au nom de Dieu, et point de barrière factice entre mon sentiment et celui dont vous me trouverez digne.

XVII

Je vous remercie d'avoir remarqué que j'étais
triste. Oui, je l'étais, je le suis encore, mais un
regard de vous, cette bonté, ce signe d'intérêt
m'ont ranimé et rendu des forces. Aussi je vous ai
obéi tout de suite. Je vous obéirai toujours. J'espère
au moins que ma docilité empêchera M. de F... de
vous tourmenter. Je ne conçois pas qu'il le fasse,
il sait si bien que vous ne m'aimez pas, il me le
dit sans cesse. Je compte sur votre parole pour demain soir, et je vis de cette espérance. J'irai vous
voir avant dîner, pour savoir précisément l'heure
et prendre vos ordres. Toute mon existence est là,
chaque jour davantage. J'ai toujours plus d'amour,
mais aussi toujours plus que de l'amour. Je vous
aime d'une affection si tendre, je sens si bien ce
que vous valez. Votre âme est si profonde sous votre
figure d'ange et de pensionnaire tout à la fois. Je
suis bien agité, bien souffrant, et ma vie est une
fièvre; mais je préfère ma souffrance à tout bonheur étranger à vous, et ma fièvre au repos.

Pourquoi ne dînez-vous pas chez madame Marmont [1]? Je m'en désole. Et lundi? Quelle cruelle invitation! Vous n'aurez personne et il sera le soir seul avec vous, au moment où l'on ne fait aucune visite. Invitez M. de Nadaillac [2]. Je voudrais paralyser l'un par l'autre. Combien je vous aime! et chaque heure y ajoute : l'absence par la douleur, la présence par le charme; j'aime votre âme comme votre figure. Oh! le dîner de demain! Quel dommage! Le paradis serait bien vraiment alors pour moi dans la rue de Paradis. Excellent M. Ballanche! Je trouve *Antigone* doublement belle! mais n'est-il pas parti trop tôt? Enfin je me résigne, je me soumets, vous êtes mon culte. Je vous aime avec passion, avec ivresse. Un an de vous, et je donnerais mille vies comme la mienne! Adieu; à quatre heures je vous verrai, j'espère. Oh! soyez bonne, j'en ai besoin!

1. Mademoiselle Perregaud, mariée au maréchal Marmont, duc de Raguse; elle habitait rue de Paradis.
2. Le marquis de Nadaillac, fils d'un premier lit de la duchesse des Cars.

XVIII

Vous serez étonnée, madame, de recevoir encore une lettre, et, moi-même, je suis étonné de vous l'écrire; mais je ne résiste plus à la peine que j'éprouve, elle m'est inexplicable, mais elle est affreuse et je suis vaincu par elle. Je ne viens pas, vous le pensez bien, vous parler d'amour; je ne crois pas même avoir précisément de l'amour pour vous. Vous l'avez rejeté si loin, que peut-être il est détruit. Mais je vous connais depuis si longtemps, j'ai toujours éprouvé pour vous une affection véritable, et, depuis trois mois, cette affection est devenue une telle habitude, qu'il m'est impossible de vivre dans la même ville en m'imposant la loi de ne pas vous voir. Je me l'étais imposée : je l'ai observée huit jours, je pensais que l'absence rendrait la privation plus légère; elle la rend plus cruelle et je n'y tiens plus. Je viens donc vous demander s'il est vrai que vous me trouviez un caractère misérable et méprisable. Je vous ai déjà écrit que je le craignais, et vous n'avez pas daigné le nier. Je repasse cependant toute ma conduite, et je ne me trouve pas un tort envers vous; même au milieu de la souffrance la plus aiguë, je n'ai rien fait qui pût vous blesser. Vous avez été pour moi un objet de culte, et, en jetant des cris de douleur, je n'ai pas proféré un mot qui dût m'être reproché par vous.

Je viens donc vous demander si je puis retourner chez vous comme autrefois, sans prétention, sans espérance, au nombre de vos amis, dont je n'ai pas le sentiment d'avoir mérité d'être rayé.

Ce n'est pas sans une raison positive que j'ose vous adresser cette question. Je veux et je dois aller trouver madame de Constant [1]. Je veux l'empêcher d'arriver ici tant que madame de S...

1. Charlotte de Hardenberg avait épousé Benjamin Constant de Rebecque en 1808. Elle se maria trois fois. Son premier mari fut un Allemand, M. de Marienholz, dont elle eut un fils. La femme de celui-ci serait, croyons-nous, la madame de Marienholz connue par son active participation à l'établissement des jardins d'enfants (*Kindergarten*), petites écoles suivant la méthode de Frœbel. Charlotte de Hardenberg épousa ensuite le général français du Tertre; elle venait de s'en séparer par le divorce lorsqu'elle contracta un troisième mariage avec B. Constant; c'était une personne d'un esprit aimable; elle montra un vrai dévouement à ce dernier époux, et mourut à Paris en 1845.

y sera ; j'ai trop de raisons de défiance, et
cette défiance est trop profonde en mon cœur
pour que des démonstrations la dissipent. Cette
même personne qui, si j'en aimais une autre, en
serait blessée et se hâterait d'en informer ma
femme, serait également blessée si j'étais heureux
avec ma femme, et trouverait mille moyens de la
tourmenter. Je veux donc, avant l'époque assez
prochaine que madame de Constant a fixée, prévenir son départ en allant auprès d'elle. Mais
j'ai quelques motifs de tarder de quelques jours. Je
voudrais finir un écrit que vous m'avez conseillé
de faire sur la responsabilité. On m'a proposé de
me mettre sur les rangs pour l'Institut. Mais il
m'est impossible de rester si je ne suis pas admis
à vous voir. Je l'ai essayé, et plus il y a de temps
que je ne vous ai vue, plus je souffre. J'ai éprouvé
aujourd'hui toutes les angoisses qui ont suivi les
jours d'Angervilliers. Je vous répète que ce n'est
point de l'amour. Mais l'amitié vive et dévouée a
aussi ses douleurs, et, quand je réfléchis que notre
relation n'est devenue plus intime que parce que
vous l'aviez bien voulu et parce que j'ai été heureux
de faire ce qui vous était agréable, j'éprouve le

sentiment d'être traité avec tant d'injustice, que
mon cœur en est déchiré. Si, par quelque raison
que je ne puis juger, vous trouvez nécessaire que
je continue à ne pas vous voir, je partirai une
heure après votre réponse à ma lettre. Si, ce qui
me paraît simple, vous ne voyez pas d'inconvénient à ce que je me replace parmi ceux qui sont
heureux de vous entourer, je finirai mes affaires
avec un peu de calme. Je prendrai même sur moi,
non pas d'étouffer, mais de déguiser mon ressentiment envers une personne que j'accuse d'avoir
beaucoup contribué à vous donner contre moi des
impressions défavorables. Je prendrai congé d'elle
décemment. Si vous me refusez, je partirai ce soir
sans la voir et sans lui écrire. C'est le seul acte de
vengeance que je me permettrai; mais il me serait
doux. Je n'ai point cherché à vous émouvoir dans
cette lettre; je vous en avais écrit une où je me
livrais à toute la douleur que j'éprouvais de ne pas
vous avoir vue. Elle ressemblait aux premières
lettres que je vous écrivais dans un temps bien
cruel, mais que je regrette pour ses espérances si
affreusement déçues; je l'ai déchirée.

Daignez donc me répondre. Il y a quatorze ans

que je vous connais, je n'ai eu que le tort d'être trop entraîné vers vous, et je l'ai payé et je le paye encore cher. J'ai fait en tout et toujours tout ce que j'ai pu pour vous prouver du dévouement. Tout ce que je puis eût été à vous si vous l'aviez voulu. Je ne demande pour prix que d'être reçu comme tant d'autres. En me refusant, vous me ferez beaucoup de peine et un peu de mal ; mais, au fond, être de l'Institut, ce qui même n'est pas sûr, est peu important, et faire une brochure de plus ou de moins n'est pas d'un grand intérêt. Vous êtes donc bien libre, même comme responsabilité. Consultez votre âme, pour savoir si j'ai mérité de ne plus vous voir. Je ne cesserai jamais de vous chérir, et, quoi que vous fassiez, je désirerai votre bonheur. Et, si le sort me ramène en France, j'essayerai de retrouver cette amitié que j'ai espérée parce que celle que j'éprouve la mérite.

Ne craignez aucune tracasserie. Personne n'a connu la résolution que j'avais formée de vous fuir, de sorte que personne ne sera étonné de me revoir chez vous après une interruption de huit jours, pendant laquelle même je vous ai rencontrée deux fois.

J'attends votre réponse avec un sentiment que je ne veux pas décrire. Ce n'est pas ma faute s'il existe ; j'ai fait ce que j'ai pu pour le surmonter. Mais, quand on vous a aimée, il est impossible de cesser, et tout ce que je désire, c'est de vous consacrer une amitié tendre, telle, j'ose le croire, que peu d'hommes savent l'éprouver.

XIX

N'y a-t-il donc aucune réponse ?

Je ne puis me séparer de vous brouillé. Mon misérable cœur se brise. Un moment d'entretien pour fonder une amitié de toute la vie !

XX

Au nom du ciel, une réponse ! Que risquez-vous pour un jour et demi ? Que je vous voie ! Je ne vous parlerai de rien. Vous ne savez pas dans quel état je suis. J'ai à peine la force de ne pas m'éva-

nouir. En vous voyant, je serai bien. Laissez-moi la
force de me remettre par votre présence. N'accablez pas un homme qui ne vous a pas fait de mal
et qui était pourtant un homme distingué il y a
peu de temps. Un mot, un quart d'heure, au nom
de Dieu.

XXI

Je vous remercie comme si vous m'aviez sauvé
la vie. En effet, je ne vivais plus depuis deux heures.
Je me promenais avec effort dans ma chambre,
me cramponnant aux meubles pour m'empêcher
de courir chez vous, et une visite que j'ai eue a été
si effrayée de mon agitation, qu'on m'a conseillé de
faire venir un médecin pour les maux de nerfs que
j'avais. Oh ! il est impossible de vivre avec ce sentiment qui me dévore. Vous ordonnez que je ne vous
voie pas aujourd'hui, je me soumets. Sachez-m'en
gré ; car, après cette matinée, j'aurais eu bien besoin
de respirer, de me prosterner devant vous, pour
vous demander de n'être pas ce que je crains tou-

jours quand je suis quelque temps sans vous voir.
J'ai peine à respirer, mais enfin vous m'avez écrit,
vous avez pensé à moi, j'obéis donc. Je travaillerai
plutôt toute la nuit que de ne pas faire ce que vous
me demandez. Hochet est aussi furieux contre la
dame en question, je vous le conterai. Elle croit
au contraire l'avoir charmé : c'est comique. J'aurais pu vous voir entre le dîner et le bal, mais
non ; je veux vous prouver que je sais obéir quoi
qu'il m'en coûte. Je suis dans le ciel en comparaison d'il y a une heure. Par pitié ne me tuez pas.
Je vis de si peu ! Jamais homme n'aima ni ne souf-
frit autant. A demain donc, à deux heures. Merci de
m'avoir tiré de l'égarement où j'étais. A demain !
à demain ! Je me répéterai ces mots toute la journée. Si vous avez quelque chose à me faire dire,
je reste chez moi jusqu'à six heures précises ; vous
voyez bien que c'est encore un espoir pour aujour-
d'hui. Mais non, j'y renonce. Je veux vous obéir.
A demain ! Je reste pourtant chez moi jusqu'à six
heures.

XXII

2 heures du matin.

Je ne puis me coucher sans vous dire quelques
mots de reconnaissance. Grâce à vous, je suis
presque tranquille et je n'ai plus l'horrible angoisse qui m'avait saisi. Daignez continuer, tolérez
mon sentiment quand il m'échappe, songez qu'en
parler me soulage et que je ne puis en parler qu'à
vous. Tenez votre parole de m'accorder quelques
entretiens où je tâcherai de vous ennuyer le moins
possible ! Je vous devrai presque du bonheur ; je
vous remercie de cette soirée, de votre intérêt,
mais surtout d'avoir permis que je vous parlasse de
la seule pensée qui est aujourd'hui devenue moi.
Au reste, la première fois que je vous parlerai librement, ce ne sera pas de moi, mais de vous.
J'aurai quelque chose à vous dire quand l'occasion
s'offrira. Je n'espère plus le bonheur que j'avais
cru entrevoir ; mais je serai peut-être quelquefois
votre bon génie. Vous m'occupez seule, et j'ai sur
votre sort l'instinct d'une idée fixe et la pénétra-

4

tion d'un intérêt passionné. Je ne suis fou que quand je me crois repoussé de votre amitié même, mais vous m'avez rendu l'espoir de la posséder, et ce n'était pas de votre âme que venait la dureté que j'avais cru voir. Vous ne trouverez plus en moi que reconnaissance, soumission, zèle pour vous, et bonheur de dévouer ma vie pour une heure tous les deux jours. Je m'occuperai de ce que vous nommez ma carrière, par obéissance pour vous. Mais ne sais-je pas qu'au fond de mon cœur ce que je puis obtenir de votre affection est ma vraie carrière? La puissance et la gloire ne seraient que des moyens. Ai-je été supportable ce soir? Adieu. Je vous verrai donc un instant dans cette longue journée !

XXIII

A quelle heure voulez-vous que je vous porte ma lettre au duc de G...? Si je vous importune, je vous l'enverrai ; mais vous savez bien que j'aurai un vif plaisir à vous voir, ne fût-ce qu'un instant. Si

vous ne sortez pas de bonne heure, j'irai vous la
porter avant deux heures, et je ne resterai que
tant que vous voudrez. Cela me rendra libre d'aller à Clichy, pour savoir si madame de Staël sait
quelque chose sur le duc de Blacas. Je le croirais
d'après quelques mots d'Auguste. A propos, voulez-
vous que je lui dise que j'ai dîné chez vous ? Vous
n'avez assurément aucune raison de le taire, et,
dans ma disposition actuelle, je ne me sens pas
non plus l'envie de ne pas le dire. Mais, comme je
lui avais écrit le matin que je ne pouvais pas y
aller à cause de M. Suard, résigné que j'étais à un
dîner solitaire, elle y verra un plan de ma part,
tandis que vous savez que c'était une chose moitié
mendiée et tout à fait inespérée. Ce n'est pas son
humeur contre moi que je crains ; c'est son ascendant sur vous ; toutes les fois qu'elle se dit blessée,
vous me prenez en grippe. Aussi, sous ce rapport,
et sous ce rapport seul, j'ai une peur d'elle que je
ne puis dire. Répondez à ma question, et, comme
je sais que vous n'aimez pas à écrire longuement,
mettez seulement un oui, ou un non. Si c'est *oui*,
je lui dirai que j'ai été à six heures vous demander à dîner, ce qui est vrai, et elle verra, ce qu'au

reste elle sait assez, que je n'obtiens que ce que je mendie. Si c'est *non*, je ne lui en parlerai pas et elle ne pensera pas à me le demander. Si vous me recevez ce matin, il est inutile de m'écrire même ce monosyllabe, vous me le direz.

Savez-vous que je tremble en vous écrivant? J'ai peur que vous ne voyiez de l'ennui pour vous dans cette sotte question. Mais pensez que, toutes les fois que cette femme vous a parlé de moi, vous avez été plus importunée de moi, et vous sentirez que je dois frémir de sa puissance sur vous. Au reste, il ne tient qu'à vous que je sois bien pour elle : garantissez-moi que son influence ne nuira pas à la pauvre et légère relation qui fait ma vie, et je n'aurai aucune amertume. Elle ne peut me faire de mal que par vous seule, car je ne vis qu'en vous seule. Singulière chose! je sais que vous vous passez de moi sans nul regret, sans vous en apercevoir, et je ne puis supporter l'idée que votre vue me serait refusée. Oh ! ne soyez pas dure pour moi ! Chaque entrevue est un bienfait, chaque regard un bonheur, chaque parole une grâce. Vous pouvez me faire tant de bien, même pour ma vie extérieure, en donnant, par un

peu d'amitié, du calme à ce caractère agité qui
m'est si funeste. Vous pouvez, par la plus simple
bienveillance, me sauver de moi-même : jamais on
n'eut pareil pouvoir sur un autre ; et même pour
vous ce doit être quelque chose qu'un être tout
dévoué, qui, dans toutes les circonstances, vous
consacrerait toutes ses forces, tout son talent, son
esprit, son temps, son existence tout entière, sans
rien exiger, détournant ses regards de ce qui pourrait l'affliger, et qui ne croirait pas trop faire s'il
mourait pour vous, en échange de quelques minutes.

Vous ne croyez plus que ce sentiment soit fugitif : il y a quatre mois qu'il dure, certes sans
encouragement, et à travers bien des humiliations et bien des douleurs. Il ne finira donc jamais. Vous m'accusez de mobilité, tandis que je
suis l'homme le plus fixe, car je n'ai qu'une pensée
à laquelle je soumets tout. Croyez-moi, ce n'est pas
un sentiment commun que cette amitié passionnée
sans exigence.

Adieu ; je vous porterai ma lettre si vous le permettez et quand vous le permettrez.

XXIV

Je crois que vous ne lisez pas mes lettres ; je vous supplie de lire celle-ci. Il y va de ma raison, de ma vie, qui est peu de chose, mais aussi d'une vie qui vous est plus précieuse que la mienne. Il est cinq heures du matin, j'ai passé une nuit d'enfer. Vous ne croyez pas à mon malheur : il est au-dessus de tout ce que je puis vous dire, et, si Dieu m'accordait la mort dans ce moment, je bénirais sa bonté. Je la lui demande avec ardeur, je n'implore que ce bienfait, j'ai en horreur la vie. Mais ce n'est pas là ce qui vous importe. Continuez donc à lire, je vous en prie. Vous m'avez renvoyé à onze heures et demie, quand vous pouviez me garder sans aucun inconvénient, sans que personne le remarquât. Quand je suis chez vous avec d'autres, vous me renvoyez pour qu'on ne s'étonne pas de me voir rester. Personne, ce soir, ne se serait étonné. Vous m'avez renvoyé, quand j'étais venu niaisement, le cœur plein d'une folle joie d'avoir

nne petite nouvelle agréable à vous annoncer.
Vous ne voulez pas être seule avec moi, je vous ai
trouvée seule avec cet homme que je ne veux pas
nommer. Vous ne m'aimez point, je le sais. Vous
étouffez mes paroles, vous ne voulez qu'une chose,
ne pas voir ma douleur ; que j'en meure loin de
vous, peu vous importe. Je veux vous délivrer de
moi, je vous le promets, je le ferai, tout est prêt,
il y a longtemps que c'est décidé. Mais, jusqu'alors,
au nom de ce dévouement que vous méprisez, au
nom de ce cœur que vous déchirez, par pitié pour
vous-même, soyez bonne, et ne me prouvez pas à
chaque instant que je ne suis que de la boue en
comparaison d'un homme contre lequel j'ai peine
à me contenir. Je voudrais ne pas le tuer, et mon
sang bout dans mes veines, et je le vois rire de ma
niaiserie, lui, le fléau de ma vie, qui n'a pas osé se
venger de moi, et qui a craint de verser une goutte
de son sang pour vous. Je vous le dis, je voudrais
ne pas le tuer, je voudrais partir sans tirer vengeance du mal affreux qu'il m'a fait. Mais vous ne
me connaissez pas. Je suis timide avec vous, je parais gai pour ne pas vous déplaire, mais le désespoir est dans mon cœur, et toute ma raison m'a-

bandonne. Je n'aime que vous, je ne vis que par vous, le reste est agonie et convulsion. Laissez-moi, pendant le peu de jours, le très peu de jours où je serai ici, vous voir et vous parler librement. Alors j'atteindrai le jour du départ, je le saisirai avec transport comme une ressource dernière, et, si elle manque, au moins je mourrai loin de vous, et c'est tout ce qu'il vous faut. Mais je suis au bout de mes forces, vous ne voulez pas que je me venge, daignez donc me donner assez de raison pour y renoncer. Vous m'avez promis une heure ce matin et une ce soir, seule, comme vous l'étiez avec lui. Au nom de Dieu, n'y manquez pas. Je vous aime follement, pardonnez-le-moi. Vous êtes tout pour moi sur la terre. Songez que, si vous me repoussez, je n'ai rien, rien au monde à perdre; si votre porte m'était fermée, je connais la sienne, et un de nous ne la repasserait pas vivant. Pardonnez-moi cette lettre, elle est le cri de la souffrance la plus affreuse, elle est le désir de ne vous faire aucune peine. Ne craignez pas mes plaintes; en présence, vous me subjuguez d'un mot, je ne vous parlerai de rien. Mais soutenez-moi, tolérez-moi jusqu'à ce départ que je hâterai. Croyez-moi, je vous fais un sacrifice.

Après le bonheur de vous posséder, il en est un que je mets presqu'à côté, ce serait celui de frapper l'homme qui a perdu ma vie et de mourir après. Pardon encore. Je ne sais ce que j'écris. Je vous débarrasserai, soyez-en sûre, bientôt, bientôt. Ce dévouement qui vous pèse, cet amour qui vous importune, moi enfin, que vous haïssez, tout cela disparaîtra.

XXV

Voici une lettre de madame de Catellan que je vous envoie pour vous montrer que d'autres trouvent dans ma société quelque agrément. Je suis précisément avec vous dans la situation où était une certaine personne avec moi : elle m'envoyait aussi les pauvres lettres qu'on lui écrivait, mais vous n'êtes pas dans la position où j'étais ; elle me demandait de rompre des liens, ou d'abandonner la personne à laquelle j'étais lié. Je ne demande rien de pareil. Cette nuit sur laquelle j'ai encore questionné le témoin de ma folie m'a prouvé que la

seule chose dont j'ai besoin, c'est de vous voir et
de vous parler quelques instants en liberté, tous
les jours ou tous les deux jours. En moralité, en
religion, en conscience, vous ne pouvez pas me re-
·fuser : il n'y a que cela qui me calme, et cela me
calme tout à fait pour quelque temps. Je ne vous
ai vue qu'un instant ce matin et j'ai pris des forces
pour jusqu'à ce soir. Si je cause un quart d'heure
avec vous de ce que j'éprouve, j'en aurai jusqu'à
demain, et je vous jure que, malgré moi, il y aurait
danger dans un refus. Je ferai de mon mieux de
mon côté pour me guérir, mais je n'ai encore aucune force ; vous seule pouvez me la rendre. Je serai
aussi gai, aussi calme, aussi aimable que je pourrai
pour ne pas vous rendre le sacrifice trop pénible ;
mais, pensez-y, je vous en conjure, ce n'est pas en
rejetant sur mon cœur le sentiment qui m'oppresse
que vous me guérirez : au contraire.

XXVI

Madame de Staël m'a chargé de vous prier in-

stamment de sa part de changer le jour de votre
dîner de mercredi ; elle a un besoin urgent de
M. Schlegel [1] ce jour-là et ne peut le laisser aller.
J'ajoute pour moi que, si vous changez le jour, je
vous supplie de ne pas prendre jeudi, parce qu'a-
vant la négociation de madame de Staël, je me suis
bêtement engagé. Mandez-moi, par un mot à mon
domestique, pour quel jour vous vous décidez,
parce que, si mercredi ne tient pas, j'accepterai
chez M. de Jaucourt, qui vient de me le proposer.

Je ne me suis pas relevé de la journée d'hier.
J'ai souffert le martyre jusqu'à ce que j'eusse
aperçu M. de Forbin ; ensuite j'ai causé avec lui
toute la nuit, selon notre coutume.

Je vous assure que je sais assez que vous ne m'aimerez jamais, il est inutile de me le répéter. Cepen-

1. August Wilhelm von Schlegel, célèbre critique et orientaliste
allemand, né à Hanovre en 1767, mort à Bonn en 1845. Précep-
teur des enfants de madame de Staël de 1804 à 1808, il professa
à Vienne, en 1808, son célèbre cours de littérature dramatique,
puis fut secrétaire de Bernadotte pendant la campagne de 1813.
Établi à Paris auprès de madame de Staël, de 1814 à 1817, il
surveilla, en 1818, la publication des *Considérations sur la Révolution française*. Enfin il fut professeur à Bonn de 1818 jusqu'à
sa mort. Il était le frère aîné de Karl Wilhelm Friedrich von
Schlegel, critique, historien et orientaliste comme lui, et qui fut
un des premiers en Allemagne à s'occuper des études sanscrites.

dant, je vous promets deux choses : l'une, de ne plus vous dire si je souffre ; l'autre, de ne vous parler que de ce que vous voudrez. A ce prix, conservez-moi les heures qui me sont nécessaires comme l'air, et ne me dites plus de mille manières ce que je ne sais que trop. J'irai savoir de vos nouvelles avant dîner, pour un instant, et je compte sur vos promesses pour ce soir ; j'ai bien besoin d'un moment un peu doux.

XXVII

Cette moitié de lettre à Auguste[1] n'est pas sortie un instant de ma pensée, et, quoique je doive vous voir dans peu d'heures, je ne puis m'empêcher de vous en écrire. Jamais rien de si doux, de si simple, de si sincère, de si dévoué n'a été écrit par une main de femme. Je croyais vous avoir devinée, avoir pressenti ce que vous valiez. Je croyais quel-

1. Au moment où madame de Staël avait quitté la France pour fuir la tyrannie napoléonienne, madame Récamier lui avait offert de partir avec elle. Cette offre dévouée n'avait pas été acceptée. Madame Récamier, paraît-il, avait communiqué à Benjamin Constant la lettre qu'elle avait écrite alors à Auguste de Staël.

quefois qu'il était possible que mon amour, mon
adoration de vous me fît illusion. Je me trompais,
vous êtes encore mille fois au-dessus de ce qu'était
mon idée ; non, jamais tant de bonté, tant de profondeur de sentiment, tant d'association, je dirai
même de soumission à la destinée d'une autre, et
d'une autre à la fois persécutée et cause de votre
propre persécution, jamais rien de pareil n'a existé
hors de vous. On voit un ange subjugué par l'affection, une nature divine, croyant parler à d'autres
de son espèce, offrant son existence comme une
suite naturelle du sentiment, sans sentir elle-même
le prix du sacrifice, sans affectation, sans pompe,
avec toute la simplicité, toute la bonhomie du
cœur. Oh ! les malheureux qui n'ont pas senti
tout cela ! les malheureux qui ont perdu un tel
trésor ! Je les plains même de ne pas le regretter !
J'aime mieux, c'est étrange à dire, j'aime mieux
ma place que la leur. Je suis bien malheureux de
vous tant aimer ; je souffre, dans les parties les plus
intimes de mon âme, des barrières qui existent
entre nous ; je souffre de mille manières que je
n'ose même pas vous peindre ; mais au moins je
vous apprécie. Je possède à présent toute votre

image dans mon cœur, et je m'estime de la posséder et de l'adorer; elle est devenue moi et m'attache à moi-même. Je vous demanderai de me laisser lire encore cette lettre; rien ne m'a ému de la sorte. Que j'en reçoive une où une telle affection soit peinte et que je meure ensuite, voilà ma prière. J'ai rêvé que j'étais condamné à mort, je vous cherchais pour vous dire adieu et je ne vous trouvais pas; ce songe m'a rempli de tristesse. Oh! ne laissez pas se placer des obstacles entre moi et le peu que vous m'accordez! Ne me sacrifiez pas à des scènes préparées. Je vous aime plus que ceux qui les font; vous êtes ma vie! déjà l'idée de ne vous voir qu'un instant ce matin et pas ce soir m'accable, je pourrais pleurer. Que votre volonté soit faite, mais donnez-moi ce qui est nécessaire à ma vie de chaque jour. Ange adoré, croyez-moi, mon sort est de vous aimer toute ma vie, de vous servir si je le peux, de vous entourer de mon pauvre zèle qui est une jouissance pour moi; laissez-moi prendre des forces quand je vous vois pour que je puisse attendre que je vous revoie.

Pouvez-vous m'envoyer la lettre de Schinina[1].

1. Agent du roi de Naples Joachim Murat.

XXIIIV

Pardon si, non content de vous voir toutes les fois que vous me le permettez, je vous écris sans cesse. Vous ne me répondez jamais, et je me soumets à votre silence, comme à toutes vos volontés. Vous obéir aveuglément et me soumettre en tout à vous est devenu ma vie et la seule espèce de bonheur que je puisse encore goûter. J'espère donc que vous me pardonnerez mes lettres, et celle-ci a un but qui ne peut pas vous déplaire, puisqu'il entre dans ce repos que vous désirez. Vous verrez probablement M. de Forbin[1] avant moi : nous nous sommes promis de ne jamais parler l'un contre l'autre et de ne jamais vous demander de voir moins que cela ne vous sera agréa-

---

1. Le comte Auguste de Forbin, homme d'esprit, peintre de quelque talent; il avait été chambellan de l'empereur; il fut nommé directeur général des musées en 1816, et mourut le 23 mai 1841.

ble l'un ou l'autre de nous. Je n'en ai pas le droit
et, quand je l'aurais, comme toute exigence qui vous
serait le moins du monde pénible me semblerait
un crime, je me l'interdirais de même. Mais, encore une fois, je n'en ai pas le droit et je crois à la
loyauté de M. de Forbin à mon égard. Aussi je ne
vous écris que pour vous supplier de ne pas vous
laisser entraîner par des démonstrations de douleur à quelque détermination contre moi. J'aurais
aussi de la douleur à montrer, j'en éprouve assez,
vous savez que je ne vous vois jamais seule et que
c'est pourtant là tout mon désir. Mais je vous dois
encore mille fois mieux dans ma vie que ce que je
pourrais devoir à toute autre, et je pense que ne
jamais troubler cette âme si angélique et si douce
est le devoir de quiconque vous aime. Celui qui a
assez de force pour se contenter de ce que vous
accordez et pour répandre autant qu'il le peut de
l'agrément dans votre vie est celui qui vous aime
le mieux. Ne laissez donc pas tourner contre moi
les efforts que je fais pour être de quelque chose
dans votre bonheur et pour vous amuser et vous
plaire au lieu de vous agiter. Ne vous laissez donc
pas persuader qu'un autre souffre plus que moi

parce que mon sentiment me donne la force de ne pas me plaindre, et parce qu'une expression de gaieté sur votre visage, un sourire, une preuve que j'ai su vous amuser un instant, me rend du bonheur momentanément au milieu de toutes les privations que vous m'imposez. Ce qu'il faut, c'est que vous soyez heureuse. Nous ne sommes tous, nous ne devons être que des moyens d'y contribuer.

Défendez-moi dans votre cœur contre tout ce qu'une plainte injuste pourrait vouloir vous suggérer contre moi. Je n'exige rien que le droit de me dévouer à vous, comme vous voudrez, sans condition et sans réserve.

XXIX

Vous savez bien que toute ma vie est à votre disposition comme le peu d'esprit que je puis avoir. Je respire ou je ne respire pas, suivant que cela vous plaît. Il y a une minute que j'étais hors d'état de parler ou de tracer une ligne. Maintenant, mon

sang coule de nouveau dans mes veines et je sens
dans mon cœur la chaleur de la vie, et cependant
qu'avez-vous fait pour cela? Vous avez daigné m'assurer que vous aviez un peu d'amitié, vous avez
daigné me commander quelque chose[1]. Oh! prenez
pitié d'une existence tellement dépendante de votre
moindre signe, que je vous laisse diriger ma conduite! Et que demandé-je, sinon que vous la diri-
giez, en vous disant bien que vous obéir est mon
but, mon seul but, comme vous aimer ma seule
vie? Je vais écrire ce que vous avez la bonté de
désirer. Quelle phrase vous ajoutez à la fin! Que
je ne le fasse pas si cela m'ennuie! N'avez-vous
pas ri en l'écrivant? Est-ce que je m'ennuie? est-
ce que je m'amuse? est-ce que je vis en moi? A ce
soir, avec mon passeport, c'est-à-dire mes notes. Il
y a un tel bonheur à faire quelque chose pour vous,
que vous auriez presque un moyen de vous débarrasser souvent de moi, en me demandant quelque

1. Benjamin Constant, à la suite de quelques conversations où
il avait amené madame Récamier à lui parler des années de sa
vie qui avaient précédé ses relations avec madame de Staël, avait
eu l'idée de rédiger ces récits en forme de mémoires. On trouvera en appendice au présent volume un morceau détaché de ces
souvenirs inachevés rédigés par B. Constant.

chose. N'en abusez pas pourtant. Que je travaille
pour vous vingt-trois heures et demie et que je
vous voie une demi-heure! A ce soir!

XXX

Je suis rentré chez moi dans la plus violente colère que j'aie éprouvée. Mon malheureux cocher,
à qui j'avais dit de rentrer chez lui, avait compris
qu'il devait entrer dans la cour et s'y était niché,
puis caché dans l'écurie. J'ai tremblé qu'en sortant
je n'ébranlasse la maison au milieu du silence
qui régnait et que vous ne m'en sussiez mauvais
gré. En arrivant, j'ai grondé, payé, chassé, homme,
cheval et voiture. Mais l'inquiétude me reste et,
au lieu de me coucher, je vous écris. Puisque
j'ai commencé, je continue. Cela m'arrive si rarement, que je vous prie de me lire. Je n'ai rien à
dire, il est vrai, que vous ne sachiez; mais vous le
répéter est un besoin continuel, auquel je ne résiste
que parce que vous m'avez inspiré presque autant
de crainte que de passion. Certes, vous me devez au

moins cette justice, que jamais sentiment si violent ne fut moins importun. Je vous aime comme le premier jour où vous m'avez vu fondre en larmes à vos pieds. Je souffre autant à la moindre preuve d'indifférence, et elles sont nombreuses. Ma vie est une inquiétude de chaque minute. Je n'ai qu'une pensée. Vous tenez tout mon être dans votre main comme Dieu tient sa créature. Un regard, un mot, un geste, changent toute mon existence : et cependant je me soumets à tout, je ne me plains jamais. Je reçois la douleur, quand vous me l'infligez, comme une condition de ma vie, parce que je ne pourrais vivre sans vous voir, et souvent, le cœur tout meurtri des coups que vous me portez sans vous en douter, je me force à de la gaieté pour obtenir de vous un sourire. L'idée de voir un nuage sur votre front pour un mot que j'aurais dit me frappe de terreur. Ne voyez-vous pas combien votre empire est absolu, combien il force mon sentiment même à se maîtriser ? Quand je vous contemple, quand mes regards vous dévorent, quand chacun de vos mouvements porte le délire dans mes sens, un geste de vous me repousse et me fait trembler. Oh ! que je donnerais volontiers ma vie pour une heure !

Que je voudrais à ce prix m'élancer sur une épée
nue et sentir tout mon sang couler pour vous! Mais
aussi n'êtes-vous pas un ange du ciel! n'êtes-vous
pas ce que la nature a créé de plus beau, de plus
séduisant, de plus enchanteur dans chaque regard,
dans chaque mot que vous dites? Y a-t-il une femme
qui réunisse à tant de charmes cet esprit si fin,
cette gaieté si naïve et si piquante, cet instinct admirable de tout ce qui est noble et pur? Vous planez au milieu de tout ce qui vous entoure, modèle
de grâce et de délicatesse, et d'une raison qui
étonne par sa justesse et qui captive par la bonté
qui l'adoucit. Pourquoi cette bonté se dément-elle
quelquefois, et pour moi seul? Jamais je n'ai aimé,
jamais personne n'a aimé comme je vous aime, je
vous l'ai dit ce soir; quand vous aurez à m'affliger,
consolez-moi en m'indiquant un dévouement, un
danger, une peine à supporter pour vous. Il est
trop vrai, je ne suis plus moi, je ne peux plus répondre de moi. Crime, vertu, héroïsme, lâcheté,
délire, désespoir, activité, anéantissement, tout
dépend de vous. Dieu m'a remis entre vos mains.
Tout le bien que je puis faire vous sera compté,
tout ce que je n'aurai pas fait, vous en rendrez

compte : prenez-moi donc tout entier, prenez-moi sans vous donner; mais dites-vous bien que je suis à vous comme un instrument aveugle, comme un être que vous seule animez, qui ne peut plus avoir d'âme que la vôtre. Oh! mon Dieu, si nous étions unis! Enfin vous le voyez, vous m'avez à peu de frais. Faites de moi ce que vous voudrez. Quand vous ne voudrez pas me voir seule, je vous suivrai de mes regards dans le monde; si votre porte m'était fermée, je me coucherais dans la rue à votre porte : et pourtant, quand je vous verrai, je ne vous dirai rien de tout cela, parce que vous ne voulez pas l'entendre. Mais, au moins, vous pouvez le lire, cela ne vous engage à rien. Comparez ce sentiment avec d'autres, et, au fond de votre cœur, rendez-moi justice. Adieu. Vous me pardonnez, n'est-ce pas, de vous avoir écrit? J'ai vingt lettres commencées depuis dix jours, et que l'idée qu'elles vous importunent m'a empêché de vous envoyer. Soyez bonne pour moi, ou bien soyez ce que vous voudrez, rien ne m'empêchera de vous être dévoué jusqu'à la mort. Rien n'interrompra ce culte d'amour, cette admiration enthousiaste qui est tout ce qui peut remplir mon cœur, et le seul sen-

ment qui me fasse vivre. Faites-moi, si vous voulez
être bonne, dire un mot que je puisse interpréter
comme un léger signe d'amitié, n'est-ce pas? Vous
n'êtes pas de ces femmes qui sont d'autant plus in-
différentes qu'elles sont plus sûres d'être aimées?
Non, vous êtes en figure, en esprit, en noblesse, en
pureté, en délicatesse, l'être idéal que l'imagination concevrait à peine si vous n'existiez pas.

Il est cinq heures. A sept ou huit, je me lèverai
pour faire le bulletin. Je ferai un article quand
vous le voudrez pour Antigone. J'achèverai mon
livre. Je travaillerai pour vous. Donnez-moi donc
plus de choses et des choses plus difficiles à faire.
Demandez-moi la moitié de ma fortune pour les
pauvres, la moitié de mon sang pour une cause qui
vous intéresse. Servez-vous de moi de quelque
manière, et, quand je vous aurai bien servie, pour
me récompenser de mon zèle, servez-vous encore
de moi.

XXXI

Je ne sais si ma timidité m'a bien ou mal guidé

hier : la lecture de mon maudit roman[1] a duré
jusqu'à minuit et demi, quelque effort que je fisse
pour aller plus vite. J'aurais bien consenti à en
supprimer la fin, si j'avais osé le proposer, tant l'intérêt unique de mon âme anéantit tous les amours-
propres; mais il n'y avait pas moyen. Sitôt la lecture finie, j'ai planté là les gens qui ouvraient la
bouche pour me louer, et je suis arrivé chez vous.
Je n'ai vu aucune voiture à la porte, aucune lumière
en haut; j'ai frappé deux fois, on n'a pas ouvert;
il n'y avait non plus aucune lumière chez le por-
tier; j'ai craint de mal faire en vous demandant.
Mais, au nom de votre bonté, je demande à me
relever de cette journée d'hier, où je ne vous ai
pas vue trois minutes. J'aurai, d'ailleurs, des
choses assez curieuses à vous dire sur une conversation de trois quarts d'heure avec M. de Forbin,
qui m'a pris à part, vous ne devineriez pas pourquoi? Nous avons été les meilleurs amis du monde.
Ce qu'il me disait produisait sur moi un singulier
effet; j'en étais à la fois inquiet, heureux et humilié.
Du reste, ne lui en dites rien, il croirait que je me

1. Son roman d'*Adolphe*, alors inédit, et qu'il ne publia qu'en
1816, à Londres.

suis moqué de lui. Je prévois qu'il voudra prendre occasion de mon roman pour vous dire du mal de ma sensibilité, ne le croyez pas. Vous savez mieux que personne que je n'ai de vie et de réalité que dans l'affection; soyez donc juste, puisque vous êtes ingrate. Au nom de Dieu, que je vous voie ce matin! j'ai de bonnes nouvelles pour madame de Staël, et j'y vais de ce pas; un mot sur l'heure où je vous verrai.

XXXII

Quel charme vous répandez sur tous les moments qu'on passe avec vous! je ne puis m'empêcher de vous le dire, quoique vous le sachiez de reste, et que mes lettres demeurent sans réponse; vous croirez facilement que la présence de M. de Forbin me faisait de la peine et que, sans me croire le droit de m'en plaindre et reconnaissant d'être admis, je n'avais pourtant pas la force de ne pas souffrir de vous trouver avec lui. Eh bien, à peine eûtes-vous parlé quelques minutes, que votre charme agit sur

moi et que je ne pus plus rien éprouver que le
bonheur de vous regarder et de vous entendre. Je
vous jure que je ne crois pas me faire illusion,
quand je trouve en vous la raison la plus juste,
l'esprit le plus fin, et une finesse si exquise et une
gaieté si naïve, que rien de ce j'ai vu ne m'a offert
une réunion pareille; il me semble que, chaque
jour, je découvre une qualité de plus; ce que votre
figure et votre grâce ont de séduisant n'est qu'au
niveau de ce que votre âme a de touchant et votre
esprit d'enchanteur par le naturel de chaque mot
et la vérité de chaque impression. Autrefois, je ne
jouissais de votre société que seule, et certes, c'est
encore à présent la félicité suprême pour moi que
d'en jouir ainsi; mais vous entendre, même devant
d'autres, pourvu que ce soit vous qui parliez,
est la seconde jouissance. Oh! accordez-moi l'une
et l'autre, le plus que vous pourrez, car je ne vis
qu'auprès de vous, et je me résignerais à tout
pour obtenir de vous voir sans cesse, comme
vous voudriez, au milieu de la foule s'il le faut,
pourvu que j'entende votre voix, que je m'associe
à ce que vous dites, que je recueille avidement
ces paroles tour à tour pleines de douceur et de

gaieté, de noblesse et de charme, toujours vraies,
toujours simples, toujours adorables en mille
genres divers. Je n'ai rien encore de Guizot; s'il —
m'arrive quelque chose, je vous le porterai à dîner;
vous savez que vous m'avez invité avec mademoiselle
de Maillé et un monsieur qui doit l'épouser.

XXXIII

Vous avez bien voulu me dire de vous écrire tous
les matins ce que je ferais dans la journée; vous
avez ajouté que vous me répondriez; c'est donc
une espèce de bulletin que je vous envoie; c'est
en effet le cas d'un bulletin, car je suis bien malade.

Voici donc mon histoire depuis que je ne vous
ai vue, et celle de mes projets. En vous quittant, j'ai
été dans ma maison jeter un coup d'œil sur cette
voiture que vous m'avez fait acheter, dans laquelle
je me suis promené avec vous à Angervilliers, et
qui, d'un moment à l'autre, me conduira peut-être
bien loin de vous. J'ai vu qu'en une heure elle

pourrait être prête, et j'ai senti un certain soulagement dans l'idée que, si ma douleur devenait insupportable, je pourrais au moins vous en épargner
la vue ; j'ai couru ensuite pour madame de Staël et
j'ai appris que son affaire[1] était en très bon chemin
et qu'elle serait sûrement payée. J'ai vu avec plaisir
que je lui avais rendu un assez grand service, en
l'empêchant d'écrire une lettre très violente qui
aurait beaucoup nui à sa cause, puisque déjà des
expressions trop vives lui avaient fait quelque tort ;
j'ai été lui porter ces nouvelles. J'ai trouvé à dîner
le duc de Richelieu, madame de Duras[2] et le maréchal Ney. J'ai voulu parler ; mais le poids qui est
sur ma poitrine m'en a ôté la faculté ; j'ai donc
laissé échapper malgré moi l'occasion de vous
obéir en me servant, et l'on m'a dit, par une expression plus proportionnée à mon état qu'on ne
le croyait, que j'avais été silencieux comme le tom-

1. Le remboursement des deux millions prêtés à l'État par
M. Necker.

2. Mademoiselle de Kersaint, mariée au duc de Duras, premier
gentilhomme de la chambre, femme d'une âme et d'un esprit
élevés, auteur de plusieurs jolis romans, dont le plus connu est
Ourika. M. de Chateaubriand a consacré dans ses *Mémoires
d'outre-tombe* un souvenir touchant à madame de Duras.

beau. La duchesse de Luynes¹ est arrivée, et je me
suis ranimé, non par calcul, mais parce que tout
ce qui vous a approchée a sur moi un effet magique ;
ensuite madame de Staël a annoncé qu'elle allait
sortir. J'ai vu avec douleur que mon espérance de
vous regarder de loin quelques instants allait être
trompée ; en m'en allant, j'ai reconnu votre voiture,
vous m'avez dit bonsoir et je suis parti. J'avais trois
engagements pour la soirée, je n'ai eu le courage
d'aller à aucun ; je suis rentré chez moi à dix
heures, j'ai fini ma journée ; j'aime mieux la solitude que la société et l'obscurité que la lumière.
Ce matin, je vous écris. Vous m'avez permis d'espérer une réponse, j'en ai besoin, je sens que ma vie
et ma raison dépendent de deux lignes aussi vagues

1. La duchesse de Luynes, née Montmorency, femme d'un esprit
très original, d'un cœur fier et capable d'un grand dévouement.
Elle avait eu pour sa belle-fille, la duchesse de Chevreuse, le plus
vif attachement. Cette jeune et séduisante personne, à laquelle on
avait fait accepter le titre de dame de l'Impératrice, fut exilée par
Napoléon à quarante lieues de Paris. Madame de Luynes l'accom-
pagna partout, errant de ville en ville à la distance imposée. La
duchesse de Chevreuse, toujours exilée, mourut à Lyon en 1813. La
duchesse de Luynes avait été dame de la reine Marie-Antoinette ;
elle faisait partie, avec madame de Balbi et quelques autres
dames ses contemporaines, des réunions que Louis XVIII se plaisait à rassembler à jours fixes.

que vous les voudrez, mais dans lesquelles, en me
faisant illusion, je puisse voir un peu d'amitié. Je
n'irai ni chez vous, ni chez madame de Catellan, ni
nulle part où je puisse vous rencontrer, à moins que
vous ne me le disiez; mais écrivez-moi. Si vous
manquiez à cette dernière parole, qui ne peut avoir
aucun inconvénient, je ne puis répondre de rien,
sinon de ne pas vous importuner du spectacle de ma
douleur. Mais je souffre si horriblement, au physique! ma tête est si brûlante! mes yeux se remplissent de larmes et je ne puis pas écrire trois mots
sans m'arrêter pour respirer. Si vous pouvez me
voir sans inconvénient pour vous, faites-le. J'étais
gai il y a six mois, je prenais intérêt à tout, j'ar-
rangeais ma vie, j'acquérais quelque réputation. Je
ne vous avais jamais fait de mal; quand vous aviez
éprouvé des malheurs ou des chagrins, j'y avais pris
part. Montlosier m'a invité aujourd'hui à dîner
avec des gens qui veulent, dit-il, jouir de ma conversation comme si j'avais encore de la conversation. On n'a cessé hier de me vanter mon talent : pourquoi donc est-on venu briser tout cela?
Pardon. Je vous jure que je n'ai que de la tristesse et pas un sentiment amer; mais, la semaine

dernière, j'étais si heureux de si peu de chose !

Après mon dîner, je rentrerai chez moi, puisque vous voir m'est désormais défendu, et, comme hier soir, je chercherai la nuit et la solitude : voilà ma vie. Si vous pouvez à une heure ou à une autre me voir, vous me donnerez plus de bonheur que je n'en conçois maintenant la possibilité; mais je ne l'espère pas. Adieu ; mon domestique me rapportera votre réponse.

XXXIV

Non, je ne refuserai point ; quand vous lirez ceci, tout sera décidé, mes engagements de route pris, et j'aurai soin de les prendre irrévocables. J'hésitais encore avant notre dernière conversation, je brûlais d'être seul avec vous, dans l'espoir vague de vous attendrir ; mais, en vous écoutant, j'ai senti que j'obtiendrais vainement d'un attendrissement passager des promesses que vous ne tiendriez pas, et mon cœur s'est refusé à toute tentative d'ébranler par la vue de ma douleur une âme sur laquelle je n'aurais jamais que le pouvoir du moment. J'aimerais mieux mourir que de passer encore trois mois comme les deux qui viennent de s'écouler. Je ne puis habiter la ville que vous habitez, je ne puis prolonger ce supplice de chaque minute, cette crainte, cette attente, ce trouble avant d'aller chez vous, ce désespoir quand je ne vous trouve pas, cette dévorante impatience quand je ne puis vous parler seule. Le ciel m'offre un moyen [1] de fuir ce tourment ; quel que soit ce moyen, je l'embrasse comme dernier essai de salut. Je vous ai bien observée : ce n'est pas mon départ qui vous afflige, c'est que ce départ soit une chose qui vous semble inconvenante. Vous me laisseriez partir avec aussi peu de regrets que M. de L... ou que tout autre, si vous trouviez la carrière où j'entre exempte de tout blâme aux yeux de la société. Moi, ce n'est pas le blâme qui m'importe, ce n'est pas la carrière où j'entre qui m'intéresse, c'est la fin d'une longue et horrible agonie dont vous n'avez eu aucune pitié. Si je refusais, je perdrais bientôt à vos yeux ce qui à présent me porte à croire que vous feriez pour moi plus

1. Les propositions de Naples.

qu'auparavant. Je n'ai d'avantage que votre crainte sur mon sort, et l'espèce de remords qui vous agite ; rassurée, vous redeviendriez froide et insouciante. Je connais trop ce que vous êtes, malgré tant de nobles qualités, et ce que je suis pour vous. Vous faites le charme de tout le monde ; vous ne pouvez faire le bonheur de personne. Vous prendriez avec moi des engagements solennels, qu'il faudrait encore des convulsions et des larmes pour vous contraindre à les tenir. Ces convulsions et ces larmes vous fatigueraient. Pardon d'écrire si longuement ; bientôt je ne vous écrirai plus, et votre vie rentrera dans ce repos animé qui vous convient et qui vous trompe sur le mal que vous faites. Je ne vous reproche rien, ceci est une espèce de mort et les mourants pardonnent. D'ailleurs, vous avez voulu être bonne quelquefois, et je vous remercie des efforts inutiles que vous avez faits. Je voudrais par reconnaissance trouver un côté tolérable dans le parti que je prends ; il y en a un peut-être, je ne suis pas assez calme pour l'envisager ; mais j'entrevois que si on voulait, on pourrait le trouver, en mettant en ligne de compte ma position en France : ce titre d'étranger qu'on m'opposera toujours, les souve-

6

nirs de mes opinions, les ennemis que j'ai, enfin
la difficulté de donner à Paris, à une femme [1] qui
jouit dans son pays de mille avantages, une situation qui lui convienne, tâchez de faire de cela
quelque chose qui vous réconcilie avec ma résolution. Je vous livre cette manière de la considérer,
pour vous délivrer de toute pensée pénible. Quant
à moi, rien de tout cela ne me décide ; aimé de
vous, ou seulement préféré par vous, j'aurais refusé
le trône du monde.

Vous entourer de mon dévouement était ma chi-
mère, elle a été mon supplice ; et si, au lieu de
l'invitation que j'ai reçue, des gendarmes étaient
venus m'emmener, je les bénirais encore ; quoi
qu'il arrive, ce qui arrivera vaudra mieux que le
sort qui me serait tombé en partage si j'étais resté
ici. Je serais mort, ou devenu fou. Il vaut bien mieux
que ma destinée s'accomplisse loin de vous et de
manière à ne pas vous affliger. Ne vous tourmentez
donc point, croyez-moi sur ma parole. Vous serez
consolée dans huit jours et vous ne serez pas même
inquiète.

1. Madame de Constant.

Je vous supplie de ne rien dire à madame de
Staël, je lui parlerai ; mais, si vous l'excitiez à l'opposition, son imprudence ébruiterait la chose, et
alors les dangers seraient grands, elle pourrait
me faire arrêter. Or, comme (je vous le jure et j'en
atteste Dieu) rien ne m'ébranlera, il n'y a que du
péril à la mettre en mouvement dans cette affaire,
qui est décidée ; ne m'exposez pas sans aucune utilité, attendez au moins quelques jours, et causons
ensemble, non sur le fond de la chose, impossible
à changer, mais sur la meilleure forme à donner à
un parti devenu irrévocable.

Adieu ; je vais écrire le reste de la nuit ; l'idée
de vous quitter est horrible, celle de rester le
serait plus encore. Il m'est doux de me dire que
vous aurez pourtant décidé de mon sort. Je n'as-
pirais qu'à vous consacrer ma vie ; ceci est une
manière de me jeter au moins dans un abîme
ouvert par vous. Je vous verrai demain à une
heure, il en est quatre. J'ai encore l'habitude de
compter les heures jusqu'à celle qui doit nous
réunir ; bientôt cette heure ne viendra plus. J'ai
une sorte de plaisir à penser que votre idée s'asso-
ciera désormais à tout ce qui m'atteindra dans

cette orageuse et bizarre existence vers laquelle la
fatalité, personnifiée en vous, m'entraîne et me
pousse. Combien je vous aimais! combien le
moindre de vos regards, combien un sourire me
rendait heureux! Quel bonheur vous auriez pu,
par votre seule amitié, répandre sur ma vie!

Adieu, Juliette. Permettez-moi ce nom pour la
dernière fois. J'ai bien souffert; mais, je l'espère,
je ne vous ai fait aucun mal. Dieu veuille que
personne ne vous en fasse! Défiez-vous de ceux
qui veulent agiter votre âme. J'ai été vrai, sincère,
dévoué; je n'ai pas eu dans mon sentiment le
moindre mélange d'égoïsme.

Puissiez-vous trouver des amis pareils, et
puissent-ils obtenir de vous cette affection soi-
gneuse et tendre que j'avais cru mériter! Adieu.
Vous irez bientôt à Angervilliers, à cet Angervilliers
que je croyais revoir avec vous. Je ne le verrai
plus, toute la France va m'être fermée. Quand
vous y serez, pensez une fois à moi. Quand vous
verrez ce sentier qui tourne autour du jardin,
pensez que nous en avons fait le tour ensemble,
et qu'alors je pouvais espérer un peu d'amitié : là,
tout mon bonheur a fini. Adieu. Je m'attendris

malgré moi, et j'ai besoin de courage. Je vais braver l'opinion, lutter contre les hommes. Jamais ils ne me feront souffrir comme j'ai souffert par celle à qui tout mon cœur était dévoué. Adieu encore. Donnez-moi les moments que vous pourrez, le temps est court, et qui sait si jamais nous nous reverrons sur cette terre !

Quand vous passerez à Orsay [1] pensez à moi.

Oh ! mon Dieu !

XXXV

Savez-vous qu'il est un peu dur de dépendre de madame de Staël, comme vous m'avez mis sous sa dépendance ? D'après vos ordres et votre silence, je m'arrange pour passer la soirée avec elle au bal. Voilà qu'elle veut aller au spectacle et me renvoie à sept heures. Je lui demande une place dans sa loge ; elle me refuse, parce qu'elle l'a donnée, dit-elle, à M. de Rocca. Je suis donc rentré à sept heures et demie ; j'aurais été chez vous, j'ai eu peur de

1. Village sur la route d'Angervilliers.

vous déplaire et j'en ai peur encore. Je ne puis
aller chez madame de Beauveau qu'à dix heures
et demie, mais je puis rester chez moi. Voyez-vous
de l'inconvénient à ce que je passe une heure chez
vous? Alors faites-moi dire que *vous me verrez demain*. Si vous voulez me recevoir, faites-moi dire
que vous me permettez de passer ce soir. Je me
conformerai à vos volontés. Ne voyez en ceci qu'une
chance inespérée à laquelle je renoncerai sans murmure en comptant sur demain, et voyez-y avec indulgence la preuve que je ne suis jamais une minute occupé d'autre chose que de vous; songez que
de la part d'un autre cela vous flatterait, et je ne
vaux pas moins parce que je vous aime plus.

XXXVI

Schinina sort de chez moi. Il m'a communiqué
une idée qui vient de vous. Cela me suffirait pour
l'adopter, quelle que fût sa nature, si une longue
et triste expérience ne m'avait appris que je ne suis
plus moi, et que pour donner sur moi-même une

garantie, il faut qu'on me donne à moi-même une
garantie dans ce qui est aujourd'hui toute ma raison et toute ma vie. Il ne faut pas que vous vous
engagiez pour moi vis-à-vis de vos amis de là-bas,
de manière à vous donner un air d'inconséquence,
si je ne tiens pas vos paroles ; et cependant, ce n'est
pas de moi, c'est de vous et de vous seule qu'il dépend que je les tienne. Ne me reprochez pas de mêler du sentiment dans une chose qui vous paraît plus
grave et plus importante. Chacun fait ce qu'il peut.
Les trônes du monde, la richesse, la vie, la mort,
le succès, la gloire, l'exil, l'échafaud, tout cela n'est
rien à côté d'un signe d'affection de vous, à côté
d'un tête-à-tête d'une demi-heure ; je renoncerais
à tous les biens de la terre, je braverais tous les
maux, pour être un de vos premiers amis. Rien ne
peut me donner aucune force, quand je crois que
vous ne m'aimez point, et j'aurais beau avoir pris
tous les engagements du monde, ma tête se perdrait, et je n'en tiendrais aucun, si je vous retrou-
vais, ou, pour mieux dire, si je continuais à vous
trouver, comme vous l'avez toujours été, insouciante
à mes douleurs, indifférente à ma présence, ne me
donnant pas un signe de vie, quand vous savez que

je souffre le martyre en m'éloignant de vous, enfin
ce que vous avez été, ce que vous êtes encore; car,
si je suis mieux, c'est à ma résignation et non pas à
votre amitié que je le dois. Expliquons-nous donc
bien ensemble. Je suis prêt à tout, je serai le correspondant le plus exact, aucun inconvénient ne
m'arrêtera, aucune considération ne mettra obstacle
à mes efforts pour servir une cause qui vous intéresse, si, au lieu de ne m'accorder que ce que je
vous arrache, au lieu de ne jamais me recevoir
seule, et de me négliger plus que vous ne faites
personne, vous daignez me soutenir par des témoignages d'une amitié dans laquelle je puisse remarquer quelque préférence. Je fais donc mes conditions. Je demande que vous ne vous fassiez plus une
règle de me prouver votre indifférence, que vous
n'étouffiez pas dans votre propre cœur le peu de
pitié que vous avouez même avoir étouffée, quand
la vue de ma tristesse vous portait à me donner
quelque léger signe d'intérêt, sous le prétexte que
ce serait un encouragement au sentiment que vous
voulez décourager. Vous voyez bien qu'il ne se dé-
courage pas, et qu'ainsi vous me faites de la peine
en pure perte. Je demande enfin que chaque jour,

comme vous voudrez, quand vous voudrez, car mes
heures ne s'écoulent et ma vie ne se prolonge que
dans un seul but, je vous voie seule une demi-heure,
et que, si, car je suis raisonnable et me plie aux
possibilités, que si, dis-je, quelque circonstance met
un jour ou deux obstacle à l'exécution de cette promesse, vous vous regardiez comme liée à m'en dédommager le jour suivant. Je vous jure que, si je
pouvais vivre à moins, je le ferais; mais je sais très
bien à quel point ce que je demande est nécessaire,
et, quand j'aurai promis, et que je ne pourrai pas
tenir, je vous aurai compromise aux yeux de vos
amis d'Italie, j'aurai donné en apparence une preuve
de plus d'inconséquence, et j'aurai tout fait manquer. Voyez donc jusqu'où va votre intérêt pour la
cause de ceux que vous voulez servir, votre reconnaissance, votre enthousiasme pour de nobles idées,
votre ambition de contribuer à une belle cause, et
prononcez. Je suis votre instrument, mais il faut
savoir se servir de cet instrument; il sera excellent
si vous voulez; mais, si vous le jetez à terre, il se
brisera, et, dans l'explosion, il pourra faire du mal
à droite et à gauche. Je suis tout calme et toute
raison quand vous ne me percez pas le cœur, de

sorte que c'est vous seule que vous auriez à craindre,
et non pas moi, dont vous disposerez sans réserve,
si vous daignez en disposer. Mais il est indispensable que vous vous consultiez, et, si je vous suis
trop importun ; si, comme cela est déjà arrivé, vous
abjurez au bout de deux jours toutes vos promesses
de pitié, il vaut mieux ne rien recommencer. Tous
mes arrangements sont faits pour partir, et, sans en
parler, je n'attends, pour me jeter sur la grande
route, que le premier moment du courage de vous
quitter et celui où des affaires qu'au fond je ne fais
pas, ne serviront plus de prétexte à mon cœur pour
retarder mon départ. Voyez donc, la question est
de savoir si votre intérêt peut l'emporter sur votre
indifférence pour moi. Si cela est, mon temps, ma
vie, mon sang, tout est à cette cause. Si cela n'est
pas, ne me faites pas commencer ce que je ne
pourrais achever. Vous savez assez que je ne suis
pas exigeant ; que je n'ai point d'amour-propre ; que,
si je crois que vous avez une vraie et particulière
amitié pour moi, je serai heureux ; que je vous suis
dévoué comme on ne le fut jamais ; que je ne cal-
cule ni intérêt, ni péril, ni fatigue ; que je n'ai
qu'une pensée et qu'un besoin. Mais j'ai aussi les

défauts de ces qualités; je ne puis supporter votre
indifférence, je ne le puis. Rien ne m'est possible
quand je crois qu'un lien d'affection n'existe plus
entre nous. Ainsi, à côté de ce que j'entreprendrai
pour vous plaire, il y aura toujours un danger si
vous n'y prenez garde, celui d'un désespoir subit,
irrésistible, dont vous n'avez aucune idée; mais
qui, plus d'une fois, a épouvanté les autres et qui,
à la première violation d'une promesse sur laquelle
j'aurai reposé toute mon existence, peut me saisir et
m'entraîner. Il est d'autant plus nécessaire que cette
question soit résolue, que, dans le cas où j'accep-
terais, Schinina m'a parlé de *courriers*, etc., choses
qui m'obligeraient à reprendre ce que je lui ai fait
remettre. Or je ne m'exposerai plus à cela si tout
n'est pas invariablement décidé en vous. Je sens
que vous pourriez croire que je me serais lié par
là. Mais, sans votre amitié, rien ne peut me lier,
parce que rien ne peut me faire vivre, et qu'un
homme aurait beau promettre de vivre sans respirer, il étoufferait. — Voyez donc: d'un côté l'Italie,
une noble carrière, mille belles choses; de l'autre
une demi-heure de tête-à-tête par jour.

Je passerai chez vous à cinq heures.

XXXVII

Fragment d'une lettre de la reine Caroline Murat.

On ne peut faire tout ce que vous désirez pour
l'auteur du manuscrit; si je pouvais causer un
quart d'heure avec vous, je vous en aurais bientôt
convaincue; mais, si vous voulez y réfléchir un
instant, vous avez trop d'esprit, trop de sens, votre
tête est trop parfaitement organisée pour ne pas
sentir toute l'importance des raisons qui s'y op-
posent. D'abord le danger de mécontenter les
ministres chargés de cette affaire; plus, la nation
tout entière, qui regarderait comme une offense
pour elle qu'un étranger fût chargé de ses intérêts.
Enfin jusqu'au roi de France, qui pourrait dire qu'on
offre un refuge, un asile, un point de ralliement à
tout ce qui a été grand patriote, et en prendre
prétexte pour tourmenter. Et cela, dans un moment où il nous faut absolument du calme d'esprit.

J'espère cependant que Benjamin Constant sera
content des propositions qui lui seront faites, et
qu'il ira là-bas, qu'il soutiendra nos intérêts et

que nous vous devrons l'attachement à notre cause
d'un homme dont les talents nous seront très
utiles.

XXXVIII

Voici la réponse que je fais aux propositions de
Naples[1]; j'espère que vous serez contente. Je dois
à votre bonté de n'avoir pas fait une chose qui
m'aurait perdu. Mais songez aux conditions que
vous-même m'avez offertes, et sur lesquelles je me
repose. De mon côté, je tâcherai de reprendre de
la raison, je m'efforcerai de changer en une douce
amitié ce sentiment funeste qui me dévore et qui
vous fatigue; vous n'aurez plus à vous plaindre ni

---

1. Le roi Joachim avait fait proposer à Benjamin Constant de
se rendre à Vienne pour y défendre ses intérêts au congrès,
mais sans caractère ostensible. Madame Récamier, qui avait demandé pour lui une situation diplomatique et un titre officiel, ne
trouvait point qu'une mission secrète pût être convenablement
acceptée par l'éminent publiciste. Elle le décida à la refuser.

Le mémoire rédigé par B. Constant avait paru sans nom d'auteur; il fut cité au parlement d'Angleterre dans la discussion sur
les affaires de Naples. La reine Caroline envoya à l'auteur
20.000 francs et une décoration. B. Constant refusa l'argent et la
croix.

de ma douleur ni de ma violence ; si ce que vous avez daigné appeler un *traité* entre nous est observé par vous, ma vie sera tolérable. Si vous y manquez, ma souffrance, quelque extrême qu'elle soit, sera domptée par l'idée de son inutilité pour moi et de son importunité pour vous. Je vous verrai donc à quatre heures, ou avant si vous me le faites dire.

Donnez ordre, je vous en prie, comme vous avez bien voulu me le promettre, qu'on me laisse monter si vous n'y êtes pas.

XXXIX

Il est quatre heures du matin : je devrais me coucher au lieu d'écrire, mais je ne le puis. Il y a trois heures que je vous ai quittée. Je n'ai pensé qu'à vous, je ne puis pas ne pas vous le dire. Vous m'avez promis de l'amitié, une amitié un peu différente de celle que vous accordez à la foule de vos amis. Je vous en remercie. Je vous consacre ma vie tout entière, ce que je puis avoir d'esprit, de

facultés, de forces physiques et morales, en
échange de cette amitié si insuffisante, mais si
précieuse. Je ne vis que par là, je vous jure ; et, si
j'exagère, je prie Dieu de me priver de cet unique
bien qui me soutient dans ce monde. Je vous jure
que jamais, ni de nuit ni de jour, dans aucun
temps, au milieu d'aucune affaire, votre image ne
me quitte. Mon amour est une sensation constante
que rien ne suspend, que rien n'interrompt, qui
est alternativement un dévouement absolu qui a
sa douceur, et une agonie si affreuse que, si vous
la prolongiez deux fois vingt-quatre heures, vous
me tueriez. N'avez-vous pas vu hier encore votre
pouvoir ? Ne sentez-vous pas que, chaque fois que
je vous parle d'autre chose que de mon sentiment
pour vous, c'est un sacrifice que je vous fais ? Mais
quel sacrifice ne ferais-je pas pour obtenir de vous
voir et de vous entendre ! Si vous saviez quel en-
chantement j'éprouve quand vous parlez un peu
longtemps, avec un peu d'abandon et de confiance ! comme chacune de vos paroles descend
dans mon cœur, comme mon âme se remplit de
vous ! comme un repos, un bonheur momentané
remplacent l'agitation qui d'ailleurs me dévore !

Oh! si vous m'aimiez comme je vous aime, de quelle
félicité nous jouirions! Quelle certitude nous au-
rions l'un et l'autre dans la vie! Si, en vous éveil-
lant, vous pensiez avec plaisir à ce sentiment qui
vous entoure, qui embrasse depuis les plus petits
détails jusqu'aux plus grands intérêts de votre
existence, qui s'associe à chacune de vos pensées;
qui, si vous le permettiez, ne laisserait aucune de
vos émotions, aucun des besoins de votre cœur
sans réponse; à ce sentiment si exempt de tout
égoïsme, qui trouve à se dévouer le bonheur que
d'autres cherchent dans l'amour-propre et dans le
succès; qui est étranger à tous les autres calculs;
pour qui ni la gloire, ni la puissance, ni la fortune
ni l'amusement n'existent qu'autant qu'ils sont des
moyens d'arriver jusqu'à vous et de vous servir ou
de vous plaire, combien votre vie serait plus pleine
et plus forte! combien ce vague qui vous tourmente deviendrait du bonheur! Car chaque détail
de la vie, chaque mouvement de l'âme, chaque intérêt même vulgaire serait une cause d'union, une
occasion de sympathie, et les objets qui vous fati-
guent ou vous sont indifférents prendraient de
l'importance comme vous prouvant que vous êtes

uniquement et complètement comprise, chérie,
adorée. Dites-vous bien au moins que, si votre
caractère, votre volonté, vos souvenirs, vous font
dédaigner ce bonheur, la•certitude qui doit le
fonder existe pourtant ; que vous disposez de moi
comme d'un instrument qui répond à chaque
pensée, à chaque émotion de vous, et qui ne
cesserait d'y répondre que si vous vouliez le
briser. Ne le brisez pas. Vous en avez été bien
près plus d'une fois; mais, aujourd'hui, vous ne
pouvez avoir ni crainte ni défiance.

Vous êtes convaincue au fond de votre âme que
je ne serai jamais que ce que vous voudrez, et au
moins vous ne pouvez me refuser une place
unique parmi vos amis, celle d'un homme qui se
compte pour rien, qui ne demande rien à la destinée; qui consentirait à ce qu'on appelle la
prospérité pour obtenir une heure de plus de
votre présence; mais qui rejetterait toutes les
prospérités de la terre, s'il fallait les acheter en
renonçant à une heure qu'il pourrait obtenir de
vous. Ne vous travaillez donc pas contre moi et
que votre amitié m'aide à vivre. Il vous est prouvé
que c'est par elle que j'existe, comme repos,

7

comme raison, comme possibilité de m'occuper de moi, pour vous obéir, pour vous voir, pour m'approcher de vous davantage.

Le bal était beau. Personne n'a remarqué mon arrivée tardive. M. de Forbin n'y était pas.

J'irai vous voir vers quatre heures. Rendez-moi le manuscrit pour que je lie ensemble ce qui est fait et ce qui doit se faire.

Ce matin, je cours pour mon ouvrage et pour l'Institut. Mais vous êtes au fond de toutes mes actions. Les savants ne se doutent pas que c'est à cause de vous seule que je vais leur faire ma cour.

XL

Que faites-vous aujourd'hui? Madame de Staël m'a fait encore courir pour ses affaires, et, d'après vos ordres, j'ai mis mon temps à sa disposition. Je rentre fatigué et triste, quoique j'aie de bonnes nouvelles à lui annoncer. Je dînerai chez elle, je serai ce soir chez madame de Beauveau. Voilà ce qui est fixé dans ma misérable journée, et il n'y a rien là qui m'intéresse ou me réjouisse. Je ne me sens

pas le courage de vous entretenir plus longtemps
de moi. Je trouve que je dois vous ennuyer prodigieusement. Je vais travailler aux mémoires. Je
ne resterai que très peu de temps chez madame
de Beauveau, ce soir; mais je n'irai chez vous, ou
là où je pourrai vous voir, que quand et comme
vous me le permettrez.

XLI

A Dieu ne plaise que je me plaigne, j'ai trop à
remercier le ciel de ce que vous n'avez pas été
malade de votre course de ce matin; j'écoutais
tous les détails du froid affreux qu'il a fait dans
l'église[1], et je frémissais. J'ai senti qu'il y aurait
encore une plus horrible douleur que celles que
j'ai éprouvées : ce serait celle de vous savoir souffrante et de ne pouvoir vous soigner sans cesse.
Mais, en m'interdisant toutes plaintes, il est pourtant vrai que je n'ai pu, depuis deux jours, vous dire

---

· 1. Au service célébré à Saint-Denis, le 21 janvier 1815, pour
Louis XVI et la reine Marie-Antoinette.

un mot seule. Mon cœur s'élance vers vous : j'aurais besoin de vous dire combien je vous aime. Mon sentiment se fortifie de mille caractères qu'il n'avait pas. Je découvre en vous mille nouveaux charmes. Votre esprit est le seul qui me convienne, votre grâce est la seule qui me touche. Votre gaieté si naturelle, si naïve, si vraie, votre âme si pure et si noble, chaque mot de vous indiquant la finesse ou révélant la bonté, j'aime en vous tout ce qu'il y a de beau et d'adorable sur la terre. Ah! laissez-moi vous aimer, j'en vaux mieux, je m'en estime davantage, je me sais gré de sentir avec tant de force tout ce que vous êtes et tout ce que vous valez. Mon amour était ma seule pensée ; il devient presque du bonheur, tant il est doux de vous admirer et de vous chérir; je ne puis résister au besoin de vous le dire, quoique mes pauvres lettres restent toujours sans réponse. Mais je vous aime comme on aime Dieu, qu'on prie, qu'on invoque, et dont on sent, malgré le silence, l'influence bienfaisante au fond de son cœur. N'oubliez pas que vous m'avez dit de vous aller voir à deux heures. Qu'on ne me renvoye pas et que je puisse une fois vous dire que je vous remercie de tout ce que

j'éprouve pour vous. Vous aimer est un bonheur.
Vous êtes l'idéal d'une femme, la réunion de tout
ce qui séduit, de tout ce qui impose, de tout ce
qu'on révère, et de tout ce qu'on aime. Ne brisez
pas mon cœur, qui est à vous comme une partie de
vous et qui a besoin d'un peu d'affection pour
résister au sentiment qui le domine, et pour supporter la privation de ce que vous lui refusez.

A deux heures, n'est-ce pas? Mon espérance de
vous voir me fait toujours trembler. Je suis toujours sur le bord d'un abîme où vous pourriez me
pousser d'un geste, et je me retiens à votre main,
à votre robe, comme un malheureux qui craint de
périr.

XLII

Pardon si je vous écris encore, mais je voudrais,
s'il est possible, conserver les moyens de finir ce
malheureux ouvrage que j'ai entrepris, et je sens
que, si vous n'avez pas, pour quelques jours encore,
un peu de bonté, dussiez-vous vous la prescrire, je

n'aurai plus ni talent ni force. Vous m'avez renvoyé bien durement. Je me suis en allé bien triste et je n'ai pas eu le courage de retourner chez vous le soir. Je n'ai pas non plus fait d'autres visites, je laisse rompre toutes mes relations. Jamais il n'y eut destruction plus complète d'un malheureux être sous tous les rapports sociaux et politiques et de toute espèce.

Le 26 août, je suivais avec activité et même avec adresse une marche qui aurait arrangé peut-être ma vie, et surtout celle d'une autre, ce qui est plus important. Depuis le 27, tout est changé. Je souffre et je me consume tout seul, et aucune tentative pour reprendre le gouvernement de moi-même ne me réussit. Je ne vous parle presque plus de cette longue douleur; mais, croyez-moi, tout ce que je vous en écrivais quand j'espérais vous toucher subsiste encore, et, s'il y a moins de violence apparente, c'est qu'il y a plus de découragement. Je ne m'explique pas comment, aujourd'hui que vous êtes bien convaincue et de ma soumission et de mon dévouement si complet, vous ne mettez point de prix à répandre dans une âme, dont vous disposez, un peu de bonheur ou de calme. La vie

est-elle donc si riche en affections, qu'il faille
fouler aux pieds celles qui ne demandent qu'un
signe de bonté pour se consacrer à jamais? Pardon
si je me plains, mais je n'ai pas un être à qui je
puisse parler. Ma peine retombe tout entière sur
moi seul, et, quand j'ai passé la nuit dans l'agonie
et les larmes, je me retrouve le matin effrayé de
ma solitude. Aucun signe d'amitié de vous ne m'interrompt jamais, et, si quelque maladie me frappait,
vous me laisseriez mourir chez moi, sans vous être
seulement aperçue de mon absence. Pardon encore.
Je ne vous accuse pas. Il y a dans tout ceci une volonté surnaturelle; car tant d'indifférence pour un
être qui vous aime tant n'est pas dans la nature humaine. Aussi c'est au ciel plus qu'à vous que je demande grâce. Je lui demande à chaque heure du
jour et de la nuit la seule grâce que je désire, que
j'implore encore de lui en vous écrivant ces lignes,
une mort prompte, car ma vie est perdue sans retour; et je cesserais de vous aimer, ce qui est impossible, que je ne ne cesserais pas de regretter le
bonheur que j'ai espéré pendant quelques jours.
Mais n'avez-vous donc nulle amitié pour moi, pas
même autant que pour M. Ballanche ou tel autre?

et, si vous en avez, pourquoi me dites-vous si souvent le contraire? Croyez-vous que, si un homme se croyait condamné à mort, ce fût une douce plaisanterie de lui dire sans cesse que la sentence va s'exécuter? Oh! si vous avez un peu d'amitié, laissez-le-moi voir. Laissez-moi respirer un moment sans angoisse. Je voudrais tant savoir encore une fois ce que peut être la vie sans douleur! Je vous aime avec tant d'ivresse! chaque geste de vous a une telle séduction! Oh! si le ciel mettait près de vous un abîme et qu'il y fallût tomber après vous avoir serrée sur son cœur, avec quelle joie je me sentirais rouler au fond de l'abîme!

Un mot de vous, pour que, ce matin, je puisse travailler. J'ai grand besoin d'avoir fini, mes retards sont un ridicule et vous en seriez plus mal pour moi. Mais je ne puis rien sans vous et je mendie un peu de talent de vous, qui avez en votre pouvoir tout ce qui m'en reste. Que vous a dit la personne que j'ai laissée avec vous? Elle ne passe jamais nulle part qu'il n'en résulte pour moi quelque chose de funeste. M'aura-t-elle encore fait du mal? Vous m'avez permis de dîner chez vous, je vous verrai donc à cinq heures, n'est-ce pas? Jusqu'a-

lors je travaille, avec quel effort, Dieu le sait! Mais,
deux jours après que mon ouvrage aura paru,
vous saurez pourquoi je suis si impatient de le
faire. Adieu, jusqu'à cinq heures, n'est-ce pas? Oh!
mon Dieu, pourquoi faut-il vous aimer ainsi? Cela
vous est si égal. Adieu. A cinq heures.

XLIII

Je suis le plus importun, le plus incommode, le
plus ennuyeux des hommes. Je me le dis à moi-
même. Mais on pardonne à celui qui, condamné à
mort, demande grâce, et il n'en a pas plus besoin que moi. J'ai pu vivre, travailler, causer,
m'occuper de mon avenir pendant quatre jours,
parce que, durant quatre jours, vous m'avez témoigné un peu d'amitié, que je vous ai beaucoup vue,
regardée, écoutée, et que j'ai respiré par votre
présence du calme et de la raison. Depuis trois
jours, vous êtes changée, je vous vois à peine, je
suis forcé d'étouffer ce que j'éprouve. Je ne puis
plus ni travailler, ni penser, ni parler à personne;

mes forces me manquent; tout avenir, avec ou sans
carrière, me semble insupportable, parce qu'il est
séparé de votre idée. Je suis retombé plus faible
et plus misérable que jamais. Je me traîne donc
à vos pieds et je vous demande de ne pas me
retirer cette protection d'affection qui seule me
soutient. Elle vous importune; mais que voulez-vous que j'y fasse? Si je pouvais, croyez-
vous que je souffrirais ainsi? Devant Dieu, je
me raisonne, je me travaille, je m'encourage;
mais, sans vous, sans votre vue, sans votre amitié,
je ne puis rien. Comment cela est arrivé, je
ne puis vous le dire. Je ne suis pas, sous d'autres
rapports, sans force et sans courage : et une fai-
blesse qui ne vient que d'une affection pure,
désintéressée et sans bornes n'est pas méprisable.
Écoutez : grâce aux quatre jours d'existence moins
pénible que vous m'avez donnée, mon livre, bon ou
mauvais, est fini. C'est pour mon sort en France
une époque décisive. Ceux qui me veulent du bien
attendent cette occasion. Si j'en profite bien, les
quinze jours qui vont suivre établiront ma destinée, et me tireront de la position hostile et équivoque qui me suit et qui même embarrasse mes

amis. Si vous le voulez, j'en profiterai bien. Mais donnez-m'en la faculté, recevez-moi, écoutez-moi, plaignez-moi, conseillez-moi, et surtout montrez-moi de l'amitié. Car, sans cela, tout est inutile ; c'est en pure perte que vous vous donneriez la peine de parler aux autres et de me servir près d'eux, si vous ne me sauvez pas de moi-même. Avant-hier, j'ai admirablement parlé à M. de Jaucourt, parce que je comptais sur un entretien le soir. Il a manqué, et, chez la duchesse de Raguse, je n'ai pu qu'errer comme une ombre et parler de vous à M. de Forbin. Hier, j'ai été plus souffrant encore : madame de Staël me parlait de moi. Je ne la regarde pas comme une amie et je l'écoute avec défiance. Mais elle avait pourtant raison. Elle me conseillait de partir. « Vous ne pouvez rien faire, me disait-elle, dans l'état où vous êtes, quelle qu'en soit la cause. Vous blessez tout le monde, en n'écoutant pas, en ne répondant pas, en ne vous intéressant à rien de ce qu'on vous dit ; il ne vous restera pas un ami si vous continuez. Moi, je ne me soucie déjà plus de vous. Votre femme s'en détachera aussi, et, si c'est l'amour qui vous met dans cet état, la personne que vous aimez n'aura jamais d'affection pour vous. » Il y avait bien de la vérité dans ce discours. Je l'ai nié, mais je le sentais.

Vous pouvez tout changer. Soyez pendant quinze jours ce que vous avez été pendant quatre, et certes, c'est peu de chose, car vous ne m'avez pas même laissé vous peindre mon sentiment. Mais je vous voyais, je respirais près de vous, je reprenais des forces. Au nom du ciel, continuez pour quinze jours, jusqu'à ce que ma tentative ait échoué ou réussi. Je vous demande votre présence comme d'autres vous demanderaient votre crédit. Je ne puis rien si je ne vous vois pas, si je ne crois pas que j'ai une petite place dans votre cœur. Votre indifférence m'accable, mon amour me dévore, me consume; un peu de pitié pour assurer ma destinée extérieure, puisque ce n'est qu'à elle que vous vous intéressez. Tout dépend de là. Vous mettriez tous vos amis en mouvement, on me donnerait toutes les places et les dignités du monde, que, si j'étais deux jours sans vous voir, tout serait perdu. Hier, je ne voulais pas aller chez vous. Mais je souffrais tant, que j'ai voulu vous regarder pendant quelques minutes. J'ai essayé de causer, vous ne m'avez jamais répondu. Enfin j'ai voulu vous écrire encore.

Je fais ce que je peux, aidez-moi, ou laissez-moi renoncer à tout, et m'en aller si je peux, ou bien en finir de ma souffrance et de ma vie. J'en suis plus près que vous ne croyez.

Je vous verrai à quatre heures, et, si vous n'y êtes pas, je vous attendrai, car j'ai besoin de vous pour n'être pas mort à mon dîner. Je crains pour ce soir la longueur de ma lecture. Nous en parlerons à quatre heures.

LXIV

Comme vous daignez vous intéresser à moi et à ma brochure, que je vous dois d'avoir pu achever, je vous dirai que j'ai reçu du directeur de la librairie une lettre la plus obligeante et la plus pleine d'éloges, et qui m'annonce qu'*ils* en seront contents. Demain ou après demain, tout paraîtra. Si vous ne vous y intéressiez pas, cela me serait bien égal; mais, si vous vous y intéressez, donnez-moi la force de profiter de l'occasion ; sans quoi, je ne ferai rien que souffrir. Je suis votre ouvrage dans tout ceci. Je vous verrai à quatre heures.

Mais que faites-vous ce soir? il n'y aurait pas assez de vingt-quatre heures par jour pour vous voir si je m'en croyais. Je vais me remettre aux mémoires. Quand aurai-je une bonne heure pour ne les lire qu'à vous? Vous êtes le génie tutélaire ou l'ange exterminateur, à votre choix.

XLV

Je n'ai pu avoir de chez l'imprimeur les premières feuilles que vous voulez lire, que vous daignez lire par intérêt pour moi. Je les aurai dans la journée, et je vous les enverrai; mais laissez-moi m'arrêter sur la pensée que vous vous intéressez à moi. Je ne sais que trop combien est faible cet intérêt. Je ne le dois qu'à la conviction que vous n'avez pas repoussée, que toute mon existence vous est consacrée, et que ma vie est attachée à un peu d'affection de votre part. Je sais combien mon rang est inférieur, de combien de souffrances me menace chaque mouvement de votre cœur, si adorable à la fois et si mobile.

Vous êtes un ange qui jetez quelquefois sur nous du haut du ciel un regard de bonté : nous vous suivons des yeux, enchaînés que nous sommes sur la terre. Mais vous êtes entourée d'un nuage et nous sommes tristes ou heureux, souffrants ou satisfaits, suivant que nous distinguons l'ange à travers le nuage, ou que le nuage se referme et dérobe l'ange à notre vue. Continuez donc à nous faire vivre, hélas ! Je dis *nous*, tant j'ai le sentiment que je dois être heureux d'être souffert avec d'autres. Disposez des facultés, des forces, de tous les moyens de ceux qui vous aiment. Exercez votre empire et distribuez à votre gré les consolations ou les peines.

Mais reconnaissez au moins en vous-même que, si votre affection ne me distingue pas, votre équité doit me distinguer. Je ne suis pas comme les autres, un homme qui se borne à vous aimer ; je suis votre propriété sans réserve. Mes sensations, mes pensées, toutes mes heures, tous mes projets dépendent de vous. Vous me glacez ou vous me ranimez d'une parole. Je n'existe plus en moi sous aucun rapport. Tout m'est égal, pourvu que je m'approche de vous. Tout est pour moi une route; un regard de vous est le but.

À ce soir. Je vais écrire *nos* mémoires. Je ne sortirai pas ce matin. Où irais-je? puisque je ne puis aller chez vous.

Adieu, vous qui êtes ma vie !

XLVI

Vous connaissez ma position ici, elle est incertaine, mais elle s'améliore. Avec de l'activité et de la raison, tout peut s'obtenir, car on est bien disposé et la nécessité forcera les exagérés à revenir à un homme qui, vous le voyez par les journaux, et je le vois par les conversations de tout le monde, prend chaque jour une place meilleure dans l'opinion. Si je consacre huit jours de calme à retravailler cet ouvrage, qui a eu du succès et qui est sur toutes les tables et dans toutes les bouches, bien qu'il ait été composé au milieu des distractions que peuvent donner toutes les douleurs, je me placerai, j'en réponds, au premier rang politique. Je n'ai point de vanité. Ce sont les autres qui m'avertis-

sent de ce que je vaux ; et ce que je dis de ce que je
puis faire est une vérité qui m'a été démontrée sans
que je la cherchasse, et, pour ainsi dire, historique-
ment.

Mais je ne puis rien sans vous : votre affection
est nécessaire à ma raison comme à ma vie, et me
conseiller le travail en me repoussant, c'est vouloir
qu'un homme qu'on tue marche et agisse. Vous
l'avez-vu quand vous m'avez maltraité ces derniers
jours. Je n'ai pu soigner personne, parler à personne. Tout a été en moi abattement et folie. Au
premier signe d'indifférence de vous, tout cela re-
viendrait. Ceci n'est pas un moyen que j'emploie,
mais un fait que je dis, et qui est la base de tout,
car il ne peut changer.

Si donc vous ne vous persuadez pas de ce qui est évident, que toutes mes forces, et par conséquent toute
ma carrière, reposent sur votre affection, il est inutile de me rien faire essayer. Ce n'est que me donner
inutilement beaucoup de souffrance et l'air d'une inconséquence ridicule. Après avoir obtenu des autres
promesses, intérêt, service, au premier coup d'œil
froid de vous, je jetterai tout loin de moi. Je ne pourrai pas faire autrement, c'est de là qu'il faut partir.

8

Votre affection depuis avant hier m'a redonné la possibilité de vivre. Si vous me la conservez, si je vous vois seule, si je puis soulager mon âme en causant avec vous, j'arriverai à tout. Mais, si des réflexions mal fondées, des défiances injustes doivent me rejeter de nouveau dans l'abîme, il vaut mieux que je m'éloigne. Cela vaut mieux pour vous; car, dans le désespoir que j'éprouve alors, je ne puis répondre de rien. C'est un prodige que j'aie pu me vaincre ces derniers temps, ne pas aller pousser des cris de douleur dans votre rue, ne pas mourir à votre porte, ou ne pas essayer de me venger de ceux auxquels j'attribuais votre dureté.

Vous connaissez à présent mon caractère, mon sentiment passionné et sans bornes, mon ardeur à vous obéir. Vous savez que vous n'avez rien à craindre de moi, si vous me témoignez de l'affection. Prononcez donc. J'ai fait un plan de vie merveilleux. Il n'y aura pas une heure de perdue, pas un moyen de négligé. Mais tout repose sur vous, sur votre égalité d'amitié, sur des entrevues libres et fréquentes où je puisse vous dire ce que je ne puis dire qu'à vous, et vous consulter sur ce que je dois faire d'ailleurs, pour obtenir les succès d'ambition

que je ne désire que comme moyen de vous dévouer
ma vie. Ces entrevues seront quand vous voudrez, comme vous voudrez. Je vous verrai peu au
milieu de votre société, si ma présence a de l'inconvénient; ce qui pourtant, quand j'aurai ma tête
à moi et que je parlerai aussi bien qu'un autre, ne
me paraît pas vraisemblable. Je travaillerai, je cau-
serai, je verrai ceux qui peuvent me servir, je soi-
gnerai tout le monde. Je vous devrai ma carrière.
Vous serez l'ange réparateur de ce qu'une autre
femme a détruit. Décidez donc. Moi, je n'ai qu'une
pensée, qu'un sentiment, qu'un moyen de vivre :
c'est vous, vous seule et toujours vous. Pour vous
aussi cette confiance réciproque, cette certitude
que toutes vos impressions sont partagées, qu'il n'y
aura rien d'isolé dans votre âme angélique, que
vous avez un cœur qui sympathise en tout avec le
vôtre et qui serait brisé sans le vôtre, ne peuvent
pas ne pas être une idée douce. Puis-je donc compter sur votre amitié, j'oserai dire, votre justice? Ne
nommez pas cette union des âmes simplement de
l'amour. J'ai tout l'amour que jamais homme a pu
ressentir, mais j'ai bien plus que de l'amour. Tous
les sentiments de la terre et tous les sentiments du

ciel sont réunis pour vous dans ce que j'éprouve. Ne dites pas que c'est passager. J'ai eu quinze ans un lien terrible qui ne liait que moi, et si on examinait bien tous ses détails, ce n'est pas moi qui l'ai brisé.

Ange adoré, à qui je ne demande qu'un regard doux, et une affection pure comme lui, décidez donc. Si vous ne pouvez concevoir cette confiance que je mérite, si vous devez encore, inégale et injuste, me remettre dans les tourments de l'enfer, pour vous-même, dites-moi de partir. Ne me laissez pas défaire des arrangements qui, exigeant quelques jours pour être refaits, m'exposent à des jours d'agonie et vous-même au spectacle de ma folie et de ma douleur. Mais, si l'homme qui, avant de vous aimer uniquement, se sentit toujours entraîné vers vous; si l'homme qui donnerait sa vie pour vous épargner, je ne dis pas à vous, mais au dernier être qui vous intéresse, une piqûre d'épingle; si cet homme, sa carrière, son repos, sa gloire, sont quelque chose à vos yeux, que votre amitié reste égale et bonne. Encouragez-moi, guidez-moi, mais surtout recevez-moi; car vous me ranimez, vous me calmez, vous me rendez la raison, je

sors d'auprès de vous plus tranquille, mes facultés
sont doublées, mon cœur n'est plus oppressé. Décidez donc, et, croyez-moi, en descendant en vous-
même, vous vous direz qu'une telle affection n'est
pas méprisable, qu'il est bon de l'avoir rencontrée,
de pouvoir se l'approprier, sans rien blesser de ce
qu'on respecte, et que cet isolement, cette tristesse
que vous éprouvez est un avertissement du ciel;
qu'un être tout dévoué, compagnon de toutes vos pensées, vous comprenant dans ce que d'autres appellent
des rêveries, vous égayant par son esprit, vous servant de tout son zèle, ne vous gênant jamais, ne demandant que ce qui est indispensable à sa vie, votre
présence, qu'un tel être ne doit pas être repoussé.

XLVII

Je ne puis m'empêcher de vous écrire un mot
pour vous supplier de ne pas mettre obstacle à ce
que la personne que vous savez vienne ce soir, là
où je dois l'attendre. Vous m'avez arraché ce misérable petit secret; mais ne faites pas tourner

contre moi votre toute-puissance : il est indispensable que, cette personne et moi, nous ayons une
conversation ensemble. Cette conversation peut
très bien ne pas amener ce que vous ne voulez
pas, mais elle doit nécessairement avoir lieu ;
sans cela, la personne croira toujours que je vous
en ai parlé pour l'éviter, et je serai forcé de lui
faire dire demain que je l'ai attendue inutilement
toute la nuit, ce qui serait de sa part une autre
impertinence. Je vous promets toute la modération
compatible avec ce que je me dois. Songez que
l'opinion est méchante pour moi et que je ne puis
lui donner la plus légère prise ; j'ai déjà perdu
bien du bonheur en vous voyant si peu. La folie
de ce matin n'est pas ma faute ; ne m'en punissez
ni en me privant du peu de moments que je passe
avec vous, ni en empêchant une conversation qui
ne sera rien, mais qui ne peut s'empêcher, car
elle m'a été demandée sans que je la proposasse.
Songez que vous m'avez fait serment de n'en rien
dire. Songez que je me suis toujours efforcé de
vous prouver mon dévouement, et que je vous défie
de vous retracer une circonstance où je n'aie pas
été pour vous tout affection, amour et dévouement

sans bornes. Laissez donc venir la personne que
je vais attendre, et croyez que vous plaire en tout
est mon plus vif désir.

XLVIII

Tout est arrangé. Je me suis fié à votre parole,
vous seriez bien coupable de me tromper ; car j'ai
perdu une bien belle occasion. Il est vrai qu'elle
peut se retrouver. Oh ! je braverais mille morts
pour une heure passée avec vous ! Je vous verrai
donc à trois heures ! Quel bonheur ! il y a longtemps que mon cœur n'a éprouvé cette joie.

XLIX

J'ajoute un mot au petit billet que je vous ai écrit
ce matin. Tout est arrangé, mais tout peut se déranger pour une seule chose : c'est si M. de Forbin
se doute le moins du monde que vous soyez in-

struite de rien de cette affaire. Alors tout recommence inévitablement. Du reste, il s'est fort honorablement conduit ; votre nom, comme de raison, n'a pas même été indiqué, et nul, pas même lui, je crois, ne s'en doute.

Je vous écris en hâte pour que vous soyez en garde contre lui, si vous le voyez avant moi. A trois heures, je vous verrai ; cela vaut mille vies.

L

Vous m'avez percé le cœur d'un mot, en me disant que j'avais dit des choses indiscrètes à M. de Forbin et qu'il ne m'en avait pas répondu. Il m'a pris un remords fort au-dessus de ce que vous pouvez croire. Au fond, ce n'est pas sa faute s'il profite des heures que vous lui accordez ; je ferais tout comme lui à sa place, et me prévaloir de ce qu'il peut y avoir de pénible dans ses souvenirs est mal. Je vous envoie un billet pour lui. Vous jugerez s'il convient de le lui remettre ; c'est une chose sérieuse entre hommes. Heureusement que vous

ne pouvez méconnaître mon motif, et c'est à votre
opinion seule que je tiens. Je n'ai pu le rattraper
hier et il ne s'est passé ni ne se passerait rien
entre nous; par conséquent, c'est de ma propre
volonté que je cherche à effacer en lui une impression pénible. Jugez donc mon billet par vous-
même et votre cœur. Je ne vous cache pas que c'est
aussi pour ne pas gâter les moments où vous me
permettez d'être avec vous que je fais cette dé-
marche. Je voudrais effacer tout ce en quoi j'ai pu
vous déplaire. Soyez un peu bonne pour moi, je
vous aime tant! je vous suis si dévoué! Je vais
faire une belle action. Je suis si bon enfant! Je
vous verrai après dîner. Je travaillerai tout ce
matin, je ne vis que pour vous. Soyez bonne et
donnez-moi quelques moments avec un peu de liberté. De manière ou d'autre, ceci finira bientôt;
vous partirez, et moi, certainement, je ne pourrai
pas rester. Ne me mettez pas au supplice. Laissez-
moi vous devoir du calme et vous vouer un sentiment éternel dont la reconnaissance puisse faire
partie. Adieu, à ce soir.

LI

Je n'ai fait que penser à ce que vous m'avez dit hier. Je n'y conçois rien ! et votre disposition passe mon intelligence. Que vous soyez mécontente quand M. de F... vous fait des scènes ou vous compromet en cherchant querelle à d'autres, je le comprends. Mais que vous avais-je fait pour mériter tout ce que vous m'avez dit ? Est-il donc vrai que mon affection ne vous paraît d'aucune valeur et que vous désirez que je l'étouffe jusque dans son dernier germe ? Je mets en fait qu'il n'est pas possible de chercher davantage à ne pas vous gêner et de mettre à plus bas prix le dévouement le plus absolu. Il vous est donc bien importun d'être aimée ! Je ne crois pas depuis deux mois avoir fait une chose qui pût vous déplaire, ou en avoir négligé une que vous parussiez désirer. Vous le sentiez, vous m'en aviez su gré. En écartant l'amour, vous promettiez quelque amitié, et c'est tout d'un coup, quand je devais le plus

compter sur vous, quand je m'efforçais le plus de
me plier à vos volontés et de mériter votre confiance, que vous frappez mon cœur de tous les
coups les plus douloureux ! Êtes-vous contente de
vous-même relativement à moi ? c'est à votre conscience que j'en appelle. Mais ce n'est pas pour
me plaindre que je vous écris, c'est pour vous
demander un conseil, et je vous promets de le
suivre. Il m'est bien prouvé que votre volonté
positive est de ne prendre avec moi aucun lien qui
ressemble le moins du monde à l'amour ; mais
votre volonté est-elle également que toute amitié
cesse entre nous ? Rétractez-vous ce que vous
m'avez dit dernièrement, que je pouvais être de
quelque douceur dans votre vie, parce que vos
alentours n'entendaient pas la partie de votre
caractère et de votre âme que j'entends peut-être
mieux que personne ? Votre désir est-il que de ce
rang de confident de vos pensées et d'ami plus
intime que d'autres, que vous m'avez accordé, je
redescende dans la foule de vos connaissances les
plus étrangères, comme M. de Montbron ou lord
Kinnaird ? Est-ce là la récompense que vous des-
tinez à six mois du sentiment le plus vrai, le plus

soumis, le plus abandonné, et le plus résigné à ne
prendre que les formes que vous permettez? Si
cela est, si les preuves que je vous ai données,
que la moindre chance de vous faire plaisir, le
moindre succès dans ce que vous désiriez était
pour moi le bien suprême, n'ont abouti qu'à ce
résultat, six mois d'affection dévouée n'ont pas
laissé une trace, je dois m'ordonner de ne plus
importuner votre vie.

Je sais à quoi je m'expose en traçant ces lignes;
la terreur me prend déjà et je pourrais fondre en
larmes à l'idée que votre réponse serait une con-
firmation de cette sentence. Mais enfin ce qui me
regarde n'est pas ce qui vous importe, et vous ne
saurez plus rien de moi si vous me le prescrivez.
Je puis n'être que votre ami, et je ne demande que
cela. Je demande une place pareille à celle de
M. Ballanche. Une simple connaissance, je ne puis
l'être, vous m'avez promis mieux, j'ai mérité
mieux, j'ai besoin de mieux. Si vous avez changé
depuis ces cinq jours, une tentative me reste à
faire, c'est celle de ce voyage si souvent annoncé.
Il peut me nuire, mais il peut me sauver. L'effet
de mon ouvrage, si j'en crois ce qu'on m'en a

écrit, est plutôt bon. Mais tout est subordonné à
votre manière avec moi. On m'offrirait le trône de
France, que, si vous me traitiez durement, je ne
serais qu'un fou misérable et ridicule. Voyez donc
et répondez. Vous m'avez dit dans notre dernier
tête-à-tête, que je pouvais avoir près de vous, par
la simple amitié, une place particulière comme
confiance, comme partage de vos impressions. Je
l'ai acceptée, cette place, je la réclame. Pourquoi
m'avez-vous dit hier que cela ne pouvait durer?
Je ne puis vivre près de vous sans cette place; si
vous me l'ôtez, qu'importe ce que je ferai? Mais
souffrir ce que je souffre, aucune force humaine
ne le peut. Si vous me la rendez, je ne me plaindrai
plus. Vous m'en verrez jouir. Mais donnez-moi la
sécurité. La coquetterie permet le caprice, l'amour
le répare. Mais dans l'amitié, il faut savoir sur
quoi compter. Pensez que cependant l'affection
n'est pas chose si commune; que, moi-même, je
ne suis pas un être si vulgaire, que vous en avez
regretté de moins distingués, que je n'exige rien
que d'obtenir une confiance que vous m'avez offerte, de vous être agréable ou utile quand je le
pourrai, et que je vous apporte quelque chose

comme esprit, comme dévouement, comme appréciation et culte de vous, qui n'est pas tellement à dédaigner. Songez que cette relation n'est point d'une nature fragile ou passagère, mais peut, sans blesser personne, durer toute notre vie et se retrouver dans toutes les circonstances!

Il me reste une prière à vous adresser. Si le sens de votre réponse doit être dur, je ne vous demande point de l'adoucir. Mais je vous demande de me ménager ensuite pendant huit jours et de me traiter comme auparavant. Avec cette précaution, je dompterai mon agonie, je ne vous fatiguerai pas de ma souffrance, je ferai tous mes préparatifs de départ, et je partirai sans bruit. — Si, au contraire, vous avez de l'amitié pour moi, si vous me permettez la mienne, si ce misérable cœur si froissé reprend... Mais je ne veux pas prévoir un bien qui ne m'est pas encore accordé. Je ne veux pas rouvrir mon âme à la joie, quand peut-être toutes les douleurs vont fondre sur elle.

LII

Je suis d'une tristesse profonde. Votre conversation d'hier m'a affligé sous mille rapports. J'y ai vu, ce qui me déchire le cœur, l'intention que vous reprenez toujours de rompre même le lien d'amitié qui existe entre nous. J'y ai vu de plus, ce qui m'afflige comme une nouvelle barrière entre vous et moi, l'impossibilité de me faire une situation tolérable dans ce pays-ci. Pour la première fois, je suis triste de ma position extérieure, parce qu'elle influe sur ce qui est ma véritable vie, mes relations avec vous. Tout cela m'a rendu toutes mes idées de départ, puisque je n'ai pas la force d'en finir autrement, et, dans ces idées, l'établissement chez moi des deux personnes dont nous avons parlé me devient plus agréable que jamais. Je vous écris donc pour vous supplier d'arranger cette petite affaire, c'est une chose qui me convient; indépendamment de tout motif de bienfaisance,

et je les logerai mieux que personne et avec plus
de plaisir.

Je vous écris dans ce but et je finis ma lettre. Je
suis trop triste pour rien ajouter. Il y a dans ma
tristesse un découragement qui m'empêche même
de me plaindre.

Adieu; je ne vous verrai donc qu'à dix heures, et
même plus tard. La journée est longue.

LIII

Trois heures du matin.

J'ai l'honneur de prévenir la protectrice du cou-
vent que j'ai gagné vingt-quatre napoléons, dont en
conséquence douze sont acquis aux pauvres qu'elle
veut bien soulager. J'aurais peut-être gagné plus;
mais j'étais si effrayé de l'idée de perdre, que je n'o-
sais pas jouer hardiment. Je lui porterai cette petite
offrande, ou plutôt je réclamerai, comme prétexte, le bonheur de l'accompagner, parce qu'elle
me l'a promis, et que les promesses sont sacrées.

A présent que j'ai fait mon rapport, je profite
de l'occasion pour vous supplier, vous qui faites

à bien peu de frais tout le bonheur et toute la
destinée de ma vie, de vous souvenir que, s'il y a
des nuages sur l'horizon, je n'en suis point coupable, que ce n'est point moi qui me plains, bien
qu'à la seconde place ; que, dans mon extrême soumission, je serais parti la mort dans le cœur, mais
que je serais parti sans humeur, et que je ne
suis resté que parce qu'il n'y avait pour vous aucune gêne et aucun inconvénient à ce que je res-
tasse. Il ne serait donc pas juste et il ne peut être
dans votre cœur de vous en prendre à moi de l'humeur d'un autre, si humeur il y a. Je n'ai un peu
de calme, un peu de facultés et de possibilité de
m'occuper, en un mot, je ne vis que depuis que
j'espère avoir une place dans votre affection ; et, si
vous comparez l'état où vous m'avez vu à celui où
je suis, malgré ce qui doit m'affliger, vous sentirez
que vous êtes responsable de ma raison, de ma vie,
que vous conservez par la moindre bonté et par le
charme de votre présence. Mon Dieu ! j'ai tant et
si horriblement souffert, que je crois à peine à un
état moins pénible, et que je suis aussi étonné
que reconnaissant de ne plus éprouver cette épouvantable douleur. Vous disposez de moi comme ja-

9

mais femme n'a disposé d'un être : vous en disposez chaque jour davantage. Je pouvais me tuer
pour vous dans le commencement de cette passion
magique ; aujourd'hui, je puis me plier à toutes vos
volontés, hormis à la privation de vous voir. Je
puis souffrir sans me plaindre, je puis tout pour
que votre cœur et même les sentiments qui ne sont
pas pour moi n'éprouvent aucune contrariété pénible. Faites donc pour moi ce que vous pourrez ;
dites-vous que j'aurais besoin de tout et que je vous
aime si passionnément, que je me contente du
moins possible, et ne déchirez pas un pauvre cœur
qui est tout entier dans votre dépendance, et qui
n'existe que par vous.

Je vous verrai à trois heures, comme vous me
l'avez dit. Pourquoi n'iriez-vous pas ce soir à Clichy [1] ? Ce serait un bienfait. Adieu ; à trois heures ;
il n'y en a que douze à passer.

1 . Chez madame de Staël.

LIV

J'ai donc examiné ma maison[1]. Le pavillon qui est dans la cour, et qui est habité par un homme qui n'a aucune raison ni droit d'y rester, conviendra très bien à nos dames[2]. Il y a une très belle chambre, à ce que mes gens m'ont dit, et à côté il y a moyen d'en faire arranger une autre à très peu de frais. Je m'en charge. De la sorte elles ne gêneront en rien personne des habitants présents ou futurs de la maison, et leur domicile y sera pour la vie. Elles auront même un avantage pour moi, parce que si, comme je le crois, madame de Constant n'a pas envie de passer tout l'hiver dans un quartier si éloigné, leur présence me dispenserait de laisser une partie de mes gens dans cette maison quand nous irons loger ailleurs pour trois ou quatre mois. Il y aurait encore moyen de les mettre au

1. Rue Neuve-de-Berry.
2. Mesdames Monges mère et fille, que des revers de fortune avaient réduites à une grande gêne et auxquelles madame Récamier s'intéressait.

troisième, mais il n'y a que de petits trous; ou au
rez-de-chaussée, mais il est laid. Le pavillon vaut
mieux, à condition que je les loge pour rien. Je
contribuerai aussi à la petite pension à leur faire.
Mais je veux avoir l'avantage de les loger. Je vous
prie donc de ne pas revenir sur nos conventions.
Loger ces deux personnes est ma fantaisie. Vous
conviendrez que je pourrais en avoir de plus coupable, et que, voulant loger chez moi deux femmes,
j'en pourrais prendre qui seraient moins à l'abri
de tout soupçon. Maintenez-moi donc dans le chemin de la vertu. Au reste, je m'y maintiendrai bien
moi-même. Car, si en réponse à ce billet vous ne
me promettez pas de laisser un libre cours à ma
bienfaisance, je m'adresserai directement à ces
deux personnes. J'ai déjà écrit à M. Dalmassy [1] pour
avoir leur adresse, qu'il m'a envoyée. J'irai donc et
je leur porterai des secours, et mes offres que je
leur ferai bien accepter. Je voulais y aller tout de
suite, sans vous le dire, rue de Fourcy, n° 1, au coin
de la rue des Nonandières. Mais j'ai pensé que la
vue d'un inconnu les peinerait, et ma délicatesse

1. Parent de madame Récamier.

m'a retenu. Vous voyez qu'aucune vertu ne m'est
étrangère. Mais c'est à condition que je n'y perdrai
pas, et qu'on ne m'enlèvera pas mes deux femmes.
Je vous demande donc un mot qui m'assure cette
propriété sur votre parole.

Comme je n'ai qu'une pensée, vous savez bien
que tout ce qui y tient m'occupe uniquement et
que rien ne m'échappe. Je vous dirai donc que je
crains de ne pas vous voir aujourd'hui si vous ne
daignez vous en occuper. Mathieu va faire à neuf
heures et demie une visite avec madame de Staël,
je ne sais où, et elle le mène ensuite chez vous vers
dix ou onze heures. C'est l'heure que vous m'aviez
fait espérer. Je recommande mon sort à votre
charité. Je ne vous ai presque pas vue hier. Un
mot de réponse aussi sur ce point, qui est tout
pour moi.

J'attends une ligne pour ma bienfaisance et une
autre pour le seul bonheur que j'espère aujour-
d'hui : celui de vous voir.

LV

Je me mets ce matin pendant deux ou trois heures à ma deuxième édition, que Nicole vient de me faire demander avec instance. Je me ferais un vrai tort en ne l'achevant pas tout de suite. Cependant ce n'est pas ce que j'ai en tête, parce que je n'ai en tête que ce que j'ai dans le cœur. Comment pouvez-vous dire que mon sentiment diminue? Vous ne le pensez pas. Vous me disiez vous-même que, chez madame de Staël, avant-hier, je tournais sans cesse autour de vous sans oser vous parler. Vous savez que je n'ai pas une autre idée que vous.

Ne m'oubliez pas auprès de nos dames; peut-être, pour les mettre plus à même d'accepter, faudrait-il leur présenter la chose comme place et non comme charité, en leur disant que, ne logeant pas l'hiver dans cette maison, et m'absentant souvent, je désire des personnes qui l'habitent, et que cela m'épargnerait un concierge en titre. Je remets tout cela à votre délicate bonté. Mais j'ai la passion de faire du bien par vous. Quand commencez-vous à vendre les meubles de M. Récamier pour en donner le produit aux pauvres ? Que dira-t-il quand, chaque jour, il trouvera deux chaises, une pendule ou un rideau de moins? Combien je vous aime, vous qui êtes à la fois une femme ravissante, un ange du ciel et une enfant de cinq ans ! Pourquoi donc ne m'aimez-vous pas ? J'ai oublié de vous cónter une distraction bizarre que j'ai eue, qui prouve bien que je ne pense jamais qu'à vous. Aimez-moi donc.

LVI

Comme c'est aujourd'hui que vous voyez ces pauvres dames, je vous récris pour vous prier de considérer pour elles qu'il y a quelque avantage à ce qu'elles puissent consacrer cent quarante francs, qui font plus du huitième du revenu que vous leur procurez, à leur bien-être plutôt qu'à leur loyer. Je ferai arranger les quatre ou cinq petites chambres le mieux que je pourrai, et je ferai mettre une porte

pour qu'elles soient tout à fait chez elles. J'ajoute
que, comme il me convient que quelqu'un habite
cette maison pendant mes absences, qui peut-être
seront longues ou éternelles, je gagnerais à ce que
vous me permettiez d'ajouter une petite somme à
leur revenu, de sorte qu'outre le loyer elles auraient
une augmentation en argent. Quant aux pierres qui
vous ont si fort choquée, je dois vous dire qu'à la
fin de la semaine prochaine elles n'y seront plus,
parce qu'elles formeront le mur de clôture du
jardin. Il me semble donc qu'il faut au moins laisser à vos protégées le choix, et je crois qu'elles pré-
féreront employer deux à trois cents francs, qu'elles
auront de plus, à vivre plus commodément. Le seul
danger serait que l'arrangement ne fût pas durable; mais je leur ferai volontiers une espèce de
bail, et même je stipulerai que, si j'ai le bonheur de
mourir, mes héritiers ne pourront les renvoyer
qu'en leur payant une indemnité. Dieu veuille que
cette dernière chance se réalise bientôt!

LVII

Ce mercredi 1er mars 1815.

Madame et aimable bienfaitrice,

Je me suis rendue ce matin à deux heures, d'après l'invitation que vous m'en avez fait faire hier par mademoiselle votre cousine, rue Neuve-de-Berry, au logement que votre bonté nous accorde : jai été agréablement surprise d'y recevoir le propriétaire, M. Benjamin de Constant, et vivement touchée de ce que votre bienfaisant intérêt pour nous ait ajouté à tout ce que vous faites, de nous donner un protecteur d'un aussi grand mérite. Ce monsieur a eu la bonté d'ajouter deux pièces de plus aux quatre autres que vous avez choisies, en me disant du ton le plus aimable que nous serions par ce moyen logées plus commodément. Il a lui-même dit au menuisier ce qu'il avait à faire.

Cet homme m'a dit qu'il poserait cela dans les premiers jours de la semaine prochaine. Il m'a priée aussi de vous en prévenir, madame, afin qu'avant qu'il place ses ouvrages, on puisse, m'a-t-il dit, blanchir les murs et le plafond à la chaux vive pour détruire les insectes qui pourraient s'y trouver ; ce qui ne serait plus facile s'il plaçait d'abord les boiseries, et qu'il y en avait qui ne pouvaient être posées que nous y étant. Nous nous sommes aussi aperçues d'une poutre qui est très près du foyer de la cheminée et sur laquelle il serait absolument nécessaire de mettre une dalle en pierre, ou une plaque en fer pour éviter le danger du feu. Il serait possible encore d'agrandir le petit salon si l'on pouvait ôter une cloison fort mince qui le sépare d'une autre pièce.

Si vous vouliez, madame, avoir la bonté de m'indiquer le jour et l'heure où vous pourriez venir au logement, maman ou moi nous y rendrions pour vous expliquer cela ; à moins qu'il ne vous soit plus agréable que l'une de nous se rende chez vous pour vous y accompagner.

Cela nous procurerait l'avantage de témoigner à notre charmante protectrice, quoique d'une ma-

nière bien faible, tout ce que ses bontés nous inspirent.

Votre reconnaissante et dévouée

AMÉLIE MONGES SAINT-EDMOND.

LVIII

Je serai bien heureux de causer avec vous une
fois un peu librement sur ces idées qui, je l'avoue,
ne me quittent pas depuis quelques jours : mais,
comme rien n'est moins certain que les entretiens
que vous promettez, je vous écris quelques mots,
pour répondre à ce que vous m'avez dit hier,
comme reproche, que dans ces idées je m'occu-
pais de moi, au lieu de chercher à faire du bien
aux autres. Je vous assure qu'en me justifiant
là-dessus, j'ai moins en vue de vous donner bonne
opinion de moi, que de vous ôter une prévention
qui pourrait rejaillir sur la nature même de ces
idées qui me sont si salutaires.

Il me semble que, même pour l'avantage des
autres, la première chose à faire est de mettre

l'ordre et la paix chez soi ; car, sans cela, non seulement on souffre beaucoup, mais on fait aux autres beaucoup de mal. Je sors d'une crise terrible ; j'ai enduré des angoisses que je croyais au-dessus des forces humaines. Ces angoisses m'ont rendu violent, impatient, dur. Il y a eu dans mon cœur quelque chose de pétrifié, qui me rendait non seulement malheureux, mais malveillant. Je suis hors de cette convulsion, des pensées d'un autre ordre m'ont saisi, et je ne sais quelle source de larmes a fondu cette pierre pesante qui était sur ma poitrine. M'occuper de cette nouvelle disposition, en rechercher la cause, en remercier l'auteur, est-ce simplement m'occuper de moi par un sentiment égoïste ? Non, sans doute. C'est me confirmer dans cette disposition plus douce, et cette disposition me sert à ne pas faire du mal. En s'affermissant, elle me conduira peut-être à faire du bien. La preuve en est déjà là. Il y a huit jours que je vous ai fait une espèce de scène et témoigné une irritation très douloureuse, parce que, après l'avoir promis vous ne vouliez pas me garder après M. de Forbin. Si, comme vous le dites, je vous cause de la peine quand je me tourmente,

c'était un petit mal que je vous causais. La même
chose est arrivée avant-hier. Eh bien, je ne vous
ai pas causé ce petit mal, qui, quelque passager
qu'il fût, était trop. Mon âme est restée douce. Au
lieu de maudire ma vie et le moment où je vous ai
connue, je me suis soumis à votre insouciance. Je
me suis dit qu'il ne fallait pas vous aimer moins,
parce que vous ne m'aimiez pas. J'ai fait des vœux
pour votre bonheur.

Ainsi ce n'est pas seulement à moi que j'ai
épargné de l'angoisse : c'est à vous que, si toutefois
il est vrai que vous compatissiez à ma douleur,
c'est à vous, dis-je, que j'ai épargné une petite
contrariété. Hier, j'ai trouvé M. de Forbin tête-à-
tête avec vous. Il y a huit jours que peut-être je
lui aurais cherché querelle. Vous m'avez reproché
vous-même de blesser vos amis chez vous. Vous
savez combien j'ai peu de mesure. Pourquoi
n'ai-je point éprouvé d'humeur, ni tenu de ces
propos blessants, qui vous inquiètent par les suites
qu'ils peuvent avoir ? Parce qu'une révolution
s'est faite en moi, que, sans être à l'abri de la
douleur, je cherche à l'être de l'irritation, et que
j'ai, non pas encore le pouvoir, mais la ferme

volonté de ne causer aucune sensation pénible à qui que ce soit, et de rendre le bien pour le mal.

Permettez-moi de vous le dire, il se pourrait que, dans une personne qui ne voudrait s'imposer aucune gêne, même pour épargner de l'angoisse aux autres, ce soin de sortir d'elle-même, ce soin dont elle se ferait un mérite, ne fût qu'un expédient d'un peu d'égoïsme à son insu. Il est facile de soigner les douleurs qu'on ne cause pas, et l'on s'étourdit alors sur celles qu'on cause, quand, par distraction, par insouciance, par caprice, on a déchiré un cœur aimant; on va soigner d'autres cœurs, et, en consolant les malheurs qu'on n'a pas à se reprocher, on se fait illusion sur ceux qu'on inflige. C'est comme un médecin qui donnerait un coup de poignard dans la rue et qui, pour l'oublier, irait panser des blessés dans un hôpital. Ceci ne s'applique à vous que bien indirectement. Vous êtes parfaite d'intention, quand vous y pensez, et je vous dois beaucoup pour la patience avec laquelle vous m'avez souffert, moi qui n'ai jamais pu ni vous intéresser, ni vous amuser, ni vous plaire. Ceux qui me trouvent aimable me voient pour eux. Vous ne m'avez jamais vu que par pitié pour moi, et je

serais ingrat de vous reprocher des peines qui vous
étaient surtout importunes. Aussi je vous aime
comme une douce et charmante créature ; mais je
vous aime plus encore comme cause de ce que j'é-
prouve aujourd'hui. Je ne l'ai pas acheté trop cher,
et si je pouvais vous faire du bien, ce bien serait
toujours au-dessous de ce que je voudrais qu'il fût.

A trois heures.

LIX

Voici la réponse de M. de Montlosier. Je suis tout
fier d'avoir bien fait vos commissions. Quand je
vois les éloges qu'on me donne, et que je pense au
peu de cas que vous faites de moi, il me prend
une espèce de désespoir ; j'aimerais mieux qu'on
me dît que je suis une bête. Au moins cela moti-
verait la préférence que vous accordez sur moi à la
médiocrité la plus affectée. Mais c'est mon sort,
d'être loué par les autres et ensorcelé par vous
qui me dédaignez.

Je vous verrai donc à quatre heures, c'est quelque chose.

LX

Je ne sais si ma tristesse, que je voudrais vaincre, influe sur ma santé, ou si la nature pense à m'exaucer bientôt, mais j'ai eu la fièvre toute la nuit, et actuellement la tête me tourne si fort, que je ne peux écrire qu'en séparant chaque lettre.

Madame de Staël me disait hier que mon état faisait peine. « Tant de talents perdus ! » disait-elle. C'était trop sans doute ; mais il y avait bien quelque talent en moi, et c'est bien extraordinaire que la foudre m'ait ainsi frappé. Ne croyez pas que je me plaigne de vous. Vous faites tout ce que la bonté peut faire, et, comme ce que vous faites me sauve de moi-même, je vous dois tout et je vous rends grâce de ma vie, quoiqu'elle soit pénible, et de ma raison, quoiqu'elle soit troublée. Ce n'est pas de votre faute, si vous n'avez que de la bonté et aucune affection involontaire pour moi. Ce n'est pas votre faute, mais c'est le poison qui me tue, dont l'amertume augmente chaque jour et qui finira

par me rendre impossible de supporter la vie. Encore une fois, je ne me plains pas, et je vous bénis
du bien que me fait votre présence. Aussi rendez-
moi justice, je prends sur moi. J'ai causé tant bien
que mal et le plus gaiement que j'ai pu, hier soir.
Hélas! brisé que je suis par une inconcevable destinée, je fais ce que je peux. Je n'accuse personne,
je bénis celle qui me perd, parce qu'elle daigne quelquefois me plaindre, et l'idée qu'un mot de moi
vous a plu, et le bonheur de fixer mes regards sur
vous, m'aident à vivre. Vous êtes un être adorable,
et j'aime à sentir que c'est au moins pour vous
que je souffre, que c'est pour vous que je périrai.

Je sens en écrivant que le vertige augmente; il
serait possible que je ne pusse pas marcher. Je serais trop malheureux, si vous dérangiez pour moi
la moindre chose, sans que je pusse en profiter.
Si vous sortez avant que j'arrive, faites-moi dire
un mot, et fixez-moi une autre heure. Sinon, à
moins que la nature ennemie ne redouble d'achar-
nement, à deux heures je serai chez vous.

10

LXI

J'ai voulu réconcilier madame de Staël à notre projet, c'est-à-dire au mien, car je ne vous y mêle en rien. Sa réponse est contre. La voici. Cela ne change rien à ma volonté, mais je vous prie de ne pas trop lui dire que je suis inébranlable, si elle vous en parle. Car elle y verrait votre ascendant et nous rentrerions dans des tracasseries tout à fait ennuyeuses. Je ne sais trop comment faire pour gagner votre opinion. Si j'envoyais promener les objections, vous diriez que je suis dur. Si je pars sans le dire, vous diriez que je suis poltron. Si je ne partais pas, vous diriez bien pis. Mais cette dernière chance est impossible : soyez tranquille.

A ce soir avec madame de Staël, ou même avant, chez madame Marmont, et, demain enfin, un moment seule, à l'instant du départ.

Je vous aime.

LXII

Depuis que je ne vous ai vue, quelques circonstances fâcheuses pour moi rendent probable que mon absence sera plus longue que je ne comptais. Je voudrais vous consulter sur un parti que je dois prendre avant mon départ, et confier à votre amitié des choses que je ne vous ai pas encore dites. Je vous prie de m'accorder un entretien d'une demi-heure, qui sera peut-être le dernier pour bien longtemps. Ne parlez de ceci à personne. S'il vous était impossible de me voir seule aujourd'hui, que ce soit demain ; j'attendrai. Mais aujourd'hui serait mieux, et le service que j'ai à vous demander presse. Pardon, c'est la dernière indiscrétion, vraisemblablement.

LXIII

Félicitez-vous, mes malles se font et je partirai
dans la journée. Je me presse parce que j'ai peur
que les forces ne me manquent. J'ai passé la nuit
avec une fièvre assez forte, je me suis presque
trouvé mal en me levant, et j'ai, dans ce moment,
un froid intérieur et un tremblement qui semblent
m'annoncer quelque maladie. Je sens je ne sais
quoi dans mon cœur et dans ma poitrine qui est
prêt à se briser ; mais, pourvu que je puisse me
mettre en voiture, tout est gagné. Je pourrai, à
quelques lieues d'ici, me mettre dans un lit d'auberge et y mourir seul, sans que personne en soit
importuné et sans que madame de Staël soit blessée.
Si vous avez souffert le quart de ce que je souffre à
Lyon, je vous plains. Dieu vous bénisse et vous
rende heureuse !

Je n'en puis plus. Adieu.

LXIV

Voici le récit de ce qui s'est passé à Rennes.

Je me lève après avoir passé la nuit dans la plus affreuse douleur; mais vous avez désiré quelque chose de moi, et je sens que je vous servirais encore à mon dernier soupir de ma main mourante. Je ne sais ce que je vous ai écrit cette nuit. Mon cœur était brisé; il l'est encore. Mais ce n'est pas ma faute. J'ai fait tout ce que j'ai pu pour partir, je ne l'ai pas pu. J'ai fait auparavant tout ce que j'ai pu pour rompre, je le puis moins encore. Mon âme est enchaînée, elle est en vous, je ne puis que souffrir et vous demander grâce. Un mot de bonté et l'exécution de votre promesse, je renaîtrai. Pardon, pitié! jamais on ne fut aimée comme vous l'êtes; prenez mon sang, il coulera pour vous avec tant de joie! mais laissez-moi vous dire que je vous aime. Le silence m'oppresse, vous en parler me calme. Adieu, à quatre heures. Ne laissez pas tomber un nouveau coup sur mon cœur, et, si vous n'y

êtes pas, qu'on me laisse monter pour vous attendre.
Pitié, pitié, je ne respire que par vous et mon dévouement est toute ma vie.

LXV

Je vous remercie de votre lettre ; vous avez tort
d'accuser ma déraison. Il ne me faut qu'un signe
d'affection de votre part pour que je me calme.
J'ai baigné votre billet de larmes, et je me reproche
de vous causer la moindre peine ; mais il ne tiendrait
qu'à vous de me donner des moments de bonheur
qui m'aideraient à vivre. Si, par exemple, vous aviez
suivi votre mouvement, si, en rentrant, vous
m'aviez écrit deux lignes qu'on m'aurait portées ce
matin, j'aurais senti toute mon existence changée.
Non, je ne suis pas déraisonnable, je vous le jure,
je ne suis que sensible, mais d'une sensibilité facile
à satisfaire, parce qu'elle est humble, mais facile à
froisser, parce que vous l'avez cruellement hu-
miliée. Une action spontanée de vous, qui une fois
me prouverait votre souvenir, ferait en moi une

révolution salutaire. Adieu, vous verrez un bel
éloge de moi dans le *Journal de Paris*. Tout ce qui
flatterait un autre m'est indifférent, mais au moins
la solitude m'est bonne. Elle me délivre de ces
efforts inutiles qui m'abîment sans fruit pour les
autres ni pour moi.

Adieu ; je n'ai voulu que vous remercier. Je vous
bénis et je vous aime.

LXVI

Je voudrais bien avoir à vous mander quelque
chose que vous ne sussiez pas, mais on n'a point
de détails, et ce que le *Moniteur* contient vous est
connu comme à moi[1]. Je crois la chose plus sérieuse
qu'hier, à la grande terreur que je remarque dans
tout le monde. J'ai vu le président de la Chambre
des députés, madame de Luynes et d'autres. Il est
certain que si Buonaparte n'avait pas ses raisons de

---

1. On venait d'apprendre à Paris, que le 1er mars 1815, la petite
flottille que guidait Napoléon avait paru dans le golfe Juan, et qu'il
avait, dans la même journée, débarqué à Cannes.

compter sur d'autres forces que celles qu'il montre,
il n'est pas assez fou pour s'aventurer ainsi. Si
Masséna l'a reçu et s'est déclaré en sa faveur, c'est
énorme. Au milieu de tout cela, j'ai le chagrin de
n'être occupé que de vous seule, et je me le reproche. Le monde croulerait, que je ne songerais
qu'à vous. Si le gouvernement se rallie à la nation,
tout est encore sauvé, malgré l'armée. Sinon, et si
Buonaparte a le moindre succès dans les premiers
moments, je crains fort pour l'issue; j'ai un petit
travail à faire jusqu'à trois heures. A trois heures
je reverrai Laîné, et j'apprendrai plus de détails.
Je rentrerai à quatre heures et serai à vos ordres,
si à un moment quelconque, le dîner excepté, vous
voulez me voir.

LXVII

Savez-vous ce qui m'occupe ce matin? Vous devinez bien que c'est quelque chose qui se rapporte
à vous. Ce sont des conseils à une personne digne
d'être heureuse, et qui ne l'est pas, parce qu'elle

s'est empêtrée. Je les aurai finis avant d'aller chez
vous, et je vous les apporterai bien copiés, sur du
beau papier doré sur tranche et avec une couver-
ture de papier doré. Je suis rentré hier chez moi
tout triste de plusieurs choses ; et, quoiqu'il y en ait
de personnelles, je vous jure que je l'étais surtout de voir l'ennui auquel vous vous laissez condamner par l'homme le moins naturel, le plus ma-
niéré, le plus comédien qu'il y ait au monde. Je
ne conçois pas son ascendant, quand votre tact exquis vous avertit si bien de ses prétentions et de
son égoïsme. Comparez ma conduite à la sienne :
mon dévouement, ma crainte de faire la moindre
chose qui vous soit désagréable, mon empressement à me sacrifier dès que je crois que je pourrais être la cause de la moindre sensation pénible.
Voyez : hier encore le hasard m'avait favorisé d'un
instant d'entrevue. J'ai vu que M. de Forbin reve-
nait et qu'il vous serait déplaisant qu'il vît que je
n'étais pas sorti avec lui, et j'ai renoncé de moi-
même à ce qui fait ma seule consolation dans la
vie. Et cependant, sans votre audience d'hier soir,
vous m'auriez sacrifié à lui sans hésitation. Mon
sentiment en est si vrai et si profond, que je regrette

qu'il ne contribue en rien à votre agrément; enfin, je gémis de voir tant de charme, tant d'esprit, de si excellentes et nobles qualités, la réunion de tout ce qui est beau, bon et céleste n'aboutir qu'à de l'ennui pour celle qui possède tout cela. C'est cette suite de réflexions que j'ai rassemblées. Je vous les remettrai, vous les lirez si vous voulez : elles ne seront pas longues. Je vous les remettrai comme souvenir; il y a si peu de liens de vous à moi, quoi qu'il y en ait beaucoup de moi à vous! Il y a tant de chances de séparations! Et quand rien n'existe dans votre cœur en faveur de l'être le plus dévoué à vous, même à présent que vous me voyez tous les jours, je dois prévoir qu'à la première absence un peu longue, je vous deviendrai tout à fait étranger. Vous serez toujours ma première pensée.

Adieu jusqu'à cinq heures.

LXVIII

Je me proposais d'aller vous voir, je reçois à l'instant la nouvelle de la mort de l'ami le plus intime que j'eusse au monde[1], de l'homme avec lequel j'ai passé trois ans en Allemagne, et à qui j'ai dû tous les moments où je me rappelais la France, et où nos souvenirs nous consolaient d'en être éloignés. Il est mort au moment où je venais de faire réparer une injustice qui l'avait frappé, et où pour la première fois il se trouvait heureux. Je vais voir un homme qui le connaissait, pour pouvoir parler de lui. Je vous verrai ce soir de

1. Charles de Villers, littérateur distingué, né en 1767 à Boulay en Lorraine, émigra en 1792, et se fixa à Lübeck. Une brochure qu'il publia sur la prise de cette ville par les Français, et son opposition à la réunion à l'Empire des villes Anséatiques, le posèrent en ennemi du gouvernement impérial ; il fut pourtant nommé professeur de littérature à Gœttingue par le roi Jérôme Bonaparte. Ses principaux ouvrages sont la *Philosophie de Kant, ou Principes fondamentaux de la philosophie transcendante*, et un *Essai sur l'esprit et l'influence de la réformation de Luther*, qui fut couronné par l'Institut de France.

Benjamin Constant note sur son journal manuscrit qu'il reçut la nouvelle de la mort de Villers le 9 mars 1815.

bonne heure si vous le permettez. Je suis tout
étonné de cette nouvelle. La mort se plaît bien à
frapper ceux qui n'en veulent pas et à épargner
ceux qui en veulent! Quelle folie que l'agitation
quand tout peut finir si vite! et que l'abîme est
toujours ouvert sous nos pas! J'ai besoin de vous
voir, de fixer mes regards sur vous. Vous regarder me fera du bien.

LXIX

Voici *la Quotidienne*. Je dois la rendre; mais, si
vous ne voulez pas, je la volerai. Il n'y a pas de
crime que je ne commette volontiers pour vous.

Savez-vous que je suis d'une jalousie furieuse
contre M. de Nadaillac? Il vous plaît cent fois plus
que moi. Si je n'avais pas la perspective d'un
voyage à une époque quelconque, lequel voyage in-
terromprait mon opération, je tuerais tous les
hommes au-dessous de cinquante ans qui approchent dans la rue Basse-du-Rempart, d'un côté du
numéro 10, et de l'autre du numéro 60. — Mais je

suis forcé de remettre cette exécution à mon retour ; mes ennemis ne perdront rien pour attendre.
Je m'associerai à M. de Forbin, qui doit être comme
moi d'une humeur féroce, et, quand nous aurons
tout exterminé, nous nous combattrons comme des
héros et nous tomberons dans les bras l'un de
l'autre *en frères d'armes*.

A quatre heures donc. Vous avez daigné me
faire espérer que vous fermeriez votre porte à tout
le monde, excepté à moi ; n'allez pas faire le
contraire, l'ouvrir à tout le monde et me la fermer.

Que vous étiez belle, devant votre porte, comme
un ange tout blanc remontant au ciel et éclairant
de sa splendeur les ténèbres de la terre ! Mais les
anges ont un cœur, ils aiment, ils sont touchés
d'être aimés. — Je voudrais bien que vous sentissiez ce qui vous manque pour être un ange, et que
la perfection vous tentât.

LXX

Sûrement, je serai chez vous à cinq heures précises. J'aurai fini mon travail. Pourquoi madame de Coigny s'avise-t-elle de m'inviter sans la seule personne pour qui je préfère un lieu à un autre? J'ai vu du monde ce matin. Je crois que nous entrerons en danse, et que les figures seront diverses. Quel chaos! quel avenir! j'espère que vous n'en souffrirez pas.

A cinq heures.

LXXI

Je ne comprends pas comment on peut accabler d'un tel mépris un homme dont on n'a pas à se plaindre et qui obtient pourtant des autres quelques preuves d'estime. Vous préférez tout le monde à moi. J'ai beau mettre quelque courage, quelque

noblesse dans ma conduite, je ne puis obtenir un
seul signe d'affection. Votre haine, votre crainte
de me donner un instant de bonheur sont tels, que
même l'idée que je pourrais être utile si vous
m'encouragiez ne saurait vous y déterminer. Partout on me reçoit bien, vous m'humiliez sans cesse.
Vous m'ôtez toute force. Que vous ai-je fait pour
me faire tant de mal ? Je ne vous conçois pas. Jamais on n'a blessé à plaisir comme vous le faites.
Cependant je vous ai toujours été dévoué. Ce n'est
plus de l'amour que j'espère : mais pas un témoignage de bienveillance ! pas un égard ! Au nom du
ciel, forcez-vous pendant quelques jours à me cacher votre aversion. J'ai besoin de ma tête. Je l'expose pour une cause que vous aimez. Je brave Buonaparte, qui va revenir et que j'ai attaqué de toutes
manières, tout le monde me dit de ne pas l'attendre. Je reste pour vous prouver au moins qu'il y a
en moi quelque chose de courageux et de bon.
Pourquoi donc me fouler aux pieds, m'abreuver
d'humiliations? Je vous le déclare, je puis être
utile à ce pays. Ma considération y augmente, tous
les partis m'appellent. Vous ne savez pas ce que je
vaux, parce qu'avec vous mon sentiment me rend

fou. Ménagez-moi quelques jours. Accordez-moi
pour quelques jours des tête-à-tête ; cela sera court,
tout sera décidé cette semaine. J'aurai pris ma
place et contribué à sauver la France, ou je serai
dans un cachot, ou je partirai pour jamais. Faites
donc un effort. Je me travaille pour ne pas m'abandonner à ma douleur, je pleure malgré moi, et je
passerai une nuit affreuse. J'avais besoin de mes
forces, vous me les ôtez. Je ne vous parle pas de
ma destinée, vous ne vous en souciez pas. Mais le
bien que je puis faire, mettez-y quelque intérêt.
Que je vous voie seule. Ne me déchirez pas le cœur,
parce que je vous aime. C'est mon seul crime, ma
seule erreur, c'est ma perte. Mais laissez-moi faire
le bien que je puis. Je saurai que ce n'est pas pour
moi que vous le faites, mais votre présence, votre
voix me calment. Un entretien d'une demi-heure,
je vous en conjure, quand vous voudrez. O mon
Dieu, je n'en puis plus.

J'ai dit à Paul[1] que je vous portais un passeport, que je n'avais voulu ni vous le remettre ni
vous parler d'une insurrection qu'on a dit avoir eu

---

1. M. Paul David, neveu de M. Récamier, qui vivait et habitait
chez son oncle.

lieu à Lille, devant M. de Nadaillac, pour qu'on ne dise pas à la cour que j'étais un alarmiste. Il m'a trouvé sur l'escalier et n'a point été étonné de me voir à cause du passeport.

LXXII

J'ajoute quelques mots à ma lettre d'hier pour obtenir de vous de la tolérance pendant que je suis bon à quelque chose. Je vous donne ma parole d'honneur que, quoi qu'il arrive, aussitôt que le danger sera passé, je ne vous demanderai plus rien et ne vous reverrai de ma vie. Dans ce moment, j'ai besoin de mes forces pour autre chose et je n'ai pas celle de m'imposer cette privation. Mais, une fois cette crise finie, j'irai à la campagne, dans le cas même où je ne partirais pas tout à fait, et j'y resterai jusqu'à ce que votre image me soit complètement étrangère; je ne mettrai plus jamais les pieds chez vous; je ne réclamerai ni amour, ni amitié, ni affection, ni souvenir, ni bienveillance d'aucune espèce, pas celle que vous avez pour

11

une connaissance d'une heure. Vous m'avez trop
blessé, trop humilié, trop marché dessus. Mais, au
nom de l'utilité dont on croit que je puis être, soutenez-moi ces jours-ci. Je travaille à un écrit qui
servira beaucoup, si je puis l'achever. Ne me forcez
pas à le laisser là, c'est pour votre pays que je désire le faire. Du reste, que je vous voie et je pourrai tout. C'est une maladie qu'il faut guérir pour
le moment, parce que la France a besoin de tout le
monde. Mais, du reste, croyez bien que je sais votre
disposition, que je ne réclame rien pour moi, que
je sais que M. de Forbin vous parait plus estimable
et M. de Nadaillac plus spirituel; que parce que
je vous aime, j'ai tout perdu à vos yeux. Aussi, je
vous le dis, quelques jours d'encouragement, à
cause de ce que je puis faire; mais, quant à moi,
rien, parce que je ne demande, n'espère et ne sollicite rien. Servons la bonne cause, donnez-moi la
force de la servir. Quand cela sera fait, nous ne
nous reverrons jamais, et je vous promets bien
que, si je n'éprouve plus le besoin dévorant de vous
voir, j'éprouverai celui de fuir celle qui a tout
blessé en moi, amour, amitié et amour-propre.

LXXIII

Voici la brochure : si vous la comparez à l'autre, vous verrez ce que vous m'avez fait retrancher. S'ils sont fâchés, tant pis pour eux. Je ne m'en affligerai qu'à cause de vous. J'y joins un exemplaire pour Sosthène [1], mais non de ma part ; il pourrait s'en fâcher. J'irai savoir l'opinion de vous demain.

LXXIV

Je ne puis pas discuter devant Auguste la question de votre départ, pour une raison bien simple. Nous sommes lui et moi du même avis sur le fond de la question, c'est-à-dire, je crois comme lui qu'il y a quelque danger à ce que vous attendiez l'arrivée de Bonaparte à Paris, que vous seriez ex-

1. Le vicomte Sosthène de la Rochefoucauld.

posée à des persécutions plus ou moins pénibles, et
surtout que vous compromettriez M. Récamier et
ses affaires, en attirant l'attention et en faisant rejaillir la haine de Bonaparte sur lui. Mais ce point
fixé, Auguste désire que vous partiez avec lui pour
la Suisse. Et, comme cela nous séparerait pour jamais, car il n'y aura pas pour moi de sûreté en
Suisse, je ne puis le désirer. Je désire que vous
partiez pour Berlin, et vous sentez que je ne puis
le dire devant Auguste. Examinez donc bien la
question; vous avez d'un côté madame de Staël,
Auguste et la Suisse, qui peut être agitée d'un moment à l'autre. Vous avez de l'autre le prince Auguste, moi et toute la famille de ma femme, et la
certitude de vivre paisible jusqu'à ce que vous
preniez librement tel parti qui vous conviendra, au
lieu que la Suisse, où l'on s'est battu il y a déjà un
mois, ne sera peut-être pas tranquille dans quinze
jours. Mettez de côté ma passion pour vous et ne
voyez en moi que l'ami le plus tendre et le plus dévoué. A dater d'aujourd'hui, je ne vous parlerai plus
d'amour, et mon amitié sera sans mélange comme
sans bornes. Ainsi ne craignez pas de me permettre
de vous servir. Je suis inconséquent dans les circon-

stances ordinaires, mais excellent dans les grandes.
Celles où nous sommes sont malheureusement si
graves que rien ne sera plus simple que de me laisser
vous accompagner ; et vous pensez bien que, dans ce
moment où toutes les existences vont être menacées,
ce ne sera ni à vous, ni à moi, ni au prince Auguste qu'on pensera. Il est tout simple de chercher
un asile et de s'appuyer sur un compagnon de
voyage. D'ailleurs, mon attachement très vrai pour
vous me rendra capable de toutes les privations,
pourvu que je vous serve et que je vous sauve. Je
vous ai dit que, pour peu que M. Récamier eût besoin
de temps pour vos arrangements de fortune, j'a-
vais vingt mille francs à vos ordres, que vous me
rendriez quand vous voudriez. Ce n'est même pas
un service que je vous offre. Reste la question de
madame de Catellan. Je crois que vous ne lui serez
bonne à rien, et que même vous lui nuirez en attirant l'attention sur elle. Quant à moi, ma position
est simple. Si vous partez pour l'Allemagne, je
pars ; sinon je reste et cours les risques de mon
séjour avec Bonaparte. Je vous ai dit plusieurs
fois que je sacrifierais volontiers ma vie pour vous :
et, pourvu que je puisse espérer votre amitié, il me

sera doux de vous le prouver. Faites-moi dire précisément à quelle heure je puis vous voir seule.
Croyez-moi, chère amie, — permettez ce nom
dans ce temps de malheur! — je souffrirai-moins
si je péris dans cette crise que je n'ai souffert quelquefois par vous, et j'éprouve un certain bonheur
à vous prouver par des faits combien mon sentiment est profond et sincère.

Un mot de réponse.

LXXV

Pardon si je profite des circonstances pour vous
importuner. Mais l'occasion est trop belle. Mon
sort sera décidé dans quatre à cinq jours sûrement. Car, quoique vous aimiez à ne pas le croire,
pour diminuer votre intérêt, je suis certainement,
avec Marmont, Chateaubriand et Lainé, l'un des
quatre hommes les plus compromis de France. Il
est donc certain que, si nous ne triomphons pas, je
serai dans huit jours, ou proscrit et fugitif, ou dans
un cachot, ou fusillé! Accordez-moi donc, pendant
les deux ou trois jours qui précéderont la bataille,

le plus que vous pourrez de votre temps et de vos
heures. Si je meurs, vous serez bien aise de m'avoir
fait ce bien, et vous seriez fâchée de m'avoir affligé.
Cela ne peut pas vous compromettre ; car, dans trois
ou quatre jours, tout sera fini ; alors, ou j'entrerai
dans une carrière qui me forcera à y donner tout
mon temps, ou je partirai. Quant à vos autres
amis, j'ai plus de droits qu'eux à votre bonté dans
ce moment, parce qu'il y a plus de dangers pour
moi. M. de Nadaillac et M. de Forbin, si Bonaparte
est vainqueur, feront leur paix et reprendront du
service sous le nouveau gouvernement. Moi seul,
je périrai, si je tombe en ses mains. Ainsi donc
soyez bonne, ne préparez pas des remords à votre
âme, quoique votre cœur soit insensible. Je dîne
avec vous, mais accordez-moi aussi un entretien
ce soir. Mon sentiment pour vous est ma vie. Un
signe d'indifférence me fait plus de mal que ne
pourra le faire dans quatre jours mon arrêt de
mort, et, quand je pense que le danger est un
moyen d'obtenir de vous un signe d'intérêt, je n'en
éprouve que de la joie.

Avez-vous été contente de mon article ? et savez-
vous ce qu'on en dit ?

LXXVI

Je voudrais savoir si vous êtes chez vous. J'ai tant de courses inutiles à faire, que je suis obligé de les combiner. Je suis bien aise que mon article ait paru, on ne peut au moins en soupçonner aujourd'hui la sincérité. Voici un billet que l'on m'écrit, après l'avoir lu. Si j'en recevais un pareil d'une autre, je serais gai sur l'échafaud. Il serait bizarre que, parce que je vous aime, vous me refusassiez même votre estime. Je n'ai que cette pensée au milieu des circonstances qui grossissent incroyablement. J'ai offert mes services de toutes manières, j'ignore encore s'ils seront acceptés. On croit que nous serons cernés dans trois jours. Les troupes des environs se mettent, dit-on, en mouvement contre nous. Il y a peut-être de l'exagération ; car tout le monde a une peur horrible. Ma seule peur est de n'être pas aimé de vous.

LXXVII

En attendant mes chevaux, j'ajoute quelques
lignes aux quatre par lesquelles je vous ai annoncé
mon départ. C'est bien à contre-cœur que je
prends cette résolution. Mais tout le monde est
autour de moi pour exagérer le danger, non seulement pour moi, mais pour ceux qui ont bien voulu
me faciliter les moyens de m'en aller, et qui se
croient plus ou moins compromis. Moi, je ne crois
pas qu'il y ait aucun obstacle, et je serai demain
soir à ma destination le plus tranquillement du
monde. Je vous écrirai bien exactement ; car vous
y prenez quelque intérêt, j'aime à le croire. Cette
époque est curieuse à observer : la peur qui se
mêle au courage et l'impatience qui perce à travers l'obligeance sont caractéristiques. Un homme
a été admirable pour moi, et m'a servi avec un
zèle, une activité, une bonté indicibles. Je vous le
nommerai quand nous nous verrons. Je ne crois
pas aux mesures sévères dans les premiers mo-

ments, d'après tout ce que j'ai recueilli. Mais bientôt le pays sera inhabitable. Adieu encore! il n'y a nulle entrave, dit-on, et je serai en sûreté dans trente-six heures, si tant est qu'il n'y ait pas sûreté ici. Adieu.

LXXVIII

Au moment où je croyais partir, l'interdiction mise sur les chevaux de poste m'en a ôté tous les moyens. Ce n'est qu'à présent que je les retrouve, mais cet accident m'oblige à laisser ma voiture et tous mes effets. Ce n'est pas grand'chose, mais j'ai été aussi forcé de laisser rue Neuve-de-Berry, n° 6, une grande caisse blanche, pleine de livres et de papiers très peu intéressants, mais parmi lesquels sont vos lettres. Assurément, il n'y a rien dans ces lettres qui vous rendît fâcheuse leur publicité. Cependant vous aimerez sans doute mieux l'empêcher, et je vous propose de prier les dames qui occupent l'appartement du troisième de retirer cette caisse chez elles. Cela ne vous ex-

posera en rien, car j'ai la certitude que, jusqu'au
moment où je vous écris, il n'a été pris aucune
information relativement à moi, et je crois que
tout se passera en douceur. J'aurais peut-être
mieux fait de rester. Ah! que je donnerais de
choses pour causer un peu avec vous. Mon sentiment est toujours le même, mais je ne veux pas en
parler, pour ne pas m'émouvoir. Voici l'ordre
pour mon domestique de remettre la caisse en
question à la personne qui lui présentera cet
ordre.

Adieu, adieu. Quand nous reverrons-nous?

Entre la lettre qui précède et celles qui vont suivre, de
graves événements se sont accomplis.

Benjamin Constant, que son fameux article du 19 mars
avait posé en irréconciliable ennemi de Napoléon et qui,
cédant comme on l'a vu aux pressantes sollicitations de ses
amis, avait quitté Paris le 23 mars, y était rentré le 27 au
soir et, le 17 avril, après deux longues conversations avec
l'Empereur, avait accepté le titre de conseiller d'État.

LXXIX

Que maudit soit le métier de courtisan ou

d'homme d'État! Je crois que je donnerai ma démission demain, et je suis bien sûr que je le ferais
si je croyais que vous m'en sussiez gré. Vous avez
été seule ce soir. J'aurais pu vous voir, jouir de
ces moments si rares qui font toute ma vie, et de
maudits intérêts européens m'ont arraché à cet
intérêt bien plus grand pour moi. Je suis dans un
véritable désespoir. Je vous conjure de me dédommager et de me dire quand je pourrai vous
voir. Je ne sortirai que pour cela; car j'ai dix
choses à faire en moins de temps qu'il ne m'en
faudrait pour en faire une seule. Je compte ne pas
me coucher et travailler jusqu'au moment où je
recevrai un mot de vous. Je sortirai alors pour
vous voir quand et aussi longtemps que vous le
permettrez. J'ai eu les plus curieuses conversations[1], et longues assurément, puisqu'elles ont
duré de manière à ne pas me permettre d'arriver
chez vous à temps. Je serai donc bon à écouter, si
vous êtes curieuse. Mais brûlez même ce billet, je
vous en prie.

Faites-moi dire précisément quand je pourrai

1. Avec Napoléon.

vous voir, pour que je n'interrompe pas inutilement un travail déjà au-dessus de mon temps et
de mes forces.

LXXX

Je voudrais bien vous voir d'un peu bonne heure.
Le duc de Vicence [1] m'a fait inviter pour causer
d'affaires, et, comme je ne puis pas y dîner, je
voudrais y aller auparavant. J'irai donc chez vous
tout de suite si vous le permettez ; si je ne vous
trouve pas, je ferai quelques visites et je retournerai chez vous pour avoir le billet de spectacle
pour ce soir. Il y a contre moi un drôle de petit
article dans le *Journal général*, mais personne ne
s'en doutera que moi et l'auteur.

Vous m'avez fait du bien hier. Par pitié, tant
que cela durera, accordez-moi quelques instants
pareils. Vous m'avez rendu de la force et j'ai pu
penser à des choses encore vagues, mais qui

1. M. de Caulaincourt, duc de Vicence, occupait, dans le ministère
que Napoléon avait formé en arrivant le 20 mars à Fontainebleau,
le poste de ministre des relations extérieures.

pourront être utiles si les événements les amènent. Soutenu par vous, je sens que je puis encore
faire du bien. Donnez ordre qu'on me laisse entrer.

LXXXI

Si je vais vous voir plus rarement, je vous conjure de ne pas croire que j'éprouve moins le besoin
de votre présence. Mais je suis triste, humilié, méconnu, et je n'obtiens jamais de vous une entrevue
libre, où je puisse vous parler des peines qui me
dévorent. Ah! il n'est pas question d'amour! au
milieu de la haine qui m'entoure. Je n'oserais pas
prononcer ce mot : et, dans la sombre carrière où
je suis entré, avec le terme que j'aperçois à cette
carrière, je bénis le ciel de ce que pas un être n'est
attaché par un lien quelconque à ma destinée.

Mais un peu d'amitié de vous m'aurait fait du
bien, et, aujourd'hui que je ne puis plus rien espérer, plus rien prétendre, j'aurais cru l'avoir mérité
par huit mois de dévouement. Il y a aujourd'hui
huit mois que le mémoire pour Naples me fut de-

mandé : et il a bien influé sur ma vie. Je ne vous demande rien. Si vous pouvez me voir et m'entendre seule, je trouverai quelque douceur à ces entretiens; c'est la seule consolation qui me soit possible. Dans le monde, c'est inutile. Je souffre de toutes les manières. Je ne puis, je ne dois vivre qu'avec ceux qu'un danger commun réunit; les autres me semblent blâmer ma conduite et attendre ma chute. Ah! du danger, à la bonne heure, mais tant d'injustice! Jamais je n'ai tant souffert, excepté par vous, et alors j'espérais de l'avenir. Maintenant il n'y a dans l'avenir qu'une seule espérance pour moi; car la ruine commune peut m'atteindre, et le succès, je sens trop que je n'en jouirais pas.

LXXXII

Avez-vous vu les éloges sans fin qu'on me donne dans le *Journal général de France?* J'en suis tout étonné. J'ai peur seulement que ce ne soit une occasion offerte aux autres journaux pour tomber

sur moi. Enfin, il faut prendre le bon de chaque
chose et attendre le mauvais. Mais ce dont je ne
puis prendre mon parti, c'est de ne presque pas
vous voir. Si vous saviez combien j'ai de peine à
me soutenir, combien la privation de votre présence, et le sentiment de la proscription sociale
qui m'ôte l'unique bien qui ait du prix pour mon
cœur me sont douloureux, combien je suis conduit
par la barrière que j'ai élevée entre nous, à regretter ce que j'ai fait, vous auriez pitié de moi,
et dans la parfaite indépendance dont vous jouissez
vous m'accorderiez, après tout le monde, quelques
bons quarts d'heure, qui m'aideraient à vivre le
reste du temps.

Vous m'avez permis de vous voir à midi. Mon
cœur s'appuie sur cette espérance. Votre amitié
est mon seul bonheur, votre présence mon seul
bien, mon sentiment pour vous ma seule pensée.
Il y a de la magie dans votre charme et dans son
action sur moi.

LXXXIII

Pardon de vous avoir laissée si longtemps sans
vous faire rien savoir. Ce n'a pas été ma faute,
l'affaire est terminée, pas précisément comme vous
l'aviez ordonné, mais à peu près. M. de Montlosier
a été blessé à la main de manière à ne plus pouvoir
tenir son épée, ce qui a fini la chose. J'étais au
désespoir de ne pas vous obéir en tout, mais c'était
impossible sans me déshonorer ; d'ailleurs il y
avait eu tant de témoins que la chose n'en aurait
pas moins été redite, et j'aurais seulement passé
pour un lâche. Maintenant on n'en parlera pas davantage, et la chose est terminée. Ce qui est important, c'est qu'on sache bien que ce n'a pas été
une dispute de politique, mais sur l'ouvrage de
M. de Montlosier, ce qui met votre salon à l'abri.
Dans la chance que la chose finît autrement, j'y
avais pourvu de mon mieux par une lettre à l'Empereur, que je joins ici parce qu'elle vous montrera
comment la chose sera présentée, de sorte que

12

vous n'aurez rien au monde à en craindre.

Je n'en meurs pas moins de peur que vous ne me sachiez mauvais gré, et que vous ne me regardiez comme un trouble-fête. Voulez-vous être bonne et faire un marché qui vous conviendra sans me mettre au désespoir. Donnez-moi de temps en temps quelque bonne causerie et j'irai rarement chez vous le soir. D'ailleurs, vous savez que ce n'est pas moi qui manque de mesure et que mon seul but était de vous amuser. Mais mon cœur vous est si attaché, que je ne puis me passer de vous tout à fait. J'y fais ce que je peux. Mais aidez-moi en me permettant de me consoler quelquefois en vous parlant de l'horrible isolement où je suis. Mon Dieu! il n'est plus question d'amour. Je n'ai plus ni prétention ni espoir, et je ne dois faire ombrage à personne.

Si vous pouvez m'écrire un mot, vous me ferez plaisir. Je vais à onze heures et demie à l'audience et je vous verrai à dîner.

N'est-ce pas, vous n'êtes pas en colère contre moi?

LXXXIV

Voici la lettre à l'Empereur[1]. En voici une autre
que je vous avais écrite dans la même pensée[2]. Je
les trouve à présent si solennelles, que je crains le
ridicule. N'y voyez que ma bonne intention pour
que, dans aucun cas, vous ne fussiez tourmentée.
A dîner. Je serai toujours ce que vous voudrez
que je sois, et me plier à vos convenances est tout
mon désir. Il n'y a qu'une chose que je ne puisse
pas, c'est vous oublier.

LXXXV

Si vous recevez cette lettre, c'est que je ne
pourrai pas vous en écrire une autre, et c'est pour
cela que je la prépare d'avance. Il est impossible
d'arranger cette affaire, il faut que cela soit bien

1. Voir la lettre LXXXVI.
2. Voir la lettre LXXXV.

impossible, sans quoi un mot de vous l'aurait fait, mais un démenti tel que celui-là, devant dix personnes[1] ne peut s'expier que par la mort de l'un des deux. J'en suis fâché, mais c'est la règle. Vous verriez si j'étais capable de consentir à un arrangement quelconque, comme l'opinion tomberait sur moi. Dieu m'est témoin que, si je le pouvais, je le ferais pour vous épargner le moindre désagrément. Je dirai plus : si vous m'aviez aimé seulement d'une amitié tendre, j'aurais tout sacrifié, même l'honneur. Je serais heureux si vous m'aimiez, même au milieu du blâme universel. Je tâcherai que rien de tourmentant ne vous atteigne. Si M. de Montlosier est tué, je réponds bien que rien ne vous atteindra; si c'est moi, je laisse une lettre pour l'Empereur, et j'y explique et j'y démontre que vous n'êtes pour rien dans cette affaire. Ainsi, quoi qu'il arrive, soyez tranquille. Cette lettre-ci ne vous sera remise que si je suis tué ou blessé grièvement; sans cela, je vous verrai de bonne heure. Adieu. Je vous ai bien tendrement, quoique bien

1. Une dispute très vive s'était élevée chez madame Récamier entre M. de Montlosier et Benjamin Constant, à l'occasion de l'ouvrage du premier sur la féodalité.

inutilement aimée, et, si je meurs, ce sera en vous
aimant et en faisant des vœux pour vous. Vous
avez été souvent dure, et j'ai peine à concevoir que,
m'étant réduit à une simple amitié, mon affection
n'ait eu pour vous que si peu de valeur. Mais je
vous dois de voir avec indifférence toutes ces
chances. Rien ne peut me faire souffrir comme j'ai
souffert par vous. Adieu. Je vous aime autant que
jamais. Soyez *heureuse!*

LXXXVI

Sire,

Forcé malgré moi à tirer vengeance d'une offense que j'ai reçue d'un homme que d'ailleurs
j'estime, et qui a été entraîné par un mouvement
irréfléchi dans une discussion trop animée, je
dois prévenir les impressions fâcheuses qui pourraient être données à Votre Majesté Impériale soit
contre mon adversaire, soit contre la personne
chez qui la discussion a eu lieu. Cette discussion
ne roulait que sur une simple théorie; mais, comme
cette théorie tient à la politique, on pourrait sup-

poser que j'ai été insulté par M. de Montlosier
comme défenseur du gouvernement de Votre Majesté. Il n'en est rien. La querelle s'était engagée
sur les privilèges de la noblesse, question sur laquelle M. de Montlosier a des idées que je crois
très fausses : il lui a échappé des mots qui ne se
lavent que dans le sang, et j'ai dû suivre la ligne
tracée à tout homme d'honneur. Mais il ne s'agissait en rien des circonstances présentes, et M. de
Montlosier ne s'est permis aucune insinuation
quelconque contre le gouvernement. Je l'atteste
solennellement, Sire, et cette lettre, écrite uniquement pour être remise à Votre Majesté si je suis
tué, se rapporte par là même à une idée assez sérieuse pour qu'on ait besoin de ne pas s'écarter
de la vérité, en s'y préparant.

Cette justification de M. de Montlosier est en
même temps celle de la personne chez qui cette
désagréable affaire a eu lieu, madame Récamier.
Elle n'était pour rien dans cette discussion. De
toutes les femmes de Paris, elle est la plus pru-
dente et la plus raisonnable en politique, et, depuis
que je suis entré au service de Votre Majesté Impériale, je l'ai entendue me défendre souvent contre

la malveillance et l'esprit de parti. J'ose donc supplier Votre Majesté de ne prendre sur elle aucune impression défavorable. Elle est parfaitement innocente et digne de toute la protection du gouvernement.

Je regrette, Sire, d'avoir eu si peu de temps pour vous prouver mon zèle. J'emporte au tombeau une profonde reconnaissance et mes derniers vœux sont pour deux choses inséparables : la gloire de Votre Majesté Impériale et la liberté de la France.

Je suis avec respect, Sire, de Votre Majesté Impériale,

Le très humble et très obéissant serviteur et sujet,

BENJAMIN CONSTANT

Paris, 28 mai 1815.

LXXXVII

M. DE MONTLOSIER A MADAME RÉCAMIER

Paris 28 mai 1815 (rue de Rivoli, 8).

Vous me rendez justice, madame, si vous voulez bien croire que j'ai été extrêmement malheureux

de la scène d'hier et de tout le déplaisir qu'elle a
dû vous causer. Je vous en fais toutes mes excuses,
que je ne veux atténuer en aucune manière. Cependant je ne puis m'empêcher de vous rappeler qu'il
m'a paru la chose la plus sauvage de m'entendre
accuser, non pas relativement à des opinions, ce
qui serait peu de chose, mais relativement à ma
conduite, et surtout de m'entendre imputer, à l'appui d'un prétendu changement subit, des conversations particulières, que je ne dois pas dire avoir
été controuvées, mais que je dois bien dire certainement avoir été altérées et défigurées. En laissant de côté ces imputations et ces révélations qui
me paraissent inexplicables, je dois convenir au
moins que la conduite de M. de Constant envers
moi comme homme d'honneur a été parfaite en
tout point. Je n'ai qu'à lui rendre hommage à cet
égard, comme je me plais à le faire autant que je le
peux sur tous les reproches qu'on lui fait assez géné-
ralement. Nos démêlés sont terminés, il me reste
actuellement à traiter avec vous. J'en reviens pour
cela à mes excuses, à mes regrets et à ma véritable
douleur d'avoir pu un seul moment vous affliger et
vous contrister. Je vous prie de faire part de ces

sentiments aux dames qui étaient avec vous et de
continuer à recevoir avec votre bonté accoutumée
l'hommage des respectueux sentiments avec lesquels je suis depuis longtemps,

Madame,

Votre très humble et très obéissant serviteur,

MONTLOSIER.

LXXXVIII

J'aurai pour vous tous les billets du monde. Je
suis plus heureux de cela que si j'avais eu le plus
beau succès personnel.

Mon Dieu! pourquoi est-ce que je vous aime
tant? certes vous ne le méritez que par vos qualités et non par vos sentiments. Faites-moi dire si
vous êtes chez vous, ou envoyez chez moi quand
vous rentrerez.

Je vous porterai des billets pour le Champ de
Mai[1], qui sera aussi assez curieux à voir, et je vous

---

1. Cette solennité, la dernière que présida Napoléon, était la réunion du Champ de Mai, qui eut lieu le 1er juin, pour la proclama-

demanderai quelque chose pour ceux de l'assemblée de la Chambre.

J'attends votre réponse. J'ai renvoyé ma voiture
aujourd'hui et je compte sur des chevaux demain.

LXXXIX

L'Empereur partira, comme vous l'avez vu dans
le *Moniteur*, à onze heures, je crois. Mais, si vous
voulez être bien placées, il faut y aller plus tôt.
Pour les personnes qui arriveront de bonne heure,
elles seront bien placées. Le Conseil d'État y sera
à dix heures, de sorte que, s'il y avait la moindre
difficulté, je serais à vos ordres. Je vous conseille
d'y aller. Il y aura des discours, et la chose sera

tion du résultat des votes du peuple et de l'armée, à la sanction
desquels l'Acte additionnel aux Constitutions de l'Empire avait été
soumis.

Au milieu de l'immense concours de citoyens venus là par des
sentiments fort divers, et en voyant défiler cette garde impériale que Napoléon adjura de « se surpasser elle-même dans la
campagne qui allait s'ouvrir », et qui lui répondit par des cris
enthousiastes, tous les contemporains l'ont attesté, un sombre
pressentiment saisit tous les cœurs.

remarquable indépendamment de son importance future. J'aurai deux billets, pour vous et madame de Catellan pour la séance des députés. Je voudrais bien que vous sentissiez que, telle que vous êtes, vous êtes le seul être, la seule chose qui m'occupe. Je fais de l'ambition par désœuvrement, et, faute de pouvoir être ce soir avec vous, je vais à l'Élysée.

XC

J'ai recueilli de ma visite à l'Élysée un billet d'homme pour la fête de demain. Je suppose qu'il vous sera plus commode d'y être accompagnée par quelqu'un, et je suis si bon enfant, que, dût-ce être M. de Forbin, je vous envoie ce billet. Certes, c'est de la générosité. Aimez-moi donc. Je vous jure qu'au milieu de l'orage universel, vous n'avez rien de mieux à faire. Moi, je vous aime comme un fou.

XCI

Encore un billet, dans le cas où vous voudriez aller avec deux hommes au lieu d'un.

Je compte bien dîner avec vous, pourvu que je ne sois pas retenu par l'étiquette jusqu'à Dieu sait quelle heure.

XCII

Comment êtes-vous ce matin, madame? J'ai été bien triste de m'en aller avec Auguste, en vous laissant souffrante. Imaginez que je ne pouvais aller à votre sermon. J'ai une foule de petites affaires, toutes plus bêtes les unes que les autres, et qui me rendent comme elles. Je suis fâché de ne pas faire avec vous ce pas de plus dans la bonne route; au reste, soit dit sans orgueil, je m'y crois plus avancé que vous et je puis vous

attendre. Mais je n'en regrette pas moins, vous le
concevez, une heure passée entre vous et le ciel
et la place que vous m'aviez promise. Je vous
exprimerai mes regrets ce soir, c'est-à-dire quand
ils seront adoucis, puisque je vous verrai.

Comprenez-vous le retour d'Auguste? Je n'ai
rien voulu dire. Comme je crois qu'il ne faut
jamais être mécontent de ceux dont on a besoin,
je crois aussi qu'il ne faut jamais blâmer les choses irréparables. Mais comment n'a-t-il pas attendu
vingt-quatre heures de plus, surtout si le départ
pour Saint-Quentin est prochain? Si, deux heures
après le sien, l'Empereur l'avait fait demander, il
ne s'en consolerait jamais, ni sa mère. Il dit qu'il
s'en brûlerait la cervelle. C'est un mauvais moyen,
outre qu'il est usé, et on ne l'emploie guère en
affaires.

Je ne sais pourquoi je me mets tout à coup
à causer avec vous, et je crains que mon billet ne vous paraisse long et sans motif. J'ai eu
le besoin de vous écrire et je ne puis finir. Je
vais cependant, non achever cette lettre, car c'en
devient une, mais l'interrompre. Voilà qui est fait.

A ce soir donc, madame; j'espère que vous serez

bien grave en comparaison de l'aimable poète qui
vous écrit si librement; à ce soir, à dix heures. Je
dis toujours la même chose, parce que je pense
toujours à la même chose. A ce soir.

XCIII

Les nouvelles paraissent être affreuses pour
nous, excellentes pour vos amis. D'après vos principes, c'est le cas d'une visite rue Cerutti[1]. C'est
encore plus le cas d'être bien pour moi; car je vais
être dans une fâcheuse position, si tant est qu'une
position soit fâcheuse quand elle n'influe pas sur
le cœur. Faites donc votre métier de noblesse et
de générosité envers moi, je bénirai nos malheurs.
Quant à moi, j'ai déjà recommencé mon métier de
rallier le parti battu, et d'essayer de persuader à
des gens qui veulent vivre de se faire tuer, et à
des gens qui ont peur d'avoir du courage. Je ne
réussirai peut-être pas mieux avec ceux-ci qu'avec

1. A la reine Hortense.

les autres. On a une tendance admirable à se laisser pendre. C'est le point de ressemblance de tous
les partis ; si nos malheurs se confirment, j'espère
que vous n'aurez plus d'embarras à ce qu'on me
trouve chez vous. Votre générosité prendra mon
parti.

N'ajoutez pas à nos désastres publics le désastre
privé de me faire refuser votre porte à trois
heures. Songez que je suis dans l'adversité.

P.-S. — J'ajoute quelques mots. Depuis mon
billet, on vient chez moi. Les nouvelles se confirment [1]. Il n'y a plus que quelques heures pour sauver la pauvre France. Ne dites pas ce que je vous
mande, surtout comme venant de moi. Je passerai
chez vous peut-être avant trois heures suivant que
j'aurai du temps. Nous sommes convoqués au
Conseil à dix. Si vous êtes curieuse, dites qu'on me
laisse entrer.

1. La nouvelle de la bataille de Waterloo et de la rentrée de
Napoléon fugitif à Paris, le 20 juin au soir.

XCIV

Je vous écris pour vous rappeler votre bonne promesse de me recevoir à onze heures. A moins qu'un devoir ne m'appelle, je me présenterai chez vous; ne me donnez pas la douleur d'être renvoyé. Toute douleur qui viendrait de vous serait plus cruelle que tous les coups de la destinée. Je viens de faire une dernière tentative vis-à-vis de celui que je voudrais engager à se sauver en sauvant la France. Je ne sais quel résultat elle aura. N'étant pas député, c'est tout ce que je puis faire. Mais j'éprouve qu'il est bien plus difficile de dire la vérité au malheur qu'à la puissance. Le temps se perd, et mon âme est déchirée. Aujourd'hui est le dernier jour de salut. Je n'espère pas qu'on en profite. Je consentirais à ce qu'on nous mît tous dans une barque pourvu que l'étranger ne régnât pas en France; vous verrez ce que seront les Bourbons doublés de cosaques pour la seconde fois. Enfin j'espère vous voir encore dans une heure. Mon âme se repose sur cette perspective, et je ne veux rien prévoir au delà. Donnez des ordres pour qu'on me reçoive. Votre amitié est ma seule pensée douce et je vous aime tant, que je jouis du malheur qui vous intéresse à moi.

XCV

Vous pensez bien que je ne partirai pas sans vous écrire un mot quand même je n'aurais pas le prétexte du passeport. Comme vous m'avez demandé quelle lettre on m'avait écrite pour me nommer commissaire [1], en voici la copie. Je désire que vos amis malveillants la voient, parce que, comme la nomination des autres a été connue avant la mienne, ils pourraient dire que je me suis fait adjoindre, et je veux qu'on ne m'en soupçonne pas, parce que vous vous intéressez à moi.

1. Sa nomination de membre de la commission envoyée à Haguenau auprès des puissances alliées.

Les autres membres étaient MM. de Lafayette, d'Argenson, de Pontécoulant, Sébastiani et Laforêt; Benjamin Constant leur était adjoint comme secrétaire rédacteur.

Mon Dieu, quelle angélique créature vous êtes! quoique vous ne donniez pas de bonheur, on est heureux de vous aimer, parce qu'on sent qu'on a raison.

Quand vous aurez ceci, je serai en route vers l'ennemi. Je ne reviendrai qu'avec de la liberté pour la France. Tout ce que je ferai de bien, vous y présiderez. C'est vous qui avez donné l'impulsion à ma destinée. Adieu ; je vous aime du fond de mon cœur avec une passion qui est ma vie.

Envoyez quelqu'un, Paul par exemple, dans les bureaux avec le billet ci-inclus, qui est assez cérémonieux, j'espère. Mon Dieu, que je vous aime.

XCVI

Soissons, quatre heures du matin.

Je vous écris pendant que nous changeons de chevaux. Notre voyage n'a, jusqu'à présent, éprouvé aucun retard. C'est ici seulement que les difficultés physiques commencent. Il y a peu de chevaux et les routes sont fort encombrées de gens qui retournent de votre côté. Si l'on parvient à réorganiser le moral de l'armée, les ressources sont immenses. Il y a eu beaucoup moins de perte en morts que l'on ne croyait, et tous les fuyards s'en retournent avec leurs armes. Il n'est question que de leur rendre l'envie de se battre, si l'ennemi en veut à la France et à son honneur.

J'espère que vous aurez reçu ma lettre d'hier avec un billet pour être montré dans les bureaux de M. de Vicence, et la copie d'une lettre à moi. Je vous prie de ne pas montrer cette dernière ; c'était pour vous que je l'avais copiée, je ne voudrais pas qu'elle tombât en d'autres mains.

Il paraît que l'ennemi n'a fait encore aucun progrès réel. J'ai la conviction que, si Paris le veut, on aura une paix honorable, qui garantira l'indépendance et la liberté ; mais il ne faut pas, tandis que nous négocierons, qu'on annonce le désir d'embrasser les genoux de l'étranger. La cocarde blanche ne serait pas dans ce moment-ci un pacte avec Louis XVIII, mais une soumission aux Anglais et aux Prussiens. On peut avoir, de ce qui est revenu sur ses pas, cent mille hommes bien armés en avant de Paris. Le maréchal Grouchy en a bien cinquante mille. C'est un bon corps de réserve pour traiter. Depuis que je ne suis plus à Paris, je suis inquiet de vous. Mais c'est, je pense, un effet matériel de l'absence, plutôt qu'une inquiétude motivée sur des raisons. Je crois que, si un parti n'agit pas, le parti contraire se tiendra également tranquille. Si les royalistes remuent, les fédérés se soulèveront; il y aura du désordre et du mal sans fruit pour personne, et la paix même peut en souffrir. Montrez donc le plus que vous pourrez votre visage d'ange qui calme les âmes, et vous aurez contribué au salut public.

Les chevaux arrivent, je suis forcé de finir. Vous a-t-on porté une caisse blanche[1]? Je ne puis vous dire de m'écrire, car je ne sais où nous allons. Adieu. Vous savez que je vous aime, et que, ne pouvant mettre mon bonheur dans le succès, je l'ai mis dans un sentiment dont je ne pourrais pas me passer et qui fait partie de moi-même.

1. La caisse de papiers dont il a déjà été question dans la lettre LXXXVIII.

XCVII

J'aurais bien désiré vous voir hier au soir ; mais la Commission de gouvernement nous a fait causer jusqu'à une heure du matin.

Si vous êtes curieuse à votre tour d'entendre des détails sur ce que j'ai dit, je vous prie de me faire savoir ce que vous faites dans la journée, et quand vous pourrez me voir sans embarras pour vous.

Je me mets parfaitement à ma place. Je sens que je suis un être proscrit dans votre société, et ce n'est pas à présent que je suis tenté de réclamer contre cette proscription, qu'au contraire j'appelle de tout mon cœur. Mais vous n'êtes pas de votre société, vous êtes un être à part, bon, noble et que j'aime. Je vous dois donc de ne pas abuser de votre noblesse pour vous mettre dans une situation pénible, et je ne vous verrai que quand et comme vous voudrez. Je n'ai nul embarras à rencontrer personne, mais je ne veux rencontrer

que ceux que vous jugerez n'avoir pas d'inconvénient pour vous ; car je suis d'autant plus sus-
ceptible que je suis sans autre protection que
ma force physique et morale, et je ne suppor-
terais volontiers ni blâme direct, ni pitié insolente.

Je vous demanderais volontiers à dîner si j'étais
sûr d'être libre, mais je ne le suis pas ; si pourtant
je puis dîner chez vous, dites-moi si vous y con-
sentez ; c'est l'heure où vos alentours sont le
moins hostiles.

J'attends votre réponse pour décider de ma
marche d'aujourd'hui. Si nous échappons pendant
quatre jours à une prise de possession par la conquête, nous aurons de la liberté, et notre mission
à nous six aura été utile. Sinon, non.

XCVIII

La séance d'aujourd'hui[1] a, dit-on, été superbe

1. La dernière séance de la Chambre des Représentants, le
7 juillet 1815.

pour la bonne cause, c'est-à-dire pour le gouvernement. Sébastiani a débuté et très bien réussi,
d'après un conseil que je lui avais donné. Car je
veux aussi avoir ma part du mérite. Je vais aller
vous voir tout à l'heure, car il faut que je sois
avant cinq heures chez de Gérando [1]. Je vous ra-
conterai la séance telle qu'on me l'a rendue. Faites
que votre porte ne soit pas fermée. Il s'en est
bien peu fallu hier que je ne pusse pas la forcer,
tant madame Eustache [2] est sévère. Vous restez aussi
chez vous ce soir, j'espère ; mais, dès que mon
domestique sera de retour, j'irai vous voir avant
dîner pour mon récit. Mon Dieu ! que je vous
aime ! Pourquoi cela me sert-il à si peu de chose !

XCIX

N'oubliez pas que vous m'avez accordé l'heure
de midi. C'est ma seule consolation, et, si j'en crois

1. Le baron de Gérando était conseiller d'État.
2. La concierge de l'hôtel habité par madame Récamier, rue
Basse-du-Rempart, 32.

tous les bruits qui me sont revenus ce soir par
deux personnes arrivant d'auprès du Roi[1], tous
ceux qui ont été du parti vaincu auront besoin de
consolations. Pozzo di Borgo est furieux, M. de
Talleyrand lui-même est violent par complai-
sance; on ne parle que de punir et de punir beaucoup. L'on est particulièrement furieux contre les
ambassadeurs, dont j'ai été l'un. Pozzo dit que nous
avons été honteusement chassés, que cette dernière
action est trop heureuse pour le gouvernement,
parce que, sans cela, il aurait fallu nous ménager,
mais que nous nous sommes mis à la tête de la
rébellion, que nous avons commis un crime de
lèse-majesté et qu'on pourrait nous traiter avec
toute la rigueur des lois, et qu'on le fera. En écoutant tout ce beau discours, répété par l'homme à
qui Pozzo parlait, je n'ai senti que le plaisir de
vous intéresser davantage. Après le bonheur que
j'ai manqué, celui d'être assez bien placé dans la
société pour vous voir sans cesse, le second bonheur est d'être assez malheureux pour vous occuper
de moi : et cela promet. A midi donc. Sans vous, je

1. Louis XVIII était à ce moment aux portes de Paris, où il
rentra le 8 juillet.

vous jure que je serais horriblement triste. Grâce
à vous, je ne le suis pas du tout.

Faites-moi, je vous en prie, souvenir, si vous y
pensez, de vous raconter un service que j'ai rendu
à M. de Montmorency.

C

Victor de Broglie, qui m'a rencontré, me disait
que j'avais l'air condamné à mort d'avance. Il attribuait cela à des chagrins politiques. Hélas ! mon
Dieu, mes chagrins, ma proscription, mon bourreau, c'est vous.

J'ai passé des heures affreuses, et un mot de vous
m'aurait consolé. Ne vous dites-vous donc jamais
que, quand je suis loin de vous, j'ai peut-être besoin d'un mot. Ce n'est pas de la réserve ; car il
n'est plus question pour moi d'espoir ni d'amour :
c'est du dédain, c'est du mépris, en échange de
quoi ? quel mal vous avais-je fait ? quel tort avais-
je ? Et quand je serais fou, Rousseau l'était. Croyez-

vous qu'un quart d'heure consacré à calmer sa
misérable tête n'eût pas été une bonne action?

Allez à la messe, Juliette, présentez-vous devant
Dieu, et demandez sa pitié, quand vous n'en avez
point pour le plus profond malheur. Pour un malheur qu'un mot, qu'un regard d'affection, un signe
de souvenir font cesser, et à qui vous les refusez.

Je vais partir. Peut-être trouverai-je un être qui
ne me traite pas comme vous vous feriez scrupule
de traiter Barrère. Je verrai si j'en aurai la force.
Je vous écris pour traverser les heures qui restent à
franchir. Je continuerai peut-être jusqu'à mon départ. Vous ne lirez pas ces lettres, je le crois. Vous
les lirez peut-être un jour. Les choses changent
de face quand elles sont devenues irréparables.

J'ai bien cru cette nuit que je n'y survivrais
pas. Quel mépris! quel silence! Un mourant dans
la rue, vous le soigneriez; une connaissance malade, vous enverriez savoir de ses nouvelles. Mais,
pour moi, rien, et, je le répète, il ne s'agit pas
d'amour, ce n'est donc pas de la prudence. Je vous
écrirai encore, car je n'ai que votre idée et ma
douleur dans ce cœur que vous dédaignez. Je
n'ai qu'un sentiment, celui du mépris dont vous

accablez mon affection, celui du désir bien manifeste que vous avez de rompre toute relation entre
nous. Je ne crois pas le mériter. Adieu. Je n'en
puis plus ; et un mot, un quart d'heure d'entretien
m'aurait sauvé.

Un jour viendra où vous sentirez le mal que vous
faites, et vous en serez fâchée pour vous-même.

CI

Je vous demande pardon d'avoir excité votre
impatience hier soir, en cédant à la peine que me
causait votre indifférence. Je reconnais que je n'ai
aucun droit à manifester ma douleur ; mais elle
est dans mon cœur depuis un an, depuis le jour
fatal où vous avez voulu voir quelle impression
vous produiriez sur moi. Vous croyiez cette impression passagère, elle a décidé de toute ma vie :
elle a été dévorante à chaque minute ; elle m'a, par
diverses convulsions, entraîné à tout ce que j'ai
fait. Ce n'est pas votre faute : vous ne l'avez pas
longtemps encouragée. Aussi je la dompte, et vous

aurez la justice de convenir que je ne vous en
importune pas. Pardonnez donc à cette douleur,
si de loin en loin elle se trahit, et ne m'ôtez pas
la dernière consolation de ma triste vie... Je
vous écrivais ceci, quand on m'a apporté cette
lettre [1], c'est sûrement un ordre d'exil qu'on va
me notifier. Je résisterai, mais les étrangers sont
derrière. Croyez-moi, toutes les persécutions me
seront moins pénibles qu'une preuve d'indifférence. Je ne sens rien que par vous. *La Quoti-*
dienne demande ma punition en place de Grève
avec M. de la Bédoyère. Cela n'ira pas jusque-là.
Renvoyez-moi la lettre et dites-moi si, malgré vos
affaires d'aujourd'hui, je pourrai, en sortant de la
police, vous voir un moment. J'aime à me flatter que
vous mettrez de l'intérêt à savoir le résultat. Ne
fixez pas l'heure. On ne sait quand on en sort, si on
sort. Mais ce sera pendant votre dîner, si vous le
permettez. Oh! vous êtes bonne et généreuse.
Mais je suis bien malheureux que ces qualités me
suffisent si peu. Je vous aime avec un tel abandon,
une telle idolâtrie. Adieu. Mon domestique ne peut
attendre votre réponse, parce que j'ai besoin de

1. Qui le mandait chez le préfet de police, M. Decazes.

lui, mais envoyez-la-moi avec la lettre. Ange com-
patissant dont je serai peut-être bientôt séparé
pour jamais, Dieu vous bénisse et veille sur vous!

Si par hasard c'était nécessaire, connaîtriez-vous
un endroit dans Paris où, par votre recommanda-
tion, je pusse coucher une nuit?

CII

J'espère que toutes les discussions sur moi vont
s'apaiser; car vous voyez par la lettre que je vous
envoie que je suis raccommodé avec le gouvernement, et il me semble que vos amis ne doivent
pas être plus sévères.

Je n'ai pas vu le préfet, parce que j'ai consumé
ma matinée à errer dans Paris, en m'asseyant sur
les bancs de pierre quand je ne pouvais plus me
soutenir. Je me suis enfin rabattu chez madame
de Gérando pour parler à quelqu'un qui vous con-
nût, et je suis rentré trop tard pour trouver le
préfet de police. Mais son secrétaire, qui avait
écrit la lettre, m'a annoncé de très belles choses,

comme la levée de mon exil, etc. Ce n'est qu'après avoir reçu votre petit billet que j'en ai éprouvé quelque plaisir.

Maintenant ma destinée est tout à fait entre vos mains. Me voilà rendu à ma liberté, et j'en suis reconnaissant, de sorte que je profiterai volontiers de cette occasion pour me rapprocher de ceux qui ont des droits par cet acte de justice à ma reconnaissance. Je crois aussi qu'on ne demandera pas mieux. Puisque quelques lignes de moi ont suffi pour arranger mon affaire, on met quelque prix à moi : je puis rentrer dans vos rangs, qui ne seront les miens que parce que vous y êtes. C'est mal peut-être, mais il n'y a pour moi que vous au monde. Je le répète donc, mon sort est entre vos mains.

Si vous voulez ou si vous pouvez être mon amie, si vous daignez seulement me traiter comme vos autres amis, et ne pas mettre entre vous et moi une barrière de glace que vous ne mettez pas entre eux et vous, vous pouvez donner à la France, pardonnez-moi cette fatuité, à la France telle que vous la voulez, un homme qui, dans les circonstances actuelles, n'est pas indifférent. Vous savez si je suis dévoué : et toutes mes forces, le talent quelconque que j'ai, mon sang, mon temps et ma vie sont à votre disposition. Songez que je sais que je n'ai point d'amour à espérer : mais je ne puis vivre sans toute votre amitié. Avec cet appui, je me soumets, je me résigne et je me livre à toutes vos directions.

Voyez donc, arbitre de mon existence, et dites-moi si je dois rester. Ne cherchez pas à vous faire illusion. Vous savez assez ce que je suis et ce que je sens. Il n'est point question de mon amour, mais d'une amitié passionnée que j'aspire à vous consacrer, et pour prix de laquelle je ne demande que ce que vous pouvez donner sans gêner en rien votre volonté et votre vie. Dois-je espérer que je trouverai en vous ce qui est nécessaire pour ma raison, et ma vie à moi aussi ; car je n'ai de raison et je ne vis que quand je me flatte que j'ai quelque part à votre intérêt.

Vous semblé-je mériter que vous ne me plongiez pas dans un désespoir qui me perd et qui vous fatigue ? Quelque orageuse et, sous quelques rapports, désordonnée qu'ait été mon existence, il paraît qu'elle a encore de la valeur. Je me sens encore une

puissance, et je désire me vouer à votre cause, qui
est noble, mais surtout qui est *vôtre*. Mais c'est pour
vous et à cause de vous. Je vous le disais quand
vous avez commencé à agir sur moi : vous avez tou-
ché le point magique, et vous avez décidé de mon
sort. Un an de soins, de dévouement et d'angoisses
vous prouve que ce n'est pas la fantaisie d'un moment ; un mot de vous me calme, un regard de
vous me ranime. Voulez-vous, sans rien qui tienne
à cet amour que vous repoussez, être l'ange ordon-
nateur de mon être, me faire bon, régulier, sensé
et utile à mon pays? Je devrais être tout cela par
moi-même ; mais je ne le puis, je ne puis rien que
par vous. Si vous ne pouvez pas m'accorder un
intérêt suivi, me traiter comme les autres amis
que vous aimez, abjurer une défiance de moi
qui est injuste et qui me navre, je ne puis profiter
de rien. Il faut que je parte, et, si je pars, tout est
dit pour moi en France et en Europe.

Vous me direz cela ce soir. Je verrai le préfet de
police demain. J'ai besoin de vous avoir vue pour
lui répondre. Un gouvernement qui répare une
injustice est tout près de faire mieux. Le moment est donc décisif pour moi. Vous pourrez en-

suite faire agir madame de Luynes. Je vous devrai
tout, mais tout n'est rien sans votre amitié.

Étrange état d'âme que le mien! sur une étroite
planche au-dessus d'un gouffre, où un regard de
vous peut me précipiter!

CIII

Pour cette fois, si vos amis sont encore impla-
cables, ils seront plus royalistes que le Roi. Voici
l'histoire de ma conversation avec le préfet de police, de chez qui je sors, et dont je vous transcris
les propres paroles : « Vous m'avez transmis avant-
hier un exposé de votre conduite, que j'ai lu avec
l'empressement qu'inspire tout ce que vous écrivez,
et qui m'a parfaitement convaincu. Vous m'aviez
chargé, si je le croyais utile, de le transmettre
aux autorités supérieures. J'ai pensé que la meilleure autorité était le Roi. Je le lui ai remis avant-
hier même; il l'a pris, et, hier matin, il m'a dit qu'il
l'avait lu avec attention, qu'il le trouvait parfaitement raisonnable, parfaitement explicatif de votre

14

conduite. Il a ajouté plusieurs choses très flatteuses sur votre talent et sur votre personne. Je lui ai demandé si, en conséquence, il m'autorisait à vous ôter de la liste où vous étiez? Non seulement il m'a répondu que oui, mais il a ajouté qu'il m'autorisait à vous dire que c'était lui-même qui, de son propre mouvement, vous en avait fait ôter, et qu'il désirait que vous le sussiez. »

Vous conviendrez que si, après cette manière du Roi de s'exprimer sur mon compte, manière qui m'a inspiré une vraie reconnaissance et qui prouve sa justice et sa bonté, vos amis croient devoir encore me poursuivre et m'éviter comme un pestiféré, c'est une étrange manie, et c'est mal servir leur cause et mal entrer dans les intentions du gouvernement qu'ils veulent soutenir.

Le préfet de police m'a autorisé à raconter tout ce qu'il m'a dit à ceux qui s'intéressent à moi, et, en effet, il vaut bien mieux qu'on sache que je reste parce que mon exil est levé par un acte d'équité, que si on pensait que je résiste. Vous pouvez donc lire à qui vous voudrez cette analyse de la conversation de M. Decazes, et il me semble que vous pourriez partir de là pour me recevoir une fois avec ceux qui m'évitent et pour parler devant eux de cette affaire. Je voudrais avoir une occasion de faire ma profession de foi de reconnaissance.

J'ai bien envie d'une entrevue avec madame de Luynes. Je lui écrirai ce que je vous mande.

Ai-je besoin de vous dire que c'est à cause de vous que je m'en réjouis? Le bien n'est bien, le mal n'est mal pour moi que sous ce rapport unique. Je fais copier mon mémoire pour vous en donner une copie. Ils désirent qu'il ne soit pas imprimé, mais trouvent naturel que je le communique à mes amis; seulement ne le laissez pas sortir de vos mains; mais, pour exciter la curiosité des royalistes, dites que le Roi l'a lu et approuvé. Il y a vraiment dans ce procédé de la noblesse et de la bonté.

Adieu jusqu'à ce soir. J'espère que vous serez bien aise que je sorte ainsi de mon état de proscription. Je vous aime plus que tout ce qui vous entoure. Je ne m'attache pas aux femmes des ministres de Bonaparte pour revenir à vous quand ces ministres sont disgraciés. Je vaux quelque chose par moi-même et beaucoup par mon sentiment pour vous.

Si vous aviez ce soir dans votre sagesse des conseils à me donner pour profiter de la circonstance, un mot de vous serait bien bon. Dans tous les cas, à sept heures.

N'oubliez pas les preuves qu'on vous a promises sur l'affaire des cent mille francs.

CIV

Je vous envoie mon mémoire pour M. de Catellan, avec une petite lettre pour lui, telle que vous avez daigné m'en commander une. Je l'envoie chez vous à part, parce que j'ai peur que le reste de mon paquet n'arrive après le départ de la personne quelconque qui partira de chez vous. Vous ne m'avez point marqué d'heure, et je suis disposé à croire que, pour vous aller joindre, on se met en route le plus tôt qu'on peut. Mon autre paquet suivra dans deux heures, et si l'on n'est pas parti de chez vous, on le joindrait à celui-ci.

Que je vous remercie de votre lettre! Je ne suis pas précisément moins triste; mais ma tristesse

est plus douce et toute mon existence moins pénible. Il se peut qu'une espèce d'affaiblissement physique contribue à ce que j'éprouve de découragé.
Après avoir beaucoup souffert, je commence à ressentir que la douleur use. J'étonne ceux qui me
voient par un air de maladie que je ne crois pas
malheureusement encore un présage de repos.
Mais je suis moins en état de supporter la peine.
Je pourrais vous en donner une preuve, si je vous
racontais le mal que m'a fait un mot d'Auguste[1], dit
sans intention, et qui m'a tourmenté depuis hier.

Cependant, grâce à vous, je suis mieux, beaucoup mieux. Mais votre bonté, votre tolérance, me
sont bien nécessaires. Il est de fait que mon atta
chement pour vous a quelque chose de tellement
vif, que je le sens me consumer. Il est étrange, cet
attachement, et d'une nature singulière. Il est de
fait que ce n'est pas de mon bonheur que j'aurais
besoin, mais de vous en donner physiquement, mo-
ralement, religieusement. Je sens que je renoncerais avec délices à toutes les joies pour moi, si je
pouvais être pour vous la source de toutes, et, quanp
vous me repoussez, je souffre encore plus du dé-

1. Auguste de Staël.

vouement dont vous ne voulez pas profiter que de
ma douleur propre.

Enfin, depuis un an, vous me connaissez. Je n'ai
pas eu d'autre pensée que vous : et je n'en aurai
jamais d'autre, quand même ma vie ne s'approche-
rait pas d'un terme que je désire, puisque je ne
vous suis presque bon à rien. Je l'ai senti, dès le
premier jour où vous avez tourné sur moi un regard par curiosité ou désœuvrement. Ne dites pas
que vous avez eu tort envers moi : vous me croyiez
tout autre. Mais dites-vous que ce que j'ai été depuis un an sans me démentir, à travers toutes les
agonies que votre ignorance de mon caractère me
faisait subir, je le serai toujours; que vous pouvez
me consoler ou me briser à votre gré ; que ce n'est
pas me briser qui est difficile. Je le suis à demi, je
le suis plus que vous ne croyez. Mais je renais par
le moindre signe d'affection, et, si, en me les refusant tous, vous acheviez ma perte, votre âme douce
et rêveuse ne m'oublierait pas : et, pour dernier
malheur, j'aurais celui de vous poursuivre malgré
moi, jusque dans la solitude dont vous avez besoin
pour vous reposer d'un monde indigne de vous.

A après-demain.

CV

Voici la réponse de madame de Luynes. Ce sera
donc pour demain. Madame de Catellan a-t-elle lu
mon apologie? Pouvez-vous me la renvoyer? Je désire toujours que cet exemplaire, qui n'est pas parfaitement exact, ne sorte pas de vos mains, et, si
votre intérêt daignait vous suggérer l'envie de
montrer cet écrit à d'autres, je vous en enverrais
une autre copie tout à fait conforme à celle qu'a
vue le Roi.

Maintenant, un mot sur ce soir ; je vous demande
une grâce. Je me suis résigné à ne pas vous importuner aujourd'hui de tout le jour ; mais, au nom du
ciel, ne me faites pas venir à onze heures pour ne
pas me dire un mot en particulier et pour garder
d'autres après moi. J'en éprouverais une telle
douleur, que je frémis en vous écrivant. Il y aurait
de la férocité à me faire passer une nuit d'agonie.
Je m'en remets à votre bonté : mon sentiment le
mérite. Gardez-moi donc un quart d'heure où je

puisse vous voir librement. Que votre volonté soit
faite ! mais ne faites pas un mal affreux et gratuit
à un cœur qui se livre à vous.

CVI

Je voulais vous écrire en me levant, pour vous
remercier d'avoir passé une nuit plus calme, et
d'avoir moins souffert depuis hier. Je n'ai eu que
le souvenir de l'horrible peine que j'ai éprouvée,
et cette tristesse habituelle qui est mon partage
depuis un an. Mais il m'est venu une foule de
visites, et je vous dois d'avoir pu les recevoir,
leur répondre, causer enfin comme un être raisonnable. Au nom du ciel, ne me replongez pas,
par des preuves d'indifférence, dans l'effroyable
angoisse dans laquelle je suis si prêt à retomber.
Toute ma vie, toute ma raison, toutes mes facultés
sont entre vos mains, et il me faut si peu de chose
pour me calmer ; il vous suffit tellement d'un mot,
d'un regard, d'un serrement de main pour apaiser
ma souffrance, qu'il faudrait que vous y prissiez

plaisir pour la renouveler. Ce n'est pas le cas de
vous mettre en garde, comme vous avez l'habitude
de faire contre ceux qui vous persécutent de leur
amour. Ce mot ne suffit pas pour exprimer mon
affection pour vous. Cette affection unique et entière, cette vie perdue dans vous seule, cette occupation exclusive, en absence encore plus qu'en
présence, cet empire physique et moral que vous
exercez, c'est autre chose que de l'amour, c'est une
âme qui se presse autour de la vôtre comme autour
de son centre. Vous êtes le ciel, vous êtes Dieu
pour moi. Quand le ciel se ferme, quand Dieu me
repousse, je me sens saisi par l'enfer. Tout ce qui
est bon, tout ce qui est doux en moi, renaît ou
meurt par vous. Prenez-moi en pitié, et sauvez-
moi ; vous le pouvez, vous le pouvez seule. Je ne
trouble point votre vie, je n'y pénètre point malgré
vous, je me retire humblement, dès que je me
crois à charge. Ne l'avez-vous pas vu, hier encore,
quand madame de Boigne est arrivée? Mais un
quart d'heure de tête-à-tête, un mot doux, une assurance de bienveillance, c'est de l'eau dans le désert. Ma peine vous afflige. Pourquoi ? c'est qu'il
y a du mal à la causer, quand vous pouvez la faire

cesser dans une minute et si facilement. Ne vous prescrivez pas de dureté inutile avec une âme soumise, dévouée, sans exigence, unie à la vôtre par un lien qu'elle ne peut rompre qu'en brisant le cœur que ce lien enlace jusque dans ses replis les plus intimes. Croyez-moi, un an de souffrance, mes facultés bouleversées, tout vous l'atteste. Entre la destruction et moi, il n'y a que vous. Et souffrir comme j'ai souffert est plus impossible qu'un moment de courage qui suffit pour s'en délivrer.

Je suis calme, résigné, raisonnable, humble comme aucun mortel ne le fut, et sans vous la folie est là qui m'attend, et la mort aussi pour me délivrer de la folie.

Vous m'avez promis de me recevoir ce soir, à onze heures. Je vous verrai auparavant. Mais vous n'avez peut-être pas encore eu cette lettre ; et le dîner de madame de Gérando? Oh! ne vous faites pas illusion. Pensez qu'à tous les moments je pense à vous, et que vous n'avez plus un mouvement qui ne retentisse dans mon âme et ne la déchire.

CVII

Voici mes deux articles; je vous ai déjà envoyé le premier hier. Je ne sais si on vous l'a remis ou si vous l'avez vu. Je suis curieux de l'effet que le troisième fera sur les Puissances. Elles le comprendront mieux que les Français, qui ne savent pas assez que les ordres que je rappelle comme ayant été donnés par le roi de Prusse étaient de tuer tous les militaires français isolés, et qu'il autorisait les paysans à les assassiner dans leur lit; ce qui est un peu plus fort que de se battre avec eux en rase campagne, crime pour lequel on fusille tous les jours de pauvres Alsaciens. J'espère que vous serez contente de mes éloges pour le Roi. Si l'on savait que l'article est de moi, on croirait que je veux me vendre, et ce n'est pourtant qu'à vous que je m'offre, et vous ne voulez pas m'acheter.

J'irai à quatre heures chez vous, réclamer mes pauvres heures. Dieu sait si je vous trouverai. Il y a bien longtemps que je n'ai dîné chez vous. Je le dis aujourd'hui parce que j'ai deux engagements; de sorte que, pour aujourd'hui, mon observation est désintéressée. Elle pourrait bien ne pas l'être pour demain.

CVIII

Voici une lettre que j'ai envie de faire insérer dans les journaux, mais je suis indécis; parce que je ne sais si mon nom servira à ce pauvre La Bédoyère. Décidez-moi. Vous êtes ma lumière et ma conscience; mais renvoyez-la tout de suite, sans quoi il serait trop tard.

CIX

J'ai vu hier madame de Krüdner[1], d'abord avec du monde, ensuite seul pendant plusieurs heures.

1. Julie de Wietinghof, baronne de Krüdner, née à Riga le 21 novembre 1764, morte le 22 décembre 1824. Son père était un des plus grands seigneurs de la Livonie, et, par sa mère, Julie de

Elle a produit sur moi un effet que je n'avais pas
éprouvé encore ; et, ce matin, une circonstance y a
ajouté. Elle m'a envoyé un manuscrit avec prière
de vous le communiquer et de ne le remettre qu'à
vous. Elle y met beaucoup de prix, à ce qu'il me
semble, car elle m'a fait demander un reçu. Je
voudrais le lire avec vous. Il m'a fait du bien. Il ne
contient pas des choses très nouvelles. Ce que

Wietinghof était petite-fille du maréchal Munich. Jolie, douée
d'une vive intelligence, d'une ardente imagination, cette séduisante Livonienne avait un besoin de bruit et d'effet qui remplit
sa vie de bizarres contrastes. Mariée très jeune à un diplo-
mate russe distingué, mais beaucoup plus âgé qu'elle, madame de
Krüdner voulut trouver dans cette union un roman conjugal, n'y
réussit point et se jeta dans des aventures qui eurent un fâcheux
éclat. La baronne de Krüdner a écrit plusieurs romans : le plus
connu et celui qui mérite le plus de l'être, et qu'on lit toujours
avec plaisir, est *Valérie*, dont le sujet et les caractères sont em-
pruntés à l'un des nombreux épisodes de sa vie romanesque. Veuve
en 1802, elle alla rejoindre sa mère à Riga, et, saisie d'une sou-
daine horreur pour sa vie passée, se livra avec passion à des
œuvres de pénitence et de charité, car elle était bonne et fut
assurément de bonne foi dans l'exaltation mystique qui la pos-
séda jusqu'à la fin de sa vie. Le plus extraordinaire incident de sa
singulière existence fut celui de son crédit, passager mais absolu,
sur Alexandre Ier, empereur de Russie.
  Mise en rapport avec ce souverain par madame de Stourdza,
dame de l'impératrice Élisabeth, madame de Krüdner prit sur
l'esprit religieux et exalté de ce prince une influence inouïe. Il lui
demanda de le suivre à Heidelberg, au quartier-général des souve-

tous les cœurs éprouvent, ou comme bonheur, ou comme besoin, ne saurait être neuf. Mais il a été à mon âme dans plus d'un endroit. Je suis gêné à vous en parler. Je crains que, dans l'impression que j'éprouve, il ne se mêle de votre impression. L'idée que c'était à moi que madame de Krüdner l'envoyait pour vous m'a ému à elle seule. Je ne sais s'il en est résulté l'ébranlement qui dure en-

---

rains alliés. Après la bataille de Waterloo, elle le suivit à Paris, où de pieux et journaliers entretiens réunissaient la prophétesse et le souverain. Le crédit de madame de Krüdner sur l'autocrate moscovite lui attira de nombreux adeptes. On se pressait chaque soir chez elle, à ses exhortations et prières. L'apogée de ce crédit se manifesta à la grande revue de l'armée russe, au camp des Vertus sous Paris. Alexandre avait voulu qu'elle y assistât. C'est après cette journée, et dans le paroxysme de cette ferveur, que fut rédigé et signé l'acte qui forma entre le roi de Prusse, l'empereur d'Autriche et l'empereur de Russie, le traité connu sous le nom de Sainte-Alliance. Il fut communiqué à madame de Krüdner, qui y introduisit quelques corrections.

Alexandre Ier quitta Paris le 30 septembre, et alors commença pour madame de Krüdner une série de persécutions et d'avanies. Repoussée de Bâle, elle se vit refuser un asile par le Wurtemberg, la Bavière et la Saxe.

Souvent indignement trompée par les pauvres et les malheureux auxquels elle consacrait son bien, sa fortune, sa vie, madame de Krüdner ne se rebutait point. Elle s'imposait les plus dures privations, et mourut enfin en Crimée à Karasou-Bazar, où elle projetait de fonder une colonie sur les terres de la princesse Galitzin.

core, et qui augmente chaque fois que je parcours quelques phrases de ce cahier. Je vous l'ai dit, plusieurs sont communes, et cependant ces phrases communes ont pénétré en moi, je ne sais comment. Il y a des vérités qui sont triviales et qui tout à coup m'ont déchiré : quand j'ai lu ces mots qui n'ont rien de frappant :

« Que de fois j'enviais ceux qui travaillaient à la sueur de leur front, ajoutaient un labeur à l'autre, et se couchaient à la fin de tous ces jours, sans savoir que l'homme portait en lui une mine qu'il doit exploiter! Mille fois je me suis dit : « Sois » comme les autres. »

J'ai fondu en larmes. Le souvenir d'une vie si dévastée, si orageuse, que j'ai moi-même menée contre tous les écueils avec une sorte de rage, m'a saisi d'une manière que je ne puis peindre. Quoi qu'il en soit du reste, cela est pourtant vrai, que, sans malheur extérieur, j'ai souffert plus d'angoisses que le malheureux sur la roue; que je les avais méritées, car j'avais aussi fait souffrir, et que j'ai envié cent fois tout ce qui ressemblait à une vie réglée, et que je n'ai trouvé de paix nulle part. Je ne vous dis pas le quart de ce que je sens. Je crains

de gâter une impression en essayant de vous la
faire passer par moi. Je vous porterai demain ce
manuscrit : si vous me laissiez vous le lire, d'autant qu'il est assez mal écrit, cela me ferait plaisir.

Je vous aime.

P.-S. — Je rouvre ma lettre pour vous supplier
de me renvoyer le manuscrit. Je me lève plus agité,
plus amer que je ne voudrais ou devrais l'être :
j'ai le besoin de relire ces phrases qui me font
pleurer. Il y a huit jours que je vous demande un
quart d'heure seul et n'ai pu l'obtenir. Je ne me
plains pas, mais renvoyez-moi mon manuscrit. Ce
n'est pas près des hommes qu'il faut chercher des
consolations. Ma disposition, au reste, n'est changée
que comme douleur. Je ne vous accuse de rien.
Vous n'êtes qu'instrument de ma douleur. Je l'ai
été aussi pour une autre, cependant j'y étais moins
insensible que vous. Dieu veuille que votre tour ne
vienne pas !

CX

Je n'ai pas su si je devais remonter pour la lecture que j'avais tant d'envie de faire avec vous. J'ai craint de vous contrarier. Je suis accoutumé à ne vous voir mettre aucune importance à ce que vous avez laissé espérer dans ce genre. Je suis donc parti avec les autres, et sans doute j'ai bien fait. Il y a huit jours qu'après une promesse de la même espèce, vous m'avez causé plus de douleur que je n'en avais eu depuis une année. Je n'ai pas osé en braver une pareille. Je suis parti sans murmurer, sans me plaindre de vous, même au fond de mon cœur. Il y a huit jours que, pour la même cause, je suis rentré maudissant la destinée, méditant le suicide et que je suis resté trente-six heures immobile et seul, dans l'agonie du désespoir. Maintenant je suis calme et doux, ma guérison n'est pas complète; mais l'inestimable amie[1], l'ange du ciel

1. Madame de Krüdner.

15

que le ciel m'a envoyée a arraché le trait qui me déchirait le cœur. Ce cœur est encore malade et souffrant, je crains de le heurter contre la dureté des autres, mais au moins il n'y a plus cette révolte, le plus effroyable des tourments. Je conçois maintenant pourquoi il a fallu que vous exerciez sur moi cette épouvantable et mystérieuse puissance. Il a fallu que vous brisiez ce cœur révolté, que vous blessiez tout ce qui était rebelle en moi, mon amour, mon amour-propre, que vous m'humiliiez de toutes les manières, et que votre insouciance me foule aux pieds. Ce n'était pas vous, vous n'étiez qu'instrument, vous l'étiez à votre insu. La dureté que j'ai si profondément sentie n'était pas dans votre nature. Ce que vous faisiez pour d'autres, vous ne me l'auriez pas refusé. Vous n'auriez pas vu sans pitié mes angoisses, si une autre volonté ne vous avait dirigée. Je ne vous faisais aucun mal, et vous avez refusé de me faire le moindre bien. Une seule des promenades que vous accordiez à M. de Nadaillac, une seule entrevue libre m'aurait donné du bonheur, et, pendant une année, vous n'avez pas eu une fois le mouvement de me causer un instant de joie ! et vous recon-

naissiez mon dévouement et vous y comptiez ! Non,
tout cela n'était pas dans votre nature. Le ciel vous
avait choisie pour me faire traverser cette terrible
épreuve. Vous avez bien rempli votre mission, j'espère qu'elle est finie. Je ne cesserai jamais de vous
aimer, je vous suis attaché comme un frère. Vous
ne voulez pas en tirer le peu d'avantages que cependant toute affection procure : soit. Je ne vous en
aimerai pas moins. Mais, si je retombais dans l'affreux état où vous m'avez mis, où vous m'avez vu,
sans chercher une fois à le calmer, ce n'est plus
près de vous que j'irais mendier des consolations
que vous ne donnez jamais. J'irais plutôt dans une
église, j'irais au pied de cette croix, symbole de la
douleur et de la pitié que n'ont pas les hommes,
j'irais frapper de mon front le marbre, moins dur
que vous ne l'avez été pour moi, et je prierais tant
que l'angoisse s'apaiserait. Je ne vous demande pas
quand je vous verrai. La manière dont vous me
voyez doit vous faire si peu de plaisir ! C'est malgré
vous, en courant. Il n'y a pas un de vos amis avec
qui vous n'aimiez mieux être. Dites-vous seulement
que ce m'est un grand bonheur de vous voir. Ce
n'est pas, je le sais, un motif pour vous de rien

faire. Je vous ai dévoué une année entière, et je vous suis plus étranger que le premier jour : et des amis faux, fats, affectés, égoïstes, m'ont, chaque jour et à chaque heure, été préférés. Dieu de bonté, tu le voulais pour m'apprendre que cet esprit, cette conversation, cette amabilité que d'autres m'attribuaient, n'étaient que de vaines et impuissantes chimères. Et, encore à présent, je retombe dans les fautes qui ont été punies : je dis du mal de ceux qui ont servi à me corriger en m'humiliant. Mais je le rétracte, ce mal : je n'ai plus d'amour-propre, plus de prétentions. J'abjure ces rechutes d'une horrible maladie qui m'avait frappé pour mieux me guérir.

Je vous supplie de me renvoyer le manuscrit. Il a sur moi je ne sais quelle force magique. J'en ai besoin. Quand vous trouverez quelque plaisir à me voir, dites un mot, j'accourrai. Quand vous aurez quelques idées sérieuses, si vous croyez que je puiss e en causer avec vous, mandez-le-moi. Je suis bien loin de me croire détaché de vous, mais je ne veux plus rien arracher. Je vous dirais bien que si vous passiez longtemps sans aucune envie de me voir, vous me feriez beaucoup de peine ; mais cela serait bien inutile. Ma peine ne vous a jamais rien fait. Tout vous a paru trop pour moi. Je vous ai paru indigne de tout, même de lire avec vous une demi-heure. Faites donc ce que vous voudrez ; mais je n'exige, je ne demande, je n'arrache plus rien. Je fais des vœux pour vous : je désire que vous soyez heureuse. Vous étouffez et desséchez votre vie ; c'est une triste ressource. Croyez au moins que ce cœur que vous dédaignez est et sera toujours à votre disposition. Ce n'est pas fierté, humeur, fatigue ou détachement qui m'éloigne. C'est le sentiment profond de vous être inutile, de vous être à charge. Quand jamais on ne recherche, n'appelle ni ne retient, quand au contraire on repousse sans cesse, on n'a ni goût ni amitié pour l'homme que l'on traite ainsi. Adieu. Je suis à vous au premier mot, au premier signe, et je souffrirai de n'en pas recevoir. Mais il y a un asile contre la douleur, un asile doux et tendre, un sein qui nous reçoit, une voix qui nous répond. Il m'est doux de penser que je vous dois cet asile. Vous me l'avez ouvert en me traitant avec tant de dureté. Dieu me protège contre les hommes et contre moi-même. Je frémis de mes souffrances passées, mais ce fré-

missement, je l'espère, me garantira. Adieu, bonne
Juliette; adieu, ma sœur; vous l'êtes malgré vous.
Je serai bien heureux si vous avez jamais besoin
de moi : et rien de ce qu'un être humain peut
faire, rien de ce qu'un cœur peut éprouver ne
sera étranger au mien pour vous aimer et pour
vous servir.

CXI

Je vous renvoie le manuscrit et vous remercie
de me l'avoir prêté. Comme c'est pour vous que je
l'ai reçu de madame de Krüdner, son intention me
paraît être qu'il reste entre vos mains, et je vous
prie de le garder jusqu'à son retour, qui sera
après-demain, à ce que j'espère. J'ai vu, par le
désir que vous avez exprimé de l'avoir, que vous
préfériez le lire sans moi, et je m'y soumets. Quant
à ma visite à quatre heures, comme c'est une
permission de votre bonté, et non un désir, je
n'envisagerai que le besoin que j'aurai de vous
voir, et ce ne sera que si ce besoin est irrésistible

que j'aurai l'indiscrétion de vous ennuyer de ma
présence. Ne croyez pas que je sois insensible à ce
que vous faites par pitié, quand vous y pensez. Je
vous remercie et je vous aime. Si vous avez la patience de lire ma longue lettre de ce matin, indépendamment du billet ajouté, vous aurez vu que
je ne puis vous savoir mauvais gré de rien : vous
aviez la mission de briser mon cœur, pour qu'une
autre mission fût remplie. Si les êtres auxquels
j'avais fait du mal m'avaient puni, j'aurais vu l'en-
chaînement naturel des causes. Il a fallu pour
m'éclairer que le supplice me vînt d'un être à
qui je n'avais fait aucun mal, à qui j'aurais voulu
faire tout le bien possible, pour qui mon cœur
était et sera toujours plein d'affection et dont la
nature était d'accorder au malheur plus mille fois
que je ne lui demandais. Vous n'avez été qu'instrument, j'ai souffert parce que j'avais fait souffrir et
précisément comme j'avais fait souffrir; ne souffrez
jamais à votre tour ce que j'ai souffert ! Comptez
sur moi dans toutes les circonstances. Je vous
aime et comme le chef-d'œuvre et comme l'agent
de Dieu.

CXII

Je vous remercie de votre lettre, elle m'a fait du bien, comme le moindre témoignage de votre plus faible intérêt. J'espère pouvoir aller demain vous voir; ou plutôt j'en suis sûr, à moins d'un accident imprévu : car, fussé-je malade, j'irai tout de même. J'ai trop souffert hier de n'y avoir pas été. Je commence, d'ailleurs, à croire que mon indisposition ne sera pas violente. Je prends la fièvre depuis trois jours, tard le soir, et elle me quitte le matin. Pardon de ce détail ennuyeux et inutile.

Je suis bien malheureux si ma manière de vous interpréter ou de vous parler vous blesse, et vous rend différente de vous-même. Je ne le conçois pas. Jamais homme ne s'est plus résigné à n'obtenir que des preuves d'un intérêt d'amitié, en échange du dévouement le plus absolu. Toutes mes paroles sont des essais pour obtenir un mot, qui, certes, n'aurait d'autres conséquences que de me soulager de l'affreuse douleur qui m'abîme.

Quand, il y a quelques jours, je vous disais que
j'avais espéré faire un peu de progrès dans votre
affection par l'habitude, mais que je vous étais
aussi étranger que le premier jour, comment cela,
par exemple, pourrait-il vous blesser? Comment
ne voyez-vous pas que c'était l'humble supplique
d'un malheureux qui se meurt et qui avait besoin
d'un pauvre soulagement qu'il implorait? Vous
avez gardé le plus froid silence. Je ne vous accuse
pas, ce n'est pas votre nature. Il y a quelque chose
d'inexplicable dans votre disposition pour moi.
Vous n'êtes pas comme cela avec les autres. Mais
il est certain que vous me voyez souffrir, sans
avoir aucune pitié. Quand M. Ballanche est blessé
ou affligé par vous, vous avez besoin d'une explication; pourquoi ne suis-je pas M. Ballanche pour
vous? Avec moi, loin de vouloir une explication,
vous laissez peser la douleur sur mon cœur jusqu'à ce qu'elle le brise. Vous en serez fâchée une
fois. Vous ne pouvez vous faire illusion. Votre influence sur mon sort n'est pas méconnaissable.
Hélas! je suis content de si peu. Vous qui parlez de
faire du bien, pourquoi ne m'en faites-vous pas?
Croyez-vous qu'il n'y ait pas quelque mal à froisser

une affection si vraie et si soumise, et à laquelle
vous rendez justice ? Vous apercevez dans les autres
de la fatuité, des prétentions ; mais, en moi, y a-t-il
l'ombre d'amour-propre dans mon dévouement ? Ne
savez-vous pas vous-même, — mettez la main sur
votre conscience et répondez-vous, — que je pro-
clamerais aux yeux de toute la terre ce qu'il y a de
plus humiliant pour la vanité, en échange d'un
seul regard d'affection ? Je vous jure que j'en suis
quelquefois affligé pour vous. Quand il sera trop
tard, vous vous reprocherez, peut-être, quelque
soin que vous preniez d'étouffer votre vie sous de
bonnes actions de détail, vous vous reprocherez de
n'avoir pas fait ce qu'il était si facile de faire pour
sauver un ami tel que le ciel en donne rarement,
et qui demandait si peu. J'aurais pu être si bon par
vous, si bon et si heureux ! Pourquoi avez-vous
craint de m'associer au bien que vous faites ? pourquoi, quand j'ai voulu être charitable, m'avez-vous
repoussé ? pourquoi avez-vous traité tous mes bons
mouvements, les plus purs, les plus simples, avec
autant de rigueur que mon amour ? Je ne cherche
point à faire des scènes. Je souffre solitaire, ma
porte fermée, et chaque minute est de l'accable-

ment et de la douleur. Et vous pouvez me soulager d'un mot. Votre lettre d'hier m'a donné trois heures de relâche. J'avais passé ma journée tout seul, et je n'étais sorti que pour aller voir madame de Krüdner. L'excellente femme ! elle ne sait pas tout, mais elle voit qu'une peine affreuse me consume. Elle m'a gardé trois heures pour me consoler. Elle me disait de prier pour ceux qui me faisaient souffrir, d'offrir mes souffrances en expiation pour eux, s'ils en avaient besoin. Je l'ai fait de bien bon cœur. Je voudrais croire et j'essaye de prier. J'ai dit à cette puissance inconnue que je me résignais à mourir dans l'isolement où vous me laissez, pourvu que vous soyez heureuse. Une fois vous m'avez dit qu'il était doux de prier pour ceux qu'on aimait. Je ne vous veux que du bien. Je crains pour vous, quand ma vie se sera usée. Il n'y a que vous qui ne voyiez pas qu'elle s'use ; il n'y a que vous qui ne daigniez pas remarquer la différence de ce que j'étais et de ce que je suis. Je lisais hier un article sur moi dans un journal, et je me demandais pourquoi j'ai ainsi disparu du monde. Vous le savez. Croyez-vous qu'il n'y ait aucun mal à causer tant de peine à qui ne veut

que vous aimer, à qui ne demande pas d'amour!
Adieu! Je suppose que vous aurez cette lettre quelques heures avant mon arrivée. Traitez-moi dou-
cement. Je ne vis que par vous. Adieu! Ne soyez
pas fâchée. Il n'y a point de murmure au fond de
mon cœur, et, si j'avais un moyen de vous causer
un instant de plaisir, je serais consolé de toutes
mes peines.

CXIII

J'ai trouvé hier en rentrant une lettre qui me
tourmente beaucoup. Elle me met dans une alter-
native très douloureuse, entre le mouvement de
mon âme et ma tranquillité. J'ai tout à fait besoin
de vous consulter comme ma conscience. Vous êtes
précisément faite pour juger dans une affaire pareille. Je ferai aveuglément ce que vous me direz
que vous feriez à ma place. Je vous demande
donc un moment d'entretien ce matin. Vous déciderez si c'est un devoir de faire ce qu'on me demande, quoiqu'il n'existe aucun lien, et que la per-

sonne et moi n'ayons nul rapport, même de société,
depuis dix ans, sauf des rencontres fortuites. Mais
tromper la confiance du malheur est si affreux, et
je sens qu'après un événement qui est inévitable,
je serai poursuivi de cette idée. Enfin vous pronon-
cerez ; envoyez-moi un mot de réponse, pour que
je sache quand je pourrai vous voir ; jusqu'alors
je m'enferme pour n'être pas obligé de répondre
moi-même.

CXIV

Je vous ai écrit vingt lettres dans la matinée,
le sentiment de leur inutilité me les a fait interrompre ou supprimer ; mais je ne puis consentir
à ce que vous vous fassiez illusion sur ce que
j'éprouve et sur la vie que je mène. Je vous envoie
celles que je prends au hasard sur ma table et qui
sont autant de cris de douleur contre vous. Madame de Krüdner dit que vous vous affligez de ma
peine. Je crois qu'elle se trompe, ou que du moins
vous vous persuadez commodément que je ne

souffre pas, pour m'oublier à votre aise. Eh bien,
sachez, quoi que vous prétendiez en croire, que ma
vie est un supplice continuel, que je passe de la
gaieté au désespoir, comme hier à l'accablement
et à l'agonie ; que vous tuez toutes mes facultés,
que vous me repoussez de la religion, que vous me
faites maudire vous, moi, toute la terre. Sachez
aussi, pour vous ôter toute excuse, qu'un quart
d'heure d'entretien libre avec vous dissipe par
magie toutes mes souffrances, et que vous me le
refusez. A présent, j'ai dit. Faites ce que vous voudrez, comme depuis un an je dépose devant Dieu
ma douleur. Dédaignez-la, marchez dessus, invi-
tez-moi avec dix personnes quand j'ai besoin de
vous voir seule. Le temps passe, la mort viendra.
Vous aurez fait le mal volontairement. Depuis
hier, je suis dans cet état. Je voudrais y résister,
je suis sorti, rentré, je ne puis me vaincre. Un
quart d'heure avec vous m'aurait calmé. N'avais-
je donc rien de bon, de digne de pitié ?

CXV

Je m'acquitte avec un peu d'embarras d'une commission que madame de Krüdner vient de me donner. Elle vous supplie de venir la moins belle que vous pourrez. Elle dit que vous éblouissez tout le monde, et que par là toutes les âmes sont troublées et toutes les attentions impossibles. Vous ne pouvez pas déposer votre charme, mais ne le rehaussez pas. Je pourrais ajouter bien des choses sur votre figure à cette occasion, mais je n'en ai pas le courage. On peut être ingénieux sur le charme qui plaît, mais non sur celui qui tue. Je vous verrai tout à l'heure. Vous m'avez indiqué cinq heures, mais vous ne rentrerez qu'à six et je ne pourrai vous dire un mot. Je tâcherai pourtant d'être aimable encore cette fois.

CXVI

Je reviens de Clichy où j'ai accompagné madame de Krüdner et toute sa famille. J'y ai vu le curé, qui est vraiment un homme admirable de charité et de cette éloquence que donne la charité. Il nous a lu un morceau où son âme a mis un talent prodigieux. J'en ai été bien ému. J'aurais voulu que vous l'entendissiez. Madame de Krüdner m'a dit que vous aviez été souffrante hier. J'espérais trouver un mot de vous aujourd'hui. Si vous souffrez, je crains bien que me recevoir ne vous soit à charge : et je ne veux plus rien demander pour moi. Vous savez que vous voir est mon seul bonheur, et qu'une trop longue privation m'ôte toute force et même tout ce que j'ai de bon dans l'âme. Mais, cela bien établi, et vous n'en pouvez douter, je me soumets et je vous aime.

Faites-moi dire au moins comment vous êtes, et si vous pouvez, sans vous gêner le moins du monde, me recevoir, quand vous voudrez.

Je dîne chez Auguste avec Victor et des Anglais.

Je reçois le billet d'Amélie, et je vous en remercie. A quatre heures et demie. Je suis bien triste de votre migraine. Je voudrais souffrir pour vous, pas par vous.

CXVII

Je suis rentré chez moi avec une telle fièvre, un tel frisson, que j'ai tout à fait le sentiment d'une maladie qui commence. Si cela dure, je ne pourrai pas aller à Saint-Germain[1] et j'envoye un commissionnaire pour que vous sachiez que madame de Krüdner est de retour, qu'elle ne reste ici que peu de jours et qu'elle sera charmée de vous voir. Si je me trouvais assez bien pour entreprendre une course, c'est-à-dire seulement pour me lever, ce que je viens d'essayer inutilement, j'irais à Saint-Germain malgré mon messager, mais j'en désespère ; car écrire même est un effort, et je suis forcé de m'interrompre. Hélas ! une heure de con-

1. Madame Récamier y était alors installée.

versation libre par semaine m'aurait épargné l'angoisse qui mine ma force et désorganise toute ma vie. Mais cela ne peut avoir lieu que quand cela se trouve et cela se trouvait toujours pour les autres et jamais pour moi. Encore avant-hier... Pardon ! je ne voulais rien dire de tout cela ; mais je suis si triste de ne pas vous voir et si malheureux de la manière dont je vous vois ! Quelle fatalité m'a frappé depuis une année ! Ne m'achèvera-t-elle donc pas ?

Adieu ! Je vous aime.

CXVIII

21 septembre 1815.

Si vous avez envie de voir madame de Krüdner, qui vous aime et le désire, il ne faut pas perdre de temps. L'empereur de Russie part après-demain et je crois qu'elle le suivra peu d'heures après. J'aurais bien voulu que vous la vissiez : j'avais à lui demander une chose qui m'est importante. Avec mon caractère, je n'ai pu le prendre sur moi. Vous auriez peut-être eu cette bonté. Notre conversation

de lundi m'a laissé une impression douce, quoique
triste. Croyez que je sais au fond du cœur que vous
n'êtes point frivole dans l'âme ; ce que j'en dis est
tantôt pour obtenir que vous réfutiez mes accusa-
tions de manque de toute amitié, parce que la
moindre assurance que vous en avez pour moi
m'est un soulagement ; tantôt parce que je vous
vois le système d'étouffer votre meilleure et plus
profonde nature, et c'est un mal que vous vous
faites, et que vous faites à ceux de vos amis qui
sont dignes de vous aimer. C'est par politesse que
je mets cette expression au pluriel. Non, nos natures ne sont pas différentes. La crainte de souffrir
vous donne un air d'insouciance, comme elle me
donne un air ironique. Mais il y a en nous quelque chose de bien mieux et qui, quoi que vous en
pensiez, établira, à une époque quelconque, une
sympathie durable et indestructible entre nous.

Hélas ! le moment n'en est pas venu, et les circonstances vont probablement nous séparer plus
que jamais. Si j'avais obtenu le rang d'amitié que
je méritais peut-être, j'aurais bravé toutes les circonstances.

Je ne puis vous mander que la nouvelle que tout

le monde sait, le renvoi de Fouché. On dit qu'il sera suivi de celui de plusieurs autres ministres.

Si vous ne venez pas à Paris, je vous supplie de m'écrire un mot, et je voudrais aussi prendre le jour le plus prochain pour aller vous voir encore, quand je serai sûr de n'offenser personne par ma présence.

Adieu ; mon cœur vous est tout dévoué.

CXIX

Madame de Krüdner ne part pas sitôt, à ce que m'ont dit ses gens, car je n'ai pu la voir ce matin. J'y retournerai dans quelques heures. Je suis tenté de croire un peu que le désir de vous voir la fait retarder de quelques jours, car elle m'a paru vous aimer beaucoup, ce que je ne trouve que trop naturel. Je vous le mande donc, pour que vous ne lui fassiez pas la peine de n'y pas aller.

Je me présenterai chez vous vers cinq heures et je souffrirai si vous n'y êtes pas, non qu'il ne soit naturel que vous restiez plus longtemps dehors que vous ne le prévoyiez, mais c'est qu'alors vous pourriez me fixer une autre heure de consolations. Au reste, vous savez que tout mon bonheur est de vous voir. Ainsi je dois attendre que vous y trouviez aussi un peu de plaisir.

J'ai vu M. Decazes ce matin, tout va bien mal.

CXX

Êtes-vous de retour? J'ai reçu des nouvelles de madame de Constant. J'irai à sa rencontre. Cela est nécessaire sous plus d'un rapport. Cette nécessité d'une absence momentanée influe sur moi d'une manière profonde. Je voudrais m'éloigner en n'ayant que des sentiments doux sur la seule idée qui remplit mon âme, et je recueille dans ma mémoire toutes les preuves d'intérêt que j'ai arrachées par ma douleur. Oui, vous avez quelquefois été bonne, et, si on pouvait vous voir librement, votre amitié serait un don du ciel.

Si vous ne me faites rien dire, je serai chez vous à cinq heures pour le rendez-vous de madame de

Luynes. Sans cela, j'irai avant, sur un mot de vous.
Je vous aime bien passionnément.

CXXI

Les Chambres se sont assemblées samedi [1]. Le
discours du Roi a fait assez de plaisir aux hommes
modérés. Les constitutionnels trop exigeants ont
trouvé qu'il n'en disait pas assez et les royalistes
purs qu'il en disait trop. C'est en faire l'éloge.
Plusieurs députés, en prêtant le serment, ont voulu
y mettre des restrictions qu'on a étouffées, mais
qui paraissent aux espérances des uns et aux craintes
des autres des pierres d'attente. En effet, c'est ce
qui est toujours arrivé dans nos assemblées. Les
exagérés s'y montrent; on les repousse : ils recom-
mencent et ils l'emportent. La discussion de la
Chambre des pairs à ce sujet est de nature à laisser prévoir quelque chose d'analogue. Deux avis
ayant été ouverts, l'un d'exclure formellement les
pairs qui refusent le serment, l'autre de se borner

1. Le 7 octobre 1815.

à exprimer que les pairs qui l'avaient prêté avaient été admis à siéger ; ce dernier avis, qui est un moyen d'éluder la question et d'épargner aux pairs qui refusent toute mention désavantageuse, a été soutenu, non seulement par les royalistes purs de l'assemblée, comme l'ancien évêque de Langres et M. de Frondeville, mais encore par M. le duc de Berry ; et, comme il arrive toujours, un parti mitoyen a prévalu : on n'a prononcé l'exclusion de personne, mais on n'a admis que ceux qui avaient prêté le serment. Les pairs qui l'ont refusé ont persisté et se sont retirés, avec la faveur qui accompagne un sacrifice.

M. de Richelieu est intervenu dans la discussion avec des formes qui prouvent que le ministère et les constitutionnels se sentent vis-à-vis des royalistes purs dans la même position où étaient, dans les commencements de la Révolution, les royalistes constitutionnels vis-à-vis des patriotes exagérés. La marche des choses est invincible. Les votes pour les candidats, dans la Chambre des députés, portent le même caractère. L'unanimité pour M. Laîné est un hommage de souvenir. Mais 170 voix pour M. de la Trémoille, et 125 pour

M. de Clermont Mont-Saint-Jean, qui a promis, dans un discours public aux électeurs, qu'il professerait les mêmes principes qu'il avait professés dans l'Assemblée constituante, où il était l'aristocrate le plus prononcé, sont des indices de la ligne qu'au moins la moitié de l'Assemblée suivra d'affection. On dit le ministère ébranlé; ce n'est pas que l'opinion publique ne l'appuie, mais il n'a qu'un tour, comme le chat de la Fontaine, et ce tour est bon tant qu'il réussit : c'est d'offrir sa démission toutes les fois qu'on le contrarie. Il l'offrira tant, qu'un beau jour il l'obtiendra. Les journaux qu'on appelle de l'opposition font de longs articles en sa faveur. C'est mauvais signe.

La paix est toujours présumée détestable. Les Anglais soupçonnent les Prussiens et déchirent les Russes. Ceux-ci détestent les Anglais et désavouent les Prussiens. La mode de tous ces étrangers, mode fort insolente de leur part, est de dire que les Bourbons ne peuvent plus régner. C'est bon pour rattacher la nation au Roi. Le Roi et la nation y gagneront.

L'affaire d'Espagne paraît réellement apaisée. Le peuple espagnol hait les libéraux. C'est une

démence de vouloir le contraindre à être mieux
gouverné que ce n'est son goût. Une même gazette officielle contient deux ordonnances : l'une
qui nomme une quantité de ministres d'État avec
20 000 francs d'appointements, l'autre qui ordonne
que ces 20 000 francs n'auront pas lieu ; c'est con-
férer des faveurs à bon marché.

Madame de Krüdner continue sa mission. Sa
puissance est une conviction profonde, et son
charme une bonté immense. On oublie, en l'écoutant, ce qu'elle a qui paraît bizarre, ou plutôt on
passe à côté pour ne pas se faire mal à soi-même.
Il y a en elle quelque chose que la religion seule
donne et qui tient de la nature divine : c'est de
s'occuper à la fois de toutes les douleurs et de
suffire à toutes pour les soulager. On dirait qu'elle
a donné au temps quelque qualité de l'éternité et
qu'il suffit à tout dans ses mains. Aussi elle est fort
entourée : et ceux qui la trouvent étrange ne peuvent se défendre de l'aimer. Elle est dans le mouvement religieux actuel, qui est vif et vague, une
apparition assez importante. L'incrédulité a rompu
la communication de la terre au ciel, et l'homme
se trouve dans un cachot. Toutes les fois qu'il en

est là, il a soif de voir la communication se rétablir.

CXXII

NOTE [1]

Le changement de ministère a d'abord fort
effrayé l'opinion. On a cru y voir le signal de
l'impulsion tout à fait contre-révolutionnaire.
Depuis, le besoin que chacun a du repos faisant
qu'on a besoin d'y croire, on s'est rassuré de
fatigue. On espère beaucoup du duc de Richelieu,
parce qu'il a bien administré en Russie et qu'il
a professé, il y a un an, des principes assez modérés, quoiqu'on dise qu'il les a abjurés depuis. On
espère en M. Decazes, parce que c'est un homme

1. Cette note, remise à madame Récamier pour être communi-
quée à quelque personnage politique, est relative au changement
du premier ministère nommé par Louis XVIII à sa rentrée à
Paris, ministère dans lequel Fouché occupait le poste de garde
des sceaux, ministre de la justice. Le nouveau ministère nommé
le 25 septembre 1815 se composait ainsi : duc de Richelieu, duc
de Feltre, vicomte du Bouchage, comte de Vaublanc, Decazes,
Barbé-Marbois et Corvetto.

d'esprit, et je crois que les espérances qui reposent sur lui sont des mieux fondées. Il est convenu
de dire que M. de Vaublanc sera modéré, parce
qu'il l'a été il y a vingt-deux ans, et quoiqu'on
sache qu'il est le plus exagéré de tous aujour -
d'hui. Quant au duc de Feltre, « si veut le Roi, si
veut la loi, » est sa devise sous tous les régimes.
Le parti de l'ancien ministère est furieux d'avoir
été dupe de son propre mouvement : et jamais
on ne parla mieux sur le triste état de la France
et la perfidie des étrangers. C'est dommage que
ce soit si tard. M. de Talleyrand est digne et
mesuré, comme à son ordinaire. Ses amis le
trahissent en le répétant. Les agents secondaires
voudraient concilier l'honneur d'une démission
avec le profit de rester en place. M. de Barante
sollicite du regard et du geste le conseil de ne
pas quitter son poste. M. Beugnot, qui se plaignait
de n'être pas ministre il y a huit jours, se vante
aujourd'hui de ne l'être pas et se dégage de la
solidarité du ministère. Mais tout ce parti ne
tient à rien, ne s'appuie sur rien et a mécon-
tenté ceux qui l'avaient soutenu pour apaiser
ceux qui l'ont jeté par terre. Si le ministère

nouveau est le moins du monde raisonnable, il sera beaucoup plus fort que l'ancien, parce qu'il n'a point de complices à trahir et qu'il peut être pur sans être traître. Il est donc probable que ce petit mouvement passera comme les autres, et que cette révolution de palais sera sans conséquence, surtout avec l'intervention des étrangers, qui nous vexent tant que nos sottises ne laissent point de traces. S'ils partaient, le Roi pourrait en peu de jours avoir toute la nation pour lui. Mais, tant qu'ils seront là, les mesures intérieures ne sont que des sujets de conversation, tout ce qu'on fait est indifférent, et tout ce qu'on essaye inutile.

CXXIII

Je vous verrai à cinq heures; mais je veux auparavant vous remercier de l'indulgence que vous avez eue pour le mouvement d'impatience qui, du reste, n'a laissé aucune impression dans l'esprit d'Auguste. Nous avons beaucoup causé en reve-

nant, et nous sommes arrivés les meilleurs amis
du monde, sans qu'il attribuât à rien de personnel
à vous l'accès d'humeur que j'avais eu le tort de
laisser apercevoir. Je deviens si bizarre dans le
monde, je suis tour à tour si découragé, si taci-
turne, ou si irritable, que bientôt mes paroles ne
compteront plus. Je suis comme un homme qui
se meurt de la poitrine : je vois mourir, chaque
jour, ma raison et mes facultés. Votre bonté rend
cette mort beaucoup plus douce, et si, quand vous
avez le temps d'y penser, l'idée de m'épargner
beaucoup d'angoisse peut vous être douce, vous
pouvez vous rendre ce témoignage. Le malheur de
n'avoir pas été aimé de vous est irréparable. Du
moment où mon funeste sentiment s'est emparé
de moi, ma perte a été décidée. Mais vous n'avez
rien à vous reprocher. Vous ne pouviez deviner ce
caractère peut-être unique au monde, qui ne peut
être saisi que par une seule pensée, et qui en est
dévoré comme par un oiseau de proie acharné sur
lui. Ce qui n'eût été pour un autre qu'une tentative et une douleur de trois mois a été l'anéantissement de ma vie. Mais encore une fois vous êtes
bonne pour moi, et ce que je souffre ne me rend

plus injuste comme dans les premiers temps. Quelquefois aussi je me dis que, dans cette passion
inexplicable et si douloureuse, il y a peut-être de
la volonté divine ; qu'au milieu de cet amour dont
je ne vous parle presque pas, et précisément pour
ne pas vous en parler, je vous fais entendre des
mots salutaires, je rappelle dans votre âme l'ordre
des sentiments qui vous réclament : je suis une
lyre que l'orage brise, mais qui, en se brisant, retentit de l'harmonie que vous êtes destinée à
écouter.

Oui, je le crois, malgré la lutte que vous éprouvez, malgré ce monde qui vous retient, malgré les
âmes qui vous entraînent au cercle de distractions
et d'intérêts où vous trouvez si peu d'aliments,
vous vaincrez ces obstacles, ou, pour mieux dire,
le ciel les vaincra ; il vaincra cette partie de vous
qui, sans le méconnaître, veut négocier avec lui
et dispute la suprématie de la meilleure partie de
vous-même. Vous sentez le vide, et il ne se rem-
plira pas. Tout ce que les jouissances de l'amour-
propre, l'empressement des hommages, le plaisir
d'être entourée, l'amusement de la société, le sentiment d'être une personne à part, l'égale de tous

les rangs, la première de tous les cercles où votre présence est une faveur, tout ce que tout cela peut donner et plus encore le langage de l'amour qu'on vous prodigue, le charme des émotions passagères que ce langage vous cause, cette espèce de sensation agréable par le mélange même de la crainte que vous éprouvez, en vous approchant sans vouloir y céder, ce qui constitue l'irrésistible séduction de ce qu'on appelle votre coquetterie ; toutes ces choses vous sont connues, elles sont épuisées pour vous : elles ne remplissent ni votre cœur ni votre vie. Vous en êtes fatiguée, et, quand vous voulez vous y borner, vous êtes fatiguée de vous-même.

Je me dis donc quelquefois que ce n'est pas par un simple effet de votre charme que je n'ai plus d'autre existence que celle de la douleur pour moi, et de l'affection pour vous. Je suis destiné à vous éclairer en me consumant, à vous racheter par ma souffrance ; et, quand cette souffrance devient trop aiguë, quand, en traversant tous mes membres comme un poison rapide, elle me donne un pressentiment de mort qui se réalisera bien un jour, je me dis que cet événement même est peut-être le choc nécessaire que vous avez besoin de subir. Ce n'est pas de la vanité. Je sais que, dans l'état naturel de nos relations si peu intimes, ma mort ne produirait en vous qu'un regret bien faible. Mais une séparation irrévocable, la conviction alors que rien n'est joué, la comparaison du dévouement que vous seule m'empêchez de vous prouver à toutes les heures, avec l'égoïsme, le calcul, le factice de tout le monde, donnerait peut-être à votre insu et par degrés plus de puissance que vous ne pensez à mille souvenirs qui aujourd'hui ne sont rien. Je vous le jure, cette idée me console du triste prodige qui s'est opéré en moi, de ces facultés dont je ne puis faire usage, de cette indifférence sur tout ce qui m'est personnel, de ce découragement que ni les éloges, ni les sollicitations, ni les offres ne peuvent surmonter. Je me dis qu'il faut que je sois ainsi, pour vous ramener à la sphère d'idées dans laquelle je n'ai pas le bonheur d'être tout à fait moi-même. Mais la lampe ne voit pas sa propre lumière et la répand pourtant autour d'elle. C'est là ce que j'ambitionne, ce qui m'aide à vivre. Du reste, je n'ai plus rien à faire en ce monde. Mon amour-propre, peut-être excessif, est humilié. Vous m'avez averti que je ne pouvais plus obtenir d'affection. Vous m'avez rendu odieux les dons de l'esprit qui n'ont pas su vous plaire. Les éloges qu'on me donne, les facultés qui me les attirent, mon talent, ma réputation me sont en horreur, comme ayant trahi mon unique désir.

Je demande au ciel une mort douce et prompte qui laisse une trace de moi dans votre pensée, et qui vous aide à vivre dans la sphère où tant de mouvements intérieurs vous appellent. Mon cercueil serait plus éloquent que ma voix, mon souvenir moins importun que ma présence. Pour moi, que me sert-il de vivre? qu'est-ce que la vie quand on ne peut plus être aimé?

Mais alors j'aurai vécu pour vous faire un peu de bien én mourant.

CXXIV

Sachez-moi gré de partir sans vous montrer toute ma douleur. Elle est profonde. Je ne veux me retracer que les occasions où vous avez été

17

bonne pour moi; aujourd'hui encore. Dieu vous
protège et vous donne la force d'être heureuse,
puisque vous êtes loin de l'être dans votre vie
actuelle! Souvenez-vous de moi, écrivez-moi à
Bruxelles, poste restante.

Jamais cœur ne vous fut plus dévoué. Je vous
aime comme si vous ne m'aviez fait que du bien.
Adieu, ange de charme ; chère Juliette, adieu.

CXXV

Senlis, à onze heures.

Je crois vraiment que j'ai fait un effort au-dessus
de mes forces. J'espérais que le voyage me jetterait
dans une autre sphère, et ma pensée est fixée plus
obstinément que jamais sur ce qui l'occupe depuis
un an. Si cela dure, je mourrai dans quelque auberge. Mon Dieu, que vous avais-je fait, pour détruire ainsi ma vie? Enfin, le sort en est jeté.
Nous verrons si l'éloignement, l'affection d'une
autre, que sais-je? les preuves d'oubli que vous
me donnerez sans doute me guériront ou me tue-

ront. J'ai mal mené ma vie, même sous le rapport de mon sentiment pour vous. Je vous voyais beaucoup, je devais profiter de tous les moments et ne pas renoncer à ce qui faisait ma consolation, parce que je n'obtenais pas ce qui aurait fait mon bonheur.

Je remonte en voiture, sans savoir pourquoi. Mon voyage est absurde. Je manquerai peut-être la personne au-devant de qui je cours, et vous perdrez jusqu'à cette habitude de me voir, qui, jointe à la pitié, suppléait à l'affection. Écrivez-moi à Bruxelles. Ce sera une charité. J'y serai demain, ou après-demain, car je voyage lentement. Je n'ai pas le courage de presser les postillons, et je sens que, n'étant pas près de vous, et n'allant pas vers vous, je n'ai aucun intérêt à avancer.

Adieu, ange funeste que j'aimerai toujours.

CXXVI

Bruxelles, 6 novembre 1815

N'est-ce pas absurde que je vous écrive sans

cesse pour vous parler de la même personne? Mais
que voulez-vous que j'y fasse? Je comptais sur
l'effet de l'absence, et il est contraire à ce que j'en
attendais. Je m'attache à elle par le souvenir. Je
la trouve meilleure que je ne l'avais senti. Je m'accuse d'avoir été injuste et ingrat. Je me désespère de l'avoir quittée. Je frémis de la crainte
d'être oublié par elle, et je crois que je mourrai
de douleur dans cette affreuse auberge, inconnu,
seul, sans qu'un être me rende d'autre service
que de me faire enterrer. Que maudits soient
les conseils des hommes et toutes les théories
qu'on ne puise pas dans son propre cœur! Je me
suis laissé entraîner par tous les lieux communs
sur l'absence. J'ai jugé de moi par les autres.
J'ai rompu l'espèce de lien qui s'était pourtant
établi. Je suis hors de sa vie, sans avoir repris
la mienne, et je souffre plus que le premier
jour, et cette présence qui m'aidait à vivre m'est
ravie, et, quand je retournerai auprès d'elle, je ne
la retrouverai pas. Pardon de vous occuper ainsi
de moi. Mais vous avez été bonne et vous savez
que vous êtes la première cause de ce que je
souffre.

Ma vie est horrible. Je n'ai pas eu le courage de retourner chez madame de Béranger ; je ne puis lui parler de ce qui m'occupe. Je n'ai de force pour rien. Je voulais vous écrire, je ne le puis. S'il n'était pas si cruel de se tuer sans intéresser personne, je ne résisterais pas à l'envie qui m'y pousse. Mais ces indifférents qui viendraient me contempler avec un étonnement stupide ! Au moins elle m'aurait plaint ! Je me suis privé de cette seule consolation. Jeté dans un monde étranger, je ne sais que devenir ? à qui parler ; où porter ma tête ? Oh ! qu'elle m'a fait de mal ! et comment l'avais-je mérité d'elle ? Mais elle s'était trompée. Depuis elle a été bonne : c'est moi qui suis parti. Elle me tolérait, tout est ma faute.

Dites-lui que je lui demande à genoux une lettre douce, si elle ne veut pas lire un beau jour que je me suis tué ici à Bruxelles, avec quelques réflexions du journaliste sur ce que telle doit être la fin de tous les hommes de ce parti. Qu'elle me dise que rien n'est changé, qu'à mon retour je retrouverai son amitié. Elle risque peu de chose : quelque douleur qui me dévore, je ne retournerai à Paris que décidé à ne pas l'importuner, à me contenter de sa bienveillance. Enfin qu'elle m'écrive, elle trouvera bien une demi-heure pour me faire ce bien. J'ai tant souffert, je souffre tant pour elle!

Des nouvelles, je n'en sais point. On est ici antifrançais. On déteste le passé, mais on méprise le présent et l'on ne croit point à l'avenir. Ma femme est encore dans les régions inconnues, à moins qu'elle ne soit allée à Paris par une autre route, ce que je crains quelquefois.

Vous écrire m'a soulagé. L'aimer est, je crois, vraiment la destinée du reste de ma vie. J'en aimerais mieux une autre; mais, puisqu'elle a fait d'elle-même ce qu'il fallait pour cela, qu'elle en prenne pitié et qu'elle ne se prépare pas un remords.

Un mot de réponse. Je suis si seul, et le silence qui m'entoure est si cruel!

CXXVII

Bruxelles, 8 novembre 1815.

Je me suis déjà bien désolé de n'avoir pas de vos lettres. Hier, ma douleur était si vive, que j'avais

pris la résolution de me mettre en route pour
Hanovre, quoique, ayant écrit à madame de
Constant en partant de Paris, je n'eusse à peu près
aucune chance de la trouver encore chez son frère.
Mais j'aimais mieux courir la poste et trouver de la
distraction dans la fatigue, que me désoler en
pensant que j'étais oublié de vous. Votre lettre est
venue ce matin, et me donne la force de rester ici,
ce qui est ce que j'ai de mieux à faire. Et ce n'est
pas qu'elle soit longue, votre lettre : seize demi-
lignes, quand, si je m'en croyais, je vous écrirais
des volumes. Mais enfin elle est une preuve que
vous croyez à mon sentiment, et c'est tout ce que
je veux. Vous êtes assurément faite pour plaire et
pour subjuguer; mais, vous le verrez, tous les sentiments qui vous entourent sont mêlés d'égoïsme,
ils s'useront tous. Le mien seul est à part et leur
survivra, et il y aura une époque quelconque où,
par droit de date, je serai votre ami le plus sûr, le
plus dévoué, de votre aveu, comme je le suis déjà
aujourd'hui, par le fait, au fond de mon cœur.

Mon désespoir sur votre silence a failli produire
un effet si ridicule, que je n'ai pu m'empêcher
d'en rire, malgré ma tristesse. J'avais commencé

une lettre pour vous par ces mots : « Je vous avertis
que votre oubli me désespère, et que je ne vivrai
pas si vous ne venez pas à mon secours. Prenez-y
garde pour vous-même. Ni vous ni moi ne savons ce
que c'est que la mort, et, quand vous m'y aurez
précipité etc... » J'avais en même temps écrit à
M. Meuss, correspondant de M. Récamier, pour le
prier de prendre chez lui quelques effets pendant
ma course à Hanovre. Dans le trouble où j'étais, je
me trompe de lettre, et j'envoie à M. Meuss celle qui
vous était destinée. Heureusement il était sorti et
j'ai fait reprendre ma lettre. Mais quand je me
figure le bon banquier qui m'avait fait une visite
la veille recevant ma lettre et lisant que son oubli
me met hors de moi, et que je me tuerai s'il me
néglige, je ne puis imaginer son étonnement sans
rire.

Ma vie est toujours très solitaire. Madame de
Béranger et lady Charlotte Greville sont les seules
maisons où j'aille. La société est, d'ailleurs, aussi
exagérée qu'à Paris, dans une direction un peu
différente. Ce n'est pas tel ou tel parti, c'est la
France en masse que l'on déteste, et l'on hait
Bonaparte surtout comme le représentant de la

force française. En ma qualité de vaincu, il ne m'est permis de céder sur aucun point, et, si je voyais du monde, je passerais bientôt pour un ennemi de ce qui existe, parce que je plaide pour la dignité française.

80,000 Prussiens devaient arriver ici demain ; mais ils ont reçu contre-ordre et se cantonnent en France. Des bruits absurdes annoncent des craintes sur la tranquillité de Paris. Je sais qu'il n'y a rien à craindre dans ce genre. Le gouvernement me paraît aller avec sagesse et modération, et tout s'arrangera, sans doute, au gré de tout le monde.

J'ai trouvé ce qu'on appelle mon *apostasie* bien plus européenne que je ne croyais. Je pourrais être aussi flatté d'une part qu'affligé de l'autre de l'envie qu'on aurait d'avoir le mot de cette énigme. Je le donnerai probablement; vous-même, vous ne le savez pas tout entier, non que je vous aie rien caché assurément, mais vous êtes un peu distraite, et l'on n'est pas invité à détailler ce que vous n'écoutez pas. La *Gazette de France* m'attaque de nouveau. Tant pis pour eux. Si je dis pourquoi je les ai abandonnés, ils en seront fâchés. Vous croyez bien, du reste, que je ne franchirai pas cette mesure qui n'est ni dans mes sentiments, ni dans mes paroles, ni dans mes actions, mais qui est éminemment dans ce que j'écris. Madame de Constant n'est point arrivée. Mes projets sont vagues. Je crains Paris à cause de vous. Si ce dont je vous ai parlé dans mes deux dernières lettres (car je vous ai déjà écrit deux fois d'ici), si, dis-je ,cela n'existait plus, mon amitié pour vous ferait mon bonheur. Mais, tant que l'amitié sera en seconde ligne et sacrifiée aux mélodrames, et la sincérité et le dévouement à l'affectation et à la vanité, je crains l'enfer. Vous avez décidé de ma vie depuis le 30 août 1814 ; vous en déciderez encore, quoi que je fasse.

Écrivez-moi, je vous en supplie; vos lettres seules me donnent de bons moments. je vous aime autant que jamais, et j'espère que cette amitié s'identifiera une fois avec votre vie.

CXXVIII

Bruxelles, ce 12.

Je n'ai encore reçu de vous qu'une pauvre petite lettre de seize lignes, qui m'ont pourtant été bien précieuses. Je vous ai écrit trois fois depuis mon arrivée ici. J'espère bientôt un signe de vie. Ma femme n'est point encore arrivée. Je me crois à l'abri du danger de la manquer, puisqu'elle n'était pas à Paris le 8, et qu'elle aura reçu le 9 la lettre qui lui annonçait par quelle route je venais au-devant d'elle. Si elle ne s'est mise en voyage qu'après la réception de cette lettre, je ne l'attends que dans huit jours.

Je pourrais regretter d'être parti trop tôt de Paris si je n'avais eu que le but d'aller au-devant d'elle. Mais j'en avais un autre, et je l'ai tristement atteint. Quand un malheur est sans remède, il y a l'agitation et les douleurs de détail de moins, et la vie s'écoule sombre et misérable, mais au moins sans convulsions.

Je jette souvent un regard de douleur et de surprise sur cette longue année, la plus effroyable de ma vie. Elle y laissera des traces que rien ne peut effacer, et le mal qu'elle m'a fait n'est pas réparable. M'en restera-t-il au moins une place dans votre souvenir, dans votre amitié? Vous rappelez-vous encore mon dévouement, les efforts sans nombre que j'ai faits pour m'associer à vous dans quelque chose? Si je retourne une fois à Paris, me verrai-je encore le plus dédaigné de tous vos amis, et sacrifié toutes les fois qu'il plaît à un homme qui n'a que de la vanité et de l'affectation, d'exiger que vous me sacrifiiez? Je vous jure que votre bonheur m'est si précieux, que si cet homme, ce composé de prétentions, de fatuité et de fausseté, pouvait vous donner quelque bonheur, je me résignerais à voir l'espèce de despotisme qu'il exerce sans que vous l'aimiez, et par la seule puissance de l'hypocrisie et de l'importunité. C'est pour vous que je crains, comme je craindrais un animal venimeux pour une fleur.

Je crois vous avoir déjà marqué que mes projets sont encore très vagues. Je redoute Paris, vous devinez pourquoi. Je n'y rentrerais aujourd'hui qu'avec terreur, et je crois que quelques affaires

me serviront de prétexte, quand madame de
Constant sera arrivée, pour aller en Angleterre.

Je voudrais vous mander des nouvelles pour
rendre mes lettres moins ennuyeuses ; mais je ne
vois que madame de Béranger, qui elle-même ne
voit personne, et quelques Anglais qui ne savent
rien. Les étrangers sont toujours aussi mal pour
nous que des gens doivent l'être, qui ont à se
dédommager de vingt-cinq ans d'infériorité. Les
Prussiens disent qu'ils regrettent de n'avoir pas
brûlé méthodiquement Paris. Ils s'exagèrent tous
l'instabilité de notre position, et attendent par
chaque courrier la nouvelle de quelques troubles.
Pour moi, je n'y crois point. J'examine la marche
des Chambres, et je la trouve moins rapide qu'elle
ne devrait l'être naturellement. Je n'en prétends
pas moins qu'elles arriveront au résultat que la
force des choses prépare, mais il y aura quelques
mois de plus.

Adieu ! écrivez-moi donc. Si j'étais là, je vous
fournirais des nouvelles à envoyer à vos corres-
pondants ; mais, puisque vous m'avez forcé à partir,
il est juste que vous m'écriviez, vous qui me faisiez
écrire pour les autres. Vous aviez donc un grand

besoin de vous débarrasser de moi, et mon dévouement vous était donc bien importun !

J'espère que le vainqueur de Maubeuge [1] est
encore à Paris. Son départ m'affligerait comme
une preuve de la victoire du serpent, et d'un serpent si misérable.

Adieu ! je vous aime. Vous me feriez une peine
horrible en ne m'écrivant pas.

CXXIX

Bruxelles, 20 novembre 1815.

Je reçois votre lettre, et je vous en rends grâce.
Elle me soulage, elle me tire d'une tristesse profonde, elle me fait du bien. J'y vois surtout que vous
daignez ne pas désapprouver que je revienne à
Paris, si je m'y détermine. En recevoir le conseil de
vous est un grand bonheur. Mais dois-je le suivre ?
Il y a bien des choses à dire là-dessus. Je ne parle
pas de ce qui est ma vie et ma pensée, vous le
savez comme moi. Vous savez aussi que, dévoué

1. Le prince Auguste de Prusse.

dans mon affection, humble dans mes espérances, il est facile de rendre ma vie supportable sous ce rapport. Mais il y a d'autres considérations qui prennent de l'importance, parce qu'elles influent même sur cela. Vous croyez que je me puis faire à Paris une bonne existence. Je ne le crois pas. Vous savez quels obstacles se sont élevés dans mes rapports les plus doux, les plus simples et ceux sans lesquels je ne puis vivre. Ces obstacles ne cesseront pas.

L'esprit d'intolérance s'accroît, au lieu de s'apaiser. Si je reviens d'ailleurs, comme vous me le conseillez, d'autres difficultés se présenteront. Je n'aime pas à les indiquer ; vous les devinez. Elles existaient déjà, lors même que contre moi, personnellement, il n'y avait pas de défaveur. Si l'on vous a reproché de me voir le matin, moi pauvre diable, qui m'étais résigné à m'exclure de chez vous le soir, n'y aurait-il pas d'autres objections, des objections *doubles*, à ce que vous *nous* [1] vissiez : et sans vou-

1. Benjamin Constant craignait les impertinences et les désagréments auxquels sa femme, fort grande dame par sa naissance, mais femme divorcée deux fois, aurait pu être exposée dans la société de Paris, déjà si sévère pour lui-même.

loir pour ce qui tient à moi une liaison qui n'est que
le résultat de l'habitude et du goût, une exclusion
ou une absence totale de visites est impossible.
Souvenez-vous de ce que vous m'avez dit un soir
de votre existence, *frêle* quoique bien arrangée.
Ce mot plus que toute autre chose a contribué à
me faire partir, et l'intervalle qui s'est écoulé n'a
tenu qu'à la peine horrible que me causait ce
départ.

De plus, je vous ai déjà mandé que j'avais été
frappé de la disposition de l'opinion pour moi.
Elle est toute différente de ce qu'elle se montre à
mon égard à Paris. On ne me blâme pas, mais on
ne me comprend point, et il m'est si facile de me
faire comprendre. Je vois, et je ne suis pas enclin
à me flatter, que je serai cru et approuvé si je
parle : et souvent mon honneur me semble l'exiger. Mais c'est une guerre, et je ne suis pas un
soldat vulgaire. Il faut que j'aie toutes mes forces,
et je ne puis me défendre qu'en accusant. Il m'est
impossible de tout dire ici, et je ne le voudrais
pas pour vous-même. Mais convenez qu'on m'a
mis bien à mon aise et qu'on a tout légitimé, en
me poursuivant jusque dans mes pauvres relations

si incomplètes avec l'être de qui dépend tout pour moi. En vous quittant, je me suis comparé à Temugin [1]. Qui sait?

Ma femme n'arrive point. Je ne puis aller au-devant d'elle parce qu'il y a dix routes. Je resterai encore ici quinze jours sans bouger. D'ici là, je saurai ses projets, que je ne veux point gêner, et alors, dans toutes les hypothèses, j'y ferai une course.

La société est peu animée. J'y suis un objet de curiosité, et les provinciaux ont une qualité, c'est d'écouter. L'opinion est antifrançaise, ce qui me blesse : elle est aussi anti autre chose et je ne suis pas obligé de m'en blesser.

Nous ne comprenons rien à la marche des troupes. Il paraît qu'elles rentrent en France au lieu d'en sortir. On annonce aussi des régiments arrivés d'Angleterre par Calais. Les papiers anglais sont incroyables dans leurs prédictions. Les papiers allemands prétendent qu'il n'y a de changé que les noms, et que les Chambres actuelles sont

1. Temougin, nom que portait Gengi-Khan avant son élévation à la souveraineté.

18

comme toutes celles qui les ont précédées. Il y aurait vraiment utilité à faire une apologie de la nation, qui vaut mieux que toutes les autres et qu'on méconnaît. Mais il y aurait autre chose à dire dans cette apologie que M. d'Harcourt.

J'ai eu un grand plaisir à apprendre par mon domestique que votre troisième dame était logée chez moi. N'en auriez-vous pas une quatrième? Sérieusement j'aime bien mieux que ma maison soit un asile qu'une caserne, et l'on m'annonce que l'on va y loger quarante hommes incessamment. L'idée que vous en disposiez m'a causé une vive joie. Si ces trois dames ont de la reconnaissance pour moi, elles ont tort. C'est moi qui leur en dois.

Merci de ce que vous me dites des *serpents*. Je voudrais y croire. Je suis comme cet homme qui, dès qu'il fallait une religion, en voulait cinquante. C'est le seul moyen pour que chacun soit toléré, et c'est sur cet espoir que je fonde celui qu'on me permettra d'avoir aussi ma petite chapelle.

J'ai enfin vu M. Meuss, qui m'a fait beaucoup de politesses. Serez-vous assez bonne pour en remercier de ma part M. Récamier?

Comme le temps passe, même quand il passe
tristement! Voici le dix-neuvième jour que je ne
vous ai vue! Il y avait quinze mois que je n'avais
été si longtemps séparé de vous. Adieu. Je baise
les mains d'Amélie, et je voudrais baiser les vôtres.
Vous savez que vos lettres sont ma seule espérance, ma seule consolation.

CXXX

Bruxelles, ce 29.

Puisque vous ne m'écrivez pas, il faut bien que
je vous envoie la lettre ci-incluse que madame
de Krüdner m'avait adressée pour vous. J'ai tardé
deux jours, dans l'espoir de recevoir de vous une
réponse.

Votre silence m'afflige et m'abat plus qu'il ne
m'étonne. Je l'avais toujours craint. Mais je n'en
souffre pas moins de voir mes craintes ainsi con-
firmées.

J'ai enfin reçu des nouvelles de madame de Constant. Elle est en route depuis plusieurs jours et je
l'attends à chaque minute. Ce ne sera qu'après ma

réunion avec elle que je prendrai une résolution.
Mais je redoute Paris tellement que je ne crois pas
que j'aie la force de m'en rapprocher. Votre silence achève ce que tant de souvenirs·tristes
avaient commencé.

Je suppose que ma femme voudra se reposer
quelques jours d'un voyage de cent cinquante
lieues par cette saison. Il est, d'ailleurs, possible
qu'elle ne soit pas partie le jour qu'elle avait fixé.
Je crois donc que je serai encore ici assez longtemps pour recevoir votre réponse à cette lettre.
Votre réponse contribuerait à me décider. Après
ce que je vous ai mandé dans l'avant-dernière des
miennes, persistez-vous à me conseiller Paris?

Adieu. Une correspondance si peu encouragée
ne me laisse pas la force de satisfaire le besoin
que j'aurais de vous écrire sur vous et sur moi.
Vous m'avez fait un mal qui durera toute ma vie.

CXXXI

Bruxelles, 7 décembre 1815.

Il est donc bien décidé que vous ne voulez plus

m'écrire. Je crains, au reste, de m'être attiré votre silence par je ne sais quelle lettre où je causais avec trop de bavardage. Ce n'est cependant qu'une conjecture que je saisis pour ne pas m'affliger d'un oubli qui me ferait plus de peine s'il venait du cœur que de la prudence.

Ma femme est arrivée. Elle a fait, au milieu de l'hiver, cent cinquante lieues pour me rejoindre par des chemins affreux, et ce qui rend la chose plus méritoire, c'est qu'elle n'entend rien à ma conduite et désapprouve plus que personne le parti que j'ai pris. Il est vrai que le résultat n'en est pas agréable pour elle, puisqu'il ne lui présente qu'un avenir vague et agité. Mais elle dit qu'elle aurait été bien plus malheureuse si j'avais réussi et qu'elle bénit le ciel d'avoir à partager mon adversité plutôt que ma prospérité coupable, qu'au reste elle aurait refusé de partager. C'est une excellente personne, d'un cœur très aimant, d'une âme fort noble et d'une intégrité de caractère et d'honnêteté qui fait mon admiration. Je jouis de son blâme par l'estime qu'il me donne pour elle, quoique je ne le trouve pas fondé.

Savez-vous que, quand je considère le profit

qu'ont retiré plusieurs personnes de m'avoir aimé,
je trouve que vous avez fort bien fait de n'en pas
vouloir. Je vous en féliciterais davantage si cela
vous avait plus coûté. Le seul tort que vous ayez,
c'est d'avoir voulu vous faire aimer de moi, par
je ne sais quelle lubie qui ne vous a duré que
cinq jours. Je vous en parle sans rancune parce
que la douleur du cœur, la seule que je redoute, est passée. Mais vous m'avez fait un mal
véritable et sans remède, comme carrière, fortune,
réputation, bonheur de tout genre, et vous êtes
venue, pendant que je travaillais pour moi et pour
une autre à me préparer un bon avenir, donner
une chiquenaude à mes projets et les renverser
tous. Je ne pense à ce que j'ai souffert qu'en fris-
sonnant, et vous voyez bien que je souffre encore. Mais je vous jure que, depuis quinze jours
surtout que l'éloignement et votre silence commencent à opérer, je me suis consolé de toutes les
choses pénibles qu'il y a dans ma vie, du jugement
injustement rigoureux qu'on porte sur moi, de la
peine même que ma femme en éprouve, de la perte
de tout mon avenir, de la pauvreté qui m'attend
peut-être, en comparant toutes ces souffrances à

une seule de celles que vous m'avez infligées. Aussi
je ne retournerais pas à Paris d'ici un an, quand
on m'y promettrait l'empire du monde. Je suis
guéri à distance, mais je retomberais en m'approchant de vous. Croyez-vous que quelques messes
que vous entendez et quelques aumônes que vous
faites réparent le mal de ces souffrances que vous
répandez autour de vous? Quand, après m'avoir
laissé espérer de vous voir, vous me repoussiez, et que
je passais la nuit dans les larmes, ou que, dans mon
angoisse, j'allais au salon perdre dix mille francs,
ce qui m'est arrivé quatre ou cinq fois; croyez-vous
que ce fût bien innocent de votre part? Chacun a
un moyen de nuire, et chacun est également coupable quand il s'en sert, depuis l'homme qui poi-
gnarde jusqu'à la femme qui veut s'assurer de
son charme, au risque de l'agonie à laquelle elle
abandonne ensuite le malheureux qui s'est laissé
prendre.

Je m'aperçois que cette lettre est un sermon et
j'ai peur qu'il ne vous déplaise. Pardonnez-le-moi,
car j'ai une véritable amitié pour vous. Je ne vous
verrai probablement que quand le temps vous aura
désarmée, et ce sera long. Mais je ferai toujours

des vœux pour votre bonheur. Dans la ligne que vous suivez, vous n'en goûterez guère; on ne trouve que ce qu'on donne.

Si vous étiez assez bonne pour m'écrire, que ce soit poste restante à La Haye. Je vous aime tendrement, et, à présent que la blessure est guérie, je n'ai plus que de l'affection sans aucune rancune; ce qui est bien la preuve que je suis bon.

CXXXII

Bruxelles, 3 janvier 1816.

Je ne vous écris plus, parce que votre silence m'a prouvé que vous ne vouliez plus me répondre. J'aurais cependant un vrai besoin de savoir de vos nouvelles, et je ne puis m'empêcher de profiter d'une occasion pour me rappeler à vous.

Je crains que des plaisanteries que j'ai faites sur la politique, dans le seul dessein de rendre mes lettres moins ennuyeuses que si je vous parlais toujours de mon affection, qui vous est si peu nécessaire, ne vous aient empêchée de me répondre. Depuis je vous ai écrit, blessé que j'étais de ce qu'un an d'amitié et de dévouement ne me valait pas une ligne de vous, et je vous aurai peut-être encore déplu.

Quoi qu'il en soit, je trouve que tant d'indifférence n'est pas bien et elle m'afflige. Je vous suis toujours attaché, et je voudrais croire que j'ai une place dans votre souvenir. Vous me ferez un plaisir réel, et j'en ai peu, si vous m'écrivez ici sous l'adresse du correspondant de M. Récamier. Il n'y a aucun inconvénient à m'écrire. Je suis très paisible, et j'ai reçu de M. Decazes un beau passeport pour aller et revenir d'Angleterre quand et comme je voudrai. Je vous dis cela, non que je méconnaisse votre courage envers les amis proscrits, mais vous pourriez croire que je suis une ligne que vous désapprouvez, et votre silence serait alors, non de la circonspection, mais du blâme.

Mes projets sont une course en Angleterre, et un retour à Paris, je ne sais quand. Je ne suis pas encore en état d'y aller. Je vous ai trop aimée pour vous revoir sitôt. Mais je m'intéresse tant à vous, que j'ai besoin de quelques lignes. C'est encore vous qui déciderez de mes projets malgré vous.

Depuis le 15 novembre, pas un mot ! Je vous en

demande un et je ne cesserai jamais de penser à vous avec un sentiment qui est indestructible.

CXXXIIJ

Bruxelles, 10 janvier.

Au moment où je reçois votre lettre, un jeune voyageur vient me demander mes commissions pour Paris. Je n'en ai qu'une, c'est de vous remercier du bien que vos deux pages m'ont fait. Je suis bien fâché qu'une de mes lettres vous ait blessée. Pour me juger, il faut toujours songer à ce que j'ai souffert, et à l'impossibilité où je suis encore, où je serai peut-être toute ma vie, de me remettre dans une position calme. Je m'agite dans des souvenirs qui ne perdent rien de leur intensité, et quelquefois je suis aussi désespéré que si je pouvais espérer encore. Cependant, croyez-moi, je suis plus juste que ce que j'éprouve ne semblerait me le permettre. Je sens le prix de votre amitié, elle est la consolation d'une vie devenue bien triste et dont l'avenir est bien incertain. Je ne puis me résigner à l'idée que nous ne nous reverrons plus, et je ne regarde l'Angleterre que comme une route plus longue pour n'arriver à vous que lorsque je serai certain d'être plus raisonnable et moins importun.

Je pars pour Londres la semaine prochaine ; je suis heureux de ne pas partir sans avoir reçu de vos nouvelles, et c'est du fond du cœur que je vous remercie. Il n'y a que vous qui d'un mot puissiez faire autant de bien que vous faites malgré vous de mal. Malheureusement l'un est durable et l'autre passager. Mais ce n'est pas votre faute si le ciel a voulu prouver que rien n'était bon qu'à sa place et que les anges ne valent rien sur la terre.

Je pars donc pour Londres : j'y serai dans dix ou douze jours à moins que je ne me noie en passant d'Ostende à Margate ; ce qui pourrait bien arriver à ce qu'on m'assure. Écrivez-moi, je vous en conjure, sous l'enveloppe de MM. Doxat et Divett, Bloomsbury square, Londres. Canova a passé ici, comme vous savez. J'ai couru tout Bruxelles pour le trouver, mais inutilement. Ce n'était pas pour lui que je courais.

Adieu ! Mon voyageur me presse et je finis. Merci de votre souvenir, et croyez que je ne ces-

serai pas de vous aimer, tant que je serai condamné
à vivre.

CXXXIV

Bruxelles. 11 janvier.

Je vous ai écrit, il y a bien peu de jours, pour
vous remercier de votre lettre ; je vous écris encore
quoique j'aie peur de vous effaroucher et de vous
décourager de m'écrire en vous importunant si
souvent. Mais, cette fois, j'ai un petit prétexte et je
m'en prévaux. Des arrangements domestiques
m'obligent à prier vos protégées de me rendre le
service qu'elles m'ont offert, de remplacer mon
concierge ; ce qui leur donnera bien peu de peine,
puisqu'il ne s'agit que d'enfermer quelques effets,
et d'envoyer ensuite à un avoué, dont je leur indique
l'adresse, ce qui pourra venir pour moi. J'ai pensé
qu'un port de lettres était pour elles quelque
chose, que votre charité le verrait ainsi et que
j'aurais une excuse pour vous dire encore combien je vous aime. Voici donc une petite lettre

pour elles : joignez-y une parole pour stimuler leur zèle et parlons d'autre chose.

Imaginez qu'un domestique qui a été au service de madame de Catellan et au vôtre a assuré qu'il vous avait rencontrée au Parc avec Amélie. On m'a dit cela abruptement dans le monde, et tous ceux qui étaient près de moi ont été frappés de mon trouble. Ah! il faut encore du temps pour que la blessure se ferme et que je puisse respirer le même air que vous sans me perdre de nouveau. C'est pour cela que je vais en Angleterre. Car, comme position, repos et fortune, Paris me conviendrait mieux. Cependant j'ai lieu de croire que je serai assez bien reçu pour qu'on voie en France que je ne méritais pas de l'être si mal.

Je pars après-demain. On dit le passage d'Ostende désagréable; mais j'aurai un sentiment de joie d'être embarqué. Bruxelles me pèse comme me donnant une couleur qui n'est pas la mienne.

Je ne veux pas abuser de mon prétexte, j'espère que vous m'écrirez chez MM. Doxat et Divett. J'ai vu que le prince Auguste était à Berlin. Adieu. Je vous aime plus qu'il ne faudrait pour fixer seulement une époque à mon retour. Écrivez-moi, de grâce.

CXXXV

Londres, 27 février.

Votre lettre m'a causé un plaisir d'autant plus vif qu'il était inattendu. Si une impression douce pouvait durer dans une âme qui ne se remettra jamais des longues douleurs qu'elle a éprouvées, je crois que les preuves de votre amitié auraient produit cet effet sur la mienne ; mais je suis trop épuisé par ce que j'ai souffert en divers sens pour ne pas retomber, au bout de quelques heures, dans une espèce d'apathie, qui me rend incapable de toute espérance et de tout effort. Ce n'est pas que vos conseils ne soient sages et que je ne sois disposé à les suivre, si je puis croire qu'ils me serviront à quelque chose. J'y suis d'autant plus disposé que je déteste ce pays. Des invitations sans cordialité, de la curiosité sans intérêt, d'énormes assemblées sans conversation, et, ce qui est plus pénible que l'ennui, le sentiment que tous les par-

tis sont également nos ennemis et ceux de la
France, tout cela me rend ce séjour insupportable.
J'ai vu et je vois tous les jours beaucoup de
gens de tous les partis. Ils causent avec moi tant
que je veux, chacun dans sa ligne, et je puis pro-
tester que je n'ai pas encore vu un bon mouvement, et qu'il y a plus d'affinité entre le dernier
Français, le plus exagéré du parti qui proscrit le
mien, et moi, qu'entre moi et l'Anglais le plus libéral. Vous sentez donc bien que, si la France ne
m'est pas fermée, je n'ai nulle envie de me la fermer, et sous ce rapport je me félicite d'être venu
ici, parce que je ne me laisserai plus entraîner par
l'idée que l'Angleterre serait un asile et offrirait
un dédommagement. Mais, d'un autre côté, en ob-
servant bien la marche qu'on suit, je ne sais vraiment pas ce qu'on peut en espérer. Le Roi est excellent, le ministère a de bonnes intentions, mais
les Chambres l'entraînent ; et une triste expérience
m'a prouvé que lorsqu'une fois on se mettait à
persécuter, on ne s'arrêtait plus. Si je n'étais pas
parti, je ne songerais pas à partir. Mais mon départ, qui, comme seule vous le savez, avait une
tout autre raison que la politique, a pourtant eu

l'air d'y tenir par son époque. Le ministre de la
police a eu, il est vrai, l'attention de m'envoyer à
Bruxelles un passeport pour venir ici, dans lequel
il a inséré : *bon pour retour en France*, ce qui est
de la bienveillance, et son secrétaire, qui est mon
ami, m'a beaucoup invité, en m'envoyant ce passeport, à ne pas rester trop longtemps absent. Je
sais que M. d'Osmond [1], que je n'ai pas vu, a parlé
de moi avec le désir que je ne fisse rien d'hostile.
Mais encore un coup, quand il y a des lois qui au-
torisent à arrêter tout le monde, quand il y a des
dénonciations en contravention à l'amnistie, et
quand on a excité comme moi beaucoup de haines,
sans avoir fait aucun mal, peut-on espérer du repos ? Si, avec votre excellent esprit et vos relations
qui vous mettent à même de juger très bien la
question, vous me dites que oui, je n'hésiterai
plus, et je quitterai avec transport Londres, ses
raouts et ses brouillards, et je cesserai de me ruiner en restant ici, car j'y dépense le triple de mon
revenu. Une fois à Paris, je travaillerai à des choses
qui n'auront aucun rapport à la politique : je n'i-

1. Le marquis d'Osmond était ambassadeur de France à
Londres.

rai pas dans le monde, que je hais, et j'attendrai
la fin d'une vie qui ne me promet plus rien, mais
que je voudrais finir tranquillement, loin des
étrangers et en donnant à la personne dont j'ai
pris la destinée, et qui est un ange d'affection et
de bonté, un bonheur que je tâcherai d'avoir l'air
de partager.

Vous vous étonnerez peut-être que je ne place
pas l'amitié au nombre des adoucissements de ma
vie. Je le devrais, en réponse à votre excellente
lettre ; mais il ne m'est pas prouvé que je sois capable d'en profiter. Qui peut le plus ne peut pas le
moins ; et je ne voudrais plus vous être importun
ni comme sentiment, ni comme société, en effarou-
chant vos autres amis. Je ne veux plus causer la
moindre peine ni le moindre embarras à personne.
Je ne m'intéresse plus à moi-même. Le dernier
coup que j'ai reçu, il y a aujourd'hui, 27 février,
dix-huit mois, a épuisé mes forces et m'a rebuté
de la destinée qui a eu l'air de se jouer de moi, au
moment où je croyais arranger ma vie. Je n'en suis
pas moins reconnaissant, je ne vous en aime pas
moins, c'est moi que je n'aime plus. Merci de vos
offres qui me font plaisir, quoique je ne sois pas

dans le cas d'en faire usage. J'ai ici des capitaux qui dureront encore. Je voudrais qu'ils durassent plus longtemps que moi. Cependant, puisque vous êtes si bonne, je vous demanderai un petit service qui, j'espère, vous donnera peu de peine.

Vous savez comme je suis parti de Paris, faisant à chaque douleur que j'éprouvais une préparation de départ, mais sans plan, de sorte que je ne me suis mis en voiture que parce que j'avais passé un jour sans vous voir. Il en est résulté que j'ai laissé à un nhomme d'affaires très négligent le soin de tout arranger, et à mon notaire celui de recevoir mes fonds et de payer des dettes. Ces gens ne m'écrivent point, et je ne sais sur mes affaires qu'une chose : c'est que le vendeur de ma maison n'a pas été payé d'une petite somme échue, et menace de saisir cette propriété. J'ai écrit sans avoir d'éclaircissements ni de réponse. Je serais fâché que, pour environ mille écus, on vende une maison sur laquelle j'ai payé dix fois autant. Je ne puis guère en envoyer d'ici, surtout ne sachant rien de positif. Je voudrais donc que mon notaire, qui doit avoir près du double de cette somme, m'expliquât cette affaire. Seriez-vous assez bonne pour envoyer quel-

qu'un d'intelligent chez lui, chez mon avoué, chez
mon créancier, pour savoir d'où vient cet embarras; me le mander pour que je puisse éviter des
désagréments que l'ignorance où ils me laissent
peut rendre irréparables? Vous voyez que, si je
n'accepte pas de vous ce dont je n'ai pas besoin, je
m'adresse avec confiance pour un autre service
non moins important.

Je n'ai point de nouvelles récentes de madame de
Staël; elle m'a écrit et, dans un accès de découragement, j'ai eu le tort de ne pas lui répondre. Je n'ai
de force pour rien, ma santé aussi n'est pas bonne.
Ce climat est affreux en hiver : madame de Constant ne le supporte pas mieux que moi. Elle serait
bien heureuse d'être en France, si elle croyait que
j'y fusse en paix. Il n'est pas possible d'être meilleure. Je voudrais qu'elle eût rencontré non pas
un cœur plus plein de tendresse et d'affection,
mais un être doué de plus d'intérêt et de vie que
je ne le suis. Trop de douleurs en deux sens oppo-
sés m'ont tué net.

Il y a peu de Français ici, au moins dans la société. Flahaut brille parmi quelques femmes.
Sébastiani s'ennuie à périr et part bientôt. Je vois

souvent lady Davy, que vous connaissez d'Italie; mais la vie est détestablement arrangée : on ne fait de visites que le matin, quand on voudrait travailler, on ne se réunit qu'à minuit, quand on voudrait dormir.

Adieu ! Vous m'avez fait du bien, et, si la vie ne pesait pas tant, ce bien aurait duré. En m'écrivant, vous m'en ferez encore !

CXXXVI

Londres, 14 mars.

J'ai répondu il y a longtemps à votre si bonne lettre du 15 février; mais j'ai l'inquiétude que ma réponse ne soit pas partie. On m'assure que les petits bureaux où l'on dépose les lettres, pour les acheminer au grand, sont fort inexacts et empochent le port, ce qui simplifie beaucoup les correspondances. Je vous récris donc, et, cette fois, ma lettre sera mise au grand bureau.

Comme je ne voudrais pas vous dégoûter de votre bienveillance, j'ai, outre mon incertitude

sur le sort de ma lettre, un petit prétexte, mais il
est si puéril, que je ne vous en parlerai qu'à la fin
de celle-ci. Je vous remerciais dans ma précé-
dente de vos offres amicales, que je n'acceptais
pas parce que je n'en ai nul besoin. Mais je vous
montrais pourtant ma confiance dans votre amitié,
en vous priant de prendre quelques informations
sur mes affaires à Paris, dont je n'avais pu par-
venir à recevoir aucune nouvelle. sinon qu'un
créancier pour lequel j'avais laissé des fonds avait
fait ou voulait faire saisir ma maison. J'ai reçu
depuis des explications, et je souhaite que vous
n'ayez pris aucune peine.

Si vous avez reçu ma lettre, vous m'avez trouvé
bien dégoûté de ce pays. Depuis, ma disposition
est devenue plus juste, peut-être tout simplement
parce que ma vie est devenue plus agréable. Je
prends l'habitude des mœurs et des heures, et la
sécurité dont on jouit ici et que notre chère France
contribue beaucoup à faire valoir, est un repos qui
augmente en valeur par sa durée. On a été curieux
de moi ; à présent, on est bienveillant pour moi, et
j'en suis bien aise parce que cette disposition a
tout le charme de la nouveauté.

— Camille[1] est ici dans tout l'épouffement d'un Français qui arrive, prenant les plus petits symptômes pour des signes mortels, concluant de la singularité d'un individu à la coutume nationale, mais toujours bien aimable.

Flahaut est à son aise, protégé d'une grande dame, aimé d'une riche héritière, très gracieux dans son insouciance et assez habile dans sa conduite. Sébastiani est moins heureux, parce qu'il veut être profond et qu'il paraît double, ce qu'il n'est pas; car c'est le meilleur homme du monde et j'aurais bien tort d'être mal pour lui, car il a été parfait pour moi dans tout ce qu'il a pu. Je vous ai mandé que je voyais souvent lady Davy et sir Humphry. Il y a deux jours qu'on parlait de vous, et sir Humphry a dit que vous étiez non seulement attachante mais dangereuse : j'ai frémi. Camille m'a donné des détails sur votre vie. Elle est toujours la même; j'espère qu'elle est douce. Sigismond[2], m'a-t-il dit, est fort assidu; mais il m'a surpris en me le peignant tout aussi dépourvu d'esprit qu'autrefois. Il approche donc de la rose

1. Camille Jordan.
2. Le marquis de Nadaillac.

sans rien prendre de son parfum? Il m'a aussi parlé du beau ténébreux[1], qui est toujours le même; cela ne m'étonne pas. Quand on est un beau ténébreux depuis trente-cinq ans, il n'y a pas de raison pour que cela finisse. La nature peut vieillir : l'art ne vieillit pas, parce qu'il n'est jamais jeune.

Quand nous reverrons-nous? J'en reviens toujours là, avec un sentiment mêlé de terreur et de désir. Je n'ai, du reste, aucun projet fixe. J'aimerais autant ce pays que tout autre, la France, telle que je la désire, exceptée. Mais ce pays me ruine. Le climat convient mal à madame de Constant, qui pourtant ne veut pas le quitter sans moi. Il faudra donc prendre un autre parti une fois, et mon avenir est vague.

Je n'ai rien de madame de Staël, quoique je lui aie écrit. Ma lettre a peut-être été perdue. Je sais Albertine[2] mariée, je la souhaite heureuse. Son mari est un homme excellent, et je ne lui crois pas à elle, telle que l'éducation l'a faite, un besoin impérieux d'une sensibilité expansive. Madame de

1. Le comte de Forbin.
2. Mademoiselle de Staël, qui avait épousé le duc Victor de Broglie.

Staël a ramené ses enfants à une raison parfaite par l'excès et les démentis de son enthousiasme. J'ai au fond du cœur, avec de l'affection, une sorte d'humeur contre elle, pareille à celle de cet Irlandais qui accusait une femme de l'avoir changé en nourrice.

J'ai été au Parlement, c'est superbe ; mon cœur battait en écoutant ces discussions réelles et solides. C'est autre chose que les pamphlets écrits de nos marquis et colonels députés. On fait bien, même comme amour-propre, de défendre chez nous les papiers anglais. Ce n'est pas que naturellement nous n'ayons plus de qualités, d'éloquence, de mouvement ; mais...

J'en viens au prétexte que j'ai pris pour vous écrire. J'ai eu le malheur de parler à une belle Anglaise de nos loteries du continent, à propos de la loterie anglaise. Ce que je lui ai dit là-dessus l'a plus frappée que tout ce que j'ai pu lui dire sur moi, car elle a rêvé quatre numéros, et n'a point rêvé de moi. D'ailleurs, depuis ce temps, elle me tourmente pour lui faire mettre ces quatre numéros à la loterie, et je ne puis m'en dispenser. Je vous supplie donc de faire mettre ces quatre numéros à

toutes les loteries où l'on peut mettre à Paris.
Les voici : 5, 67, 72, 41. L'ambe à 1 franc, le terne
à 3 francs, le quaterne à 3 francs, total pour
chaque endroit où on les mettra, 18 francs. Envoyez-moi les billets, que je prouve mon exactitude,
et écrivez au neveu de M. Récamier, à qui j'ai fait
une visite inutilement, pour que je lui remette
cette somme. Pardon mille fois! mais j'ai promis
ce ridicule service, et il m'a servi de prétexte pour
vous écrire. Adieu. Je vous aimerai toute ma vie.
Je ne sais quand je vous verrai. Que devient
madame de Krüdner? Et vous, où en êtes-vous
avec ce ciel qui vous a faite, mais pas pour notre
salut. Conservez-moi quelque amitié. Il y a un an
que j'étais bien malheureux. Je vous aime de toute
mon âme.

CXXXVII

Londres, 5 juin 1816.

J'ai été assez longtemps sans répondre à votre
lettre. Je ne sais quel découragement, plus irrésistible encore que celui que, depuis que j'ai quitté
Paris, je n'ai cessé d'éprouver, s'est emparé de

moi. La vie ne cesse d'être une douleur qu'autant qu'elle ressemble à la mort. La nouveauté de l'Angleterre, l'accueil bienveillant qu'on m'y a fait, le tourbillon dans lequel j'ai vécu, m'avaient ranimé, au moins de curiosité, tout cela s'est usé.. Tout ce que je voudrais, c'est une fin sans souffrance aiguë, et je laisse couler les jours, sans autre désir que l'absence de toute émotion. L'idée d'une lettre, d'une affaire, d'un intérêt quelconque me fait frémir. Je n'ai ni projet ni envie de revoir la France, je n'ai plus d'avenir et je déteste le passé. J'ai remis à un notaire toute la fortune que j'y ai en lui donnant tout pouvoir, et en lui laissant quatre fois plus qu'il ne faut pour payer mes dettes, à la seule condition qu'il me délivrerait de toute nécessité de m'en occuper. Ce que je veux, c'est du silence, du sommeil. Si ce climat n'avait pas fait un mal réel à la santé de ma femme, je n'aurais pas pensé à quitter ce pays, quoique je m'y ruine; mais j'ai encore pour y vivre deux ans, et j'espère que ma vie sera plus courte que ma fortune. Malheureusement la souffrance d'une autre me fait un devoir de la conduire à Spa, et j'y vais bientôt.

On m'a engagé à imprimer le petit roman[1] que je vous ai lu tant de fois. On s'était mis à me le faire lire, et, l'ayant fait pour deux ou trois de mes connaissances, je ne pouvais le refuser à d'autres. A présent, je m'en repens. Je ne vois jamais les inconvénients des choses qu'après les avoir faites. Je crains qu'une personne, à qui cependant il n'y a vraiment pas l'application la plus éloignée ni comme position ni comme caractère, ne s'en blesse. Mais il est trop tard. J'ai cédé au dernier mouvement d'amour-propre que j'aurai probablement de ma vie, car mon talent est fini.

J'ai été forcé, en me débarrassant pour plusieurs années de mes revenus et de mes dettes, de donner carte blanche à mon homme d'affaires pour le loyer de ma maison. Je lui ai recommandé les plus grands ménagements pour vos dames. Si elles quittent, vous pouvez disposer de ma part d'un dédommagement pour elles. Adieu! je ne serai guère ici plus d'un mois; après Spa, je ne sais trop ce que je ferai. Si vous daignez m'écrire, que ce soit ici : je suis encore tout à fait à temps pour recevoir un mot de vous.

1. Son roman d'*Adolphe*.

Mon Dieu, quand on souffre pour vous que la vie est douloureuse, et quand on a souffert qu'elle est fade !

P.-S. — Je viens de rencontrer à un bal le comte de Mosbourg, qui m'a fait votre message relativement aux dames Monges. Je ne demande pas mieux que de faire tout ce qui vous est agréable. Le malheur est que je dépends de l'homme à qui j'ai remis mes affaires, parce que je lui dois de l'argent que je ne puis ni ne veux lui en envoyer d'ici. Si j'avais pu le payer sans m'ôter les moyens de vivre ici, je l'aurais fait; mais, quoique son argent soit très sûr, puisqu'il a une première hypothèque, j'ai trouvé que le moyen le plus sûr de n'être pas poursuivi par lui, comme vous savez que je l'ai été autrefois déjà, était de le charger de tout gérer, et il dispose des loyers. Du reste, il a des instructions pour être le plus poli du monde. J'ai été bien loin de vouloir humilier ces pauvres dames. Je n'ai pas dit un mot ni chargé personne d'en dire un qui pût les blesser, et il est impossible qu'elles l'aient été de ma lettre.

CXXXVIII

Spa, 17 août.

Les projets s'exécutent toujours plus lentement qu'on ne le suppose. Mon séjour à Londres s'est prolongé de plusieurs semaines, et cela m'a empêché de vous prier de m'y écrire encore, ce qui m'a privé bien longtemps de vos nouvelles. Dédommagez-m'en, si vous ne m'avez pas toutefois complètement oublié. J'ai mené madame de Constant ici très indisposée et presque aveugle du climat de l'Angleterre. Ses yeux se remettent et les eaux lui font du bien. J'ai été menacé d'une maladie grave pendant quelques jours. J'y ai échappé pour le moment.

Nous avons à Spa un mélange de société que sa variété rendrait amusant, si l'ennui secoué cessait d'être de l'ennui. La mode est de monter à cheval depuis sept heures du matin à huit heures du soir, et l'on ne voit que des quadrupèdes. Le prince Auguste est ici avec une petite Anglaise assez laide, que personne ne veut recevoir. Il est ce qu'il a toujours été quand l'amour ne le rendait pas pareil

aux autres, commun, fier, gauche et bavard, les
coudes en dehors et le nez en l'air. Il a été très
affable pour moi, mais j'ai de l'ingratitude dans
le caractère. Du reste, la majorité est anglaise
et vit à l'anglaise. On joue peu, le spectacle est
mauvais, le temps détestable. Je ne m'ennuie pas
parce que j'ai le sentiment que je ne m'amuserais
pas plus ailleurs.

Adolphe ne m'a point brouillé avec la personne
dont je craignais l'injuste susceptibilité. Elle a vu,
au contraire, mon intention d'éviter toute allusion
fâcheuse. On dit une autre personne furieuse; il
y a bien de la vanité dans cette femme. Je n'ai pas
songé à elle.

Nous irons d'ici, je crois, à Paris. Mais je me suis
fait des règles sévères sur ce séjour. Je n'y verrai
positivement pas une âme, et personne n'aura
avec moi la satisfaction de m'exclure ni le plaisir
de la générosité. Je ne veux être pour personne une
occasion de vertu. Mes projets ultérieurs sont
fixes, mais seraient ennuyeux à détailler.

Je suppose que vous avez quitté Plombières. Je
voudrais croire que votre cœur est satisfait de la
vie. Où en êtes-vous avec le ciel? J'ai fait ce que

j'ai pu pour vous y pousser, faute de mieux. Vous êtes si entourée, que ce n'est que là que je pouvais espérer un tête-à-tête. Madame de Krüdner est en Suisse poursuivant sa mission avec sincérité ; car la sincérité se comporte fort bien avec les petits moyens qui sont d'un autre genre. Je l'aime toujours de souvenir et de reconnaissance. Je lui en dois pour ses efforts, inutiles, puisqu'ils ont abouti à mon départ.

Vous savez que vos lettres me font toujours un bien vif plaisir.

Mille tendres respects.

CXXXIX [1]

Madame de Staël m'a dit l'amitié avec laquelle vous vous êtes exprimée sur moi. Des affaires et l'incertitude où j'ai été longtemps sur votre retour de la campagne m'ont empêché d'aller vous voir. Je craignais, d'ailleurs, une foule de souvenirs tristes, et, n'étant pas sûr de vous trouver, je répu-

1. Cette lettre a été écrite au retour de Benjamin Constant à Paris. Elle porte le timbre de la poste du 25 octobre 1816.

gnais à braver inutilement l'impression douloureuse que me donneraient les objets physiques
auxquels se rattache l'époque la plus pénible de
ma vie. Si cependant vous êtes à Paris, je serai
bien heureux de me présenter chez vous.

J'ai dit à madame de Constant vos paroles bien-
veillantes de l'année dernière, et, quoique sa santé
très mauvaise fasse qu'elle sorte rarement, et jamais
le soir, elle est bien empressée de vous voir. Mais,
comme il me paraît que l'esprit de parti n'a fait
que croître pendant mon absence, je pense que
pour vous-même il vaut mieux que ni moi ni madame de Constant ne rencontrions ceux qui vous
ont tant sollicitée de ne plus me recevoir.

Mille tendres hommages.

CXL

J'ai beaucoup réfléchi à notre conversation
d'hier, et, pour mettre en ordre et vous expliquer
mes idées, je les écris et vous les envoie, si tant
est que vous ayez la patience de les lire. Je suis de

votre avis sur tous les points. Je crois que l'intérêt
de la nation est de peu de chose dans les calculs
de l'un des partis. Quant à l'autre que vous protégez, je crois qu'il y a des hommes de bonne foi.
Vous savez qu'il y en a que j'estime beaucoup et
que je suis heureux de rencontrer. Je crois enfin
que le ministère, qui nous a pourtant rendu un
grand service[1], n'est pas, à beaucoup près, national,
et que, si l'autre parti était complètement sincère
et pouvait en convaincre la France, la réunion de
ce parti aux vrais amis de la liberté finirait toute
crise, affermirait nos institutions et sauverait le
pays.

Mais, après cette profession de foi, je vous
dirai que je crois la chose tout à fait impossible,
par la nature et la conduite de ce parti. Il a commis d'énormes fautes l'année dernière. Je m'occupe à les retracer dans le petit ouvrage auquel je
travaille, et je m'étonne, tout en écrivant, de ce
que des hommes, dont plusieurs ont de l'esprit,
aient pu agir dans un sens si contraire à leurs

1. L'ordonnance du 5 septembre 1816, dissolvant la Chambre
« introuvable ».

20

propres vues. Si vous me lisez, votre jugement
vous en convaincra.

Aujourd'hui encore, ce parti fait beaucoup de
maladresses et gâte, en un instant, par un mot,
tout ce que ses protestations d'amour de la liberté
pourraient produire. Quelle pitié dans des hommes
qui prétendent réclamer pour la liberté indivi-
duelle, que de les entendre dire qu'ils avaient cru
qu'une loi vexatoire qu'ils ont votée ne serait dirigée que contre leurs ennemis, de sorte qu'ils
ne s'en plaignent que parce qu'elle les atteint!
C'est ce qu'ont fait MM. Corbière et Salaberry,
et ce qui a donné tout l'avantage au ministère.
Il y a en effet de quoi désenchanter des plus
belles théories du monde. Quelle gaucherie, comme
tactique d'assemblée, d'insister sur la lecture
d'une pétition, sous prétexte qu'on n'en connaît
pas le contenu, et d'arriver incontinent avec un
discours écrit fondé sur ce que cette pétition contient! C'est un détail, mais dans un parti accusé
de mauvaise foi, tout ce qui l'indique est une
faute.

En tout, ce parti a non seulement contre lui les
souvenirs et les violences de ses imprudences pas-

sées, mais il a encore contre lui de n'avoir pas de
chef, et chacun va à l'aventure, dépopularisant la
masse, dans un moment où les antécédents sont,
au moins dans l'opinion, si propres à inspirer la
défiance, qu'il faudrait toute l'adresse possible
pour les réparer. Mais chacun croit, quand il satisfait le parti, que tout est gagné : oubliant la nation du dehors qui est tout, et agissant pour ainsi
dire à huis clos, tout surpris qu'au grand air le
vent jette à bas le château de cartes.

En arrivant ici, j'ai dit à un ministre que rien
n'irait, si l'on ne marchait pas dans le sens de la
liberté ; qu'il ne suffisait pas de marcher dans ce
sens, qu'il fallait encore, pour persuader de la
bonne foi présente, reconnaître les fautes passées.
Le ministère aurait pu le faire, aux dépens de ses
ennemis, et avec succès et avec vérité. Il aurait pu
rejeter sur eux plusieurs mesures fâcheuses qu'ils
avaient provoquées ; mais le ministère ne veut pas
convenir de ses torts, et, par là même, il ne rassu-
rera personne.

Ce qu'il n'a pas fait, le parti que vous protégez
aurait dû le faire, convenir que le zèle, l'indi-
gnation contre une calomnie récente, le désir d'af-

fermir le gouvernement l'avait emporté au delà des bornes, et se laver ainsi de l'odieux d'une année qui a laissé une impression de terreur dans tous les esprits. Mais il ne le fera pas, parce qu'il ne veut pas plus convenir de ses torts que les ministres. Or, tant qu'il paraîtra satisfait de ce qu'il a fait jusqu'à présent, on dira avec raison qu'il n'a changé de marche que parce qu'il a été battu, et il n'inspirera aucune confiance.

La nation est à avoir pour celui qui se nationalisera réellement. Mais ce n'est pas par des professions de foi abstraites et des protestations, ce sera en désavouant ce qui a été antinational, et en convenant que, pour autant qu'on y a contribué, on a eu tort.

Tant qu'on proclamera l'ancienne Chambre des députés admirable, on aura beau dire qu'on aime la liberté et la Charte. Il est dans tous les esprits que cette chambre a voté d'enthousiasme et même aggravé des lois contraires à la liberté, qu'elle a suspendu la Charte en plusieurs points, et qu'elle aurait fait pis, si elle avait duré. Tout cela serait faux, que l'apologie de ce passé jettera toujours

sur le présent un nuage. C'est une question his-
torique que la nation n'examine pas; elle s'en
tient à son impression, et la justification de ce
qui lui a fait peur empêche qu'elle ne croie à ce
qu'on dit pour la rassurer. M. de Chateaubriand a
fait à son parti, sous ce rapport, un mal incalcu-
lable. Il a montré qu'on pouvait être exagéré en
théorie dans un sens, et implacable en pratique
dans un autre. Il a détruit la magie de toutes les
protestations de principes.

Il a fait bien d'autres maladresses, il a présenté
la noblesse à la nation comme voulant faire de la
Charte un monopole, et substituer à son profit la
pairie et la députation aux régiments et aux salons
de service, tandis que la nation regarderait pai-
siblement et remercierait de l'honneur fait aux
institutions qu'elle a voulues par ceux qui jusqu'ici
n'en voulaient pas. Vous verrez tout cela si vous
me lisez.

Si votre parti eût été habile, il serait aujourd'hui
le plus fort, grâce à la manie du ministère de
marcher sur une lame de couteau entre la nation
et lui. Mais, en proclamant les principes, il fallait
s'occuper des hommes : et il en avait de belles oc-

casions. Que ne faisait-il demander par un de ses
membres, la cessation de ces éternels procès, si
ridiculement et cruellement prolongés? Si l'un
d'eux eût dit à la tribune qu'après avoir été plus
ardents que personne à poursuivre les coupables,
d'abord après l'attentat, et quand il fallait affermir
le gouvernement, ils pensaient qu'après dix-huit
mois tout devait être couvert d'un voile, ils
auraient eu toute l'armée, au lieu que l'odieux de
ces procès, en retombant un peu sur le ministère,
rejaillit beaucoup plus sur le parti opposé, parce
qu'on attribue à l'influence de ce parti la conti-
nuation de ces poursuites. Mais au contraire, ils
laissent leur journal, *la Quotidienne* insulter un fils,
qui défend son père, en le nommant « un individu
se disant le fils de l'accusé Grouchy ». Un service
rendu à un homme de la Révolution, aujourd'hui
que ces hommes représentent les masses, popula-
riserait plus un parti que vingt-cinq harangues
sur la liberté de la presse, qui paraissent empruntées de nous, et empruntées comme un
masque.

La nation est dans un tel état qu'elle se rallierait
à tout ce qui lui paraîtrait sincère pour ce qu'elle

veut. Mais personne ne lui paraît tel, et elle laisse les factions se débattre.

Qu'en résultera-t-il pour la nation ? rien de bon sûrement, peu de liberté pour le présent, beaucoup de mal pour l'avenir et quelque catastrophe dont l'étranger profitera.

Pour moi personnellement, il en résulte que je ne suis d'aucun parti, que je serais de celui où je verrais qu'il y a du bien à faire, mais que, n'en voyant point dans ce cas, je suis comme la nation, immobile et résigné. J'écris pourtant, mais comme devoir, et avec regret depuis que je vous vois pencher vers l'opinion contraire. J'écris pour dire au ministère d'être national, ce qui sera un conseil très inutile, et pour dire aux amis de la liberté que leurs nouveaux auxiliaires ont des antécédents qui m'alarment. Je ne plairai à personne, j'irriterai beaucoup de monde ; mais j'aurai dit ce que presque tous les bons Français ont au fond du cœur.

Il me serait bien plus doux de me rapprocher d'un cercle où vous êtes. La bienveillance de la société où je devrais vivre me ferait plus de plaisir que l'approbation de celle où je ne puis me mêler ; mais, je n'ai pas, dans toute la sincérité de mon examen,

trouvé une ligne où je puisse m'associer à quelqu'un pour le bien de la liberté et de la France.
Qu'on me la montre et j'y cours. Jusqu'alors je
remplirai tristement des devoirs solitaires, et je
vous prierai de me le pardonner. Cette lettre est
pour vous seule et je me fie à vous pour qu'elle
ne sorte jamais de vos mains.

Agréez mon profond et respectueux hommage.

CXLI

J'ai reçu des nouvelles de Coppet[1]. Albertine
m'écrit tristement : mais ils sont tous bien comme
santé. Ce grand château lui semble un désert horrible. Je le conçois. Elle me donne des détails sur
la déclaration du mariage dans le testament, et sur
la reconnaissance de l'enfant qui en est né. Il est à

1. Née en 1766, madame de Staël venait de mourir à Paris le
14 juillet 1817, à l'âge de cinquante et un ans. Son corps avait été
transporté à Coppet, et renfermé dans le tombeau qui contenait
déjà ceux de M. et madame Necker. Par son testament, elle déclarait son mariage, jusque-là secret, avec M. Alphonse de Rocca,
dont elle avait eu un fils qui épousa mademoiselle de Rambuteau.

Coppet. Albertine me parle de la tendresse qu'elle éprouve pour ce petit frère Alphonse.

Je suis triste et surtout indifférent. J'ai beau m'exhorter à l'intérêt, cela ne prend pas. Ni succès ni revers ne m'émeuvent; je ne sais plus m'irriter contre ceux qui sont mal pour moi, ni savoir gré à ceux qui sont bien, si ce n'est par raisonnement. En tout, je ne vis plus.

J'aurais grande envie d'aller vous voir, une foule de petites affaires qui m'ennuient m'enchaînent.

Mille tendres hommages.

CXLII

Paris, 7 mars 1822.

La lettre que je joins à celle-ci, madame, vous disposera sûrement à faire ce que je viens réclamer de votre bonté, qui est toujours la même. Je ne connais point le malheureux jeune homme pour qui je vous prie de vous intéresser[1]. Mais les circonstances que son frère m'a racontées sont telles,

1. Il s'agissait de Coudert, condamné à mort pour conspiration; sa peine fut commuée.

que sa mort serait une rigueur bien cruelle et bien peu propre à atteindre le but que doit se proposer le gouvernement. Son âge de vingt-deux ans, la précipitation d'un jugement prononcé en trois quarts d'heure contre dix accusés, le désespoir de sa famille, la manière dont les journaux ont avancé que la tentative faite longtemps après son arrestation devait aggraver son sort, comme si un fait qui lui était étranger et qui était indépendant de sa volonté pouvait le rendre plus coupable, tout l'esprit de parti et de vengeance déployé dans cette déplorable affaire, sont, ce me semble, des motifs de clémence qu'il est, j'ose le dire, dans l'intérêt de la royauté même de prendre en considération. Mais le temps presse. Le conseil de révision prononce samedi, et l'infortuné jeune homme peut être fusillé le jour même. Il ne reste donc plus que douze heures, si l'on veut que la clémence ne soit pas inutile. Il me paraît qu'en en parlant à M. de Montmorency, vous pourrez sauver ce pauvre jeune homme.

M. de Montmorency aussi a été en danger de la vie, quand il fut arrêté. Je crois que c'était en Franche-Comté, après le 18 fructidor, et des hommes

d'une opinion différente de la sienne ne balan-
cèrent pas à faire tout ce qui dépendait d'eux
pour sa délivrance. J'ajouterai, pour prouver que
le malheureux condamné n'est pas indigne d'intérêt, que M. de Marcellus a fait son possible pour
obtenir un adoucissement et qu'il a été consterné
lorsqu'il a appris, par un bruit, qui peut-être n'est
pas exact, que Sa Majesté s'y était refusée. Assez de
sang n'a-t-il pas été versé, et, si celui qui a été ré-
pandu n'a pas produit l'effet qu'on espérait, ne se-
rait-il pas raisonnable autant que juste d'essayer
d'autres moyens? Je n'ai besoin de rien ajouter,
je connais trop votre âme. Mais songez que votre
bonté peut être inutile si elle n'est pas employée à
temps.

J'ignore, au milieu des factions, des soupçons,
des calomnies, ce qui attend chacun de nous. Mais
je vous implore pour un malheureux; l'avoir
sauvé me sera un sentiment doux, et vous le devoir
me sera très doux aussi. Puissé-je dimanche avoir
à vous rendre grâce. Mais le dîner sera bien triste
si le pauvre jeune homme a péri samedi.

Mille tendres et respectueux hommages.

P.-S. — Madame de Constant regrette bien de n'avoir pas été chez elle quand vous avez bien voulu y venir. Elle aussi espère en votre influence protectrice et m'encourage dans mon espoir.

CXLIII

1er janvier 1823.

Je me proposais bien, madame, ainsi que madame de Constant, d'aller vous voir le plus tôt possible et vous remercier de votre bonne et amicale visite. La difficulté de sortir pendant cette gelée, et d'arriver en voiture à la rue de Sèvres, m'en a empêché; aujourd'hui, il dégèle, mais c'est le jour de l'an, et, ce jour-là, toutes les puissances de la terre ferment leur porte. Vous êtes une de ces puissances; je voudrais que vous fussiez la seule, le monde et moi nous en trouverions mieux. J'ajourne donc mon voyage au delà des ponts à un moment où vous serez moins entourée. J'irai alors vous exprimer toute ma joie de ce que vous ne m'avez pas oublié et vous demander vos bons offices auprès de M. de Chateaubriand, si on veut m'ô-

ter ma liberté. Vous devez trouver mauvais que
la police correctionnelle aille sur vos brisées. Ce
n'est pas à elle à vous remplacer.

Agréez, madame, un bien tendre hommage; il y
longtemps que vous avez voulu qu'il changeât de
forme. Le fond sera toujours de la reconnaissance
et du dévouement.

CXLIV

1ᵉʳ février 1823.

Vous êtes si bonne pour moi, madame, que je
voudrais causer quelques instants sur les affaires
auxquelles vous voulez bien vous intéresser. Faites-
moi dire, je vous en supplie, quand je pourrai le
faire sans vous déranger et sans trouver des personnes qui m'empêcheraient de dire ce que je désire soumettre à votre extrême bonté.

Mille tendres hommages.

CXLV

Pardon, madame, si je vous importune encore. Heureusement que tout se décidera demain et que vous n'en entendrez plus parler. J'apprends que ce sont les congrégations présidées par M. de Lavau, et surtout M. de Lavau lui-même, qui tiennent à ce que je sois condamné. Il y a eu chez lui une réunion où il a fortement recommandé à de jeunes conseillers qui n'avaient pas coopéré au premier jugement, d'être à l'audience de demain, pour prendre leur revanche. Je sais de vous, madame, que M. de Chateaubriand n'approuve pas la marche et l'influence de ces congrégations. Si vous aviez donc le temps de lui faire savoir qu'il est probable qu'elles rendront ses bonnes intentions infructueuses, cela me servirait beaucoup. Mais il n'y a plus qu'aujourd'hui, puisque la chose se juge demain à dix heures. J'ajouterai qu'il sera bien plus scandaleux de me condamner pour une cause où j'ai été indignement insulté dans la personne de

ma femme. J'en montrerai bien l'indignité dans
ma plaidoierie, et il me semble qu'une telle con-
damnation serait une tache pour un ministère
qui doit avoir quelque chose de chevaleresque.

Adieu, madame; faites pour moi ce que vous
pourrez et agréez mes tendres et respectueux
hommages.

CXLVI

Vous savez déjà, madame, le résultat de la
séance. J'ai le bonheur de rapporter à vous tout
ce qu'il y a de bon et j'aime à mettre à vos pieds
l'hommage de ma reconnaissance.

Vous m'avez forcé à me réduire à ce sentiment;
aussi y placé-je tout ce que vous n'avez pas voulu
tolérer dans un autre. Aussi est-ce bien la reconnaissance la plus vive qui ait jamais été, et, pour
peu qu'elle osât, elle s'appellerait autrement. Je
ne bats pourtant encore que d'une aile. J'ai encore
une affaire et une prison dont il faut que vous me
tiriez. Mais j'y compte tellement, que je n'ai plus

aucune inquiétude. J'irai vous remercier demain,
si vous permettez.

Mille tendres et fidèles hommages.

P.-S. — J'ai su que M. de Chateaubriand avait
été parfait. Le talent est toujours une vertu.

CXLVII

Paris, 1er mars 1823.

Je ne me pardonnerais pas, madame, de vous
importuner sans cesse, mais ce n'est pas ma faute
s'il y a sans cesse des condamnations à mort. Cette
lettre vous sera remise par le frère du malheureux Roger, condamné avec Caron. C'est l'histoire
la plus odieuse et la plus connue. Le nom seul
mettra M. de Chateaubriand au fait. Il est assez
heureux pour être à la fois le premier talent du
ministère et le seul ministre sous lequel le sang
n'ait pas coulé. Je n'ajoute rien. Je m'en remets
à votre cœur. Il est bien triste de n'avoir presque
à vous écrire que pour des affaires douloureuses.
Mais vous me pardonnerez, je le sais : et je sais

que vous ajouterez un malheureux de plus à la
liste de ceux que vous avez sauvés.

Mille tendres respects.

CLXVIII

J'ose vous adresser, madame, le frère de l'infortuné jeune homme dont je vous ai parlé et pour
lequel vous m'avez témoigné un intérêt dont j'étais
bien sûr. Il a entre les mains des lettres qui
prouvent qu'au moins l'affaire dont son frère est
menacé d'être victime, mérite d'être examinée.
Je ne puis croire que M. de la Rochefoucauld,
M. de Montmorency et M. de Chateaubriand, tous
vos amis, n'y soient pas sensibles.

Je m'en remets pour ce malheureux jeune homme
à vous et à votre cœur. Daignez écouter son frère
un instant.

Mille tendres hommages.

21

CXLXIX

Il n'est pas nécessaire, madame, de vous rappeler une bonne action quand vous avez commencé à la faire. Mais le frère de M. Roger, qui espère vous voir, désire que je vous rappelle encore que c'est en vous seule qu'il espère. L'ordre de faire partir son frère pour son affreuse destination subsistait encore jeudi, malgré la lettre de M. de Chateaubriand. Il ne reste donc que bien peu de temps pour l'arracher à ce dernier malheur. Dans le temps où nous vivons, il faut faire le plus de bien possible et se dépêcher. Car qui peut prévoir l'avenir?

Je me suis présenté chez vous hier. Vous étiez à la campagne. J'y vais aujourd'hui. Tâchez de sauver ce malheureux jeune homme, et agréez mille hommages.

CL

Des occupations sans nombre m'ont empêché chaque jour d'aller à l'Abbaye-au-Bois, et des rendez-vous que je ne puis déranger me retiennent chez moi ce matin. Mais, si vous voulez me recevoir demain, de une heure à quatre (je suppose que c'est l'heure qui vous convient le mieux), je serai à vos ordres, ou si je pouvais trouver un moment ce soir. J'essayerai de toute manière. Si vous ne me faites rien dire, je serai ou ce soir ou demain à votre porte. Je vous remercie de la querelle que vous voulez bien me faire. Je préfère tout à votre indifférence.

Mille tendres respects.

CLI

17 février 1826.

Je suis bien honteux, madame, de n'avoir été vous faire ma cour ni à l'occasion du mariage de

mademoiselle Amélie [1], ni lors des succès litté-
raires de M. de Montmorency. J'espère que le premier contribuera à votre bonheur. Les seconds
sont un triomphe d'autant plus flatteur que les
obstacles étaient plus nombreux et la force en vous
seule. Le temps qui n'a et n'aura jamais sur vous
aucune prise, en a par malheur tellement sur moi
que tout mouvement m'est difficile et toute distance
presque insurmontable. Mais, si l'âge et les circonstances me privent souvent du plaisir qui était
jadis le seul de ma vie, mes sentiments ne m'asso-
cient pas moins à tout ce qui peut vous intéresser.

CLII

Je vous aurais écrit hier, madame, pour vous
exprimer toute ma reconnaissance, si je n'avais
été abîmé de fatigue. Croyez qu'il m'est bien doux
d'ajouter le souvenir de ce que je vous dois, et par
vous à vos amis, à des souvenirs bien plus mêlés
de douleur. J'irai vous remercier peut-être ce soir

1. La nièce de madame Récamier, qui venait d'épouser M. Charles
Lenormant.

si vous y êtes, et je mets en attendant à vos pieds
mes tendres et fidèles hommages.

CLIII

On m'a dit samedi, madame, au moment où je
voulais me présenter chez vous pour essayer de
vous voir, ou pour laisser un mot par lequel je
vous exprimais de nouveau ma reconnaissance,
que vous veniez de partir pour Angervilliers.
J'ignore si vous êtes de retour. Il me tarde pourtant de vous voir, non seulement pour vous remercier, mais pour vous dire que tout ce qui m'est
revenu hier encore m'a appris combien vos amis
avaient été bons pour moi. Si vous êtes demain
soir à Paris, j'irai sûrement mettre à vos pieds
mes hommages. Si votre séjour à Angervilliers se
prolonge, je suppose que cette lettre vous y sera
envoyée. Elle vous trouvera dans un lieu où me
reporte souvent ma pensée, malgré le souvenir des
jours les plus douloureux, mais les plus animés de
ma vie.

CLIV

Paris, 10 février 1827.

Vous pensez bien, madame, que je serais heureux de vous voir et d'écouter Corinne ; mais je suis forcé d'être prêt sur la loi vandale pour mardi prochain, et la séance d'aujourd'hui réduit à deux matinées le temps que je puis consacrer à ce travail. Il m'est donc impossible de m'accorder le plaisir que vous m'offrez pour dimanche. Mais, si je savais quand on vous trouve le soir, je serais bien empressé de me dédommager de ce que je perds. Il me semble qu'en vous revoyant, je reverrais un ciel plus jeune que celui qui pèse sur moi, et je jouis d'avance des sentiments que vous me rendrez la faculté d'éprouver.

Mille tendres hommages.

CLV

Paris, 27 mars 1827.

J'espérais, madame, profiter dès aujourd'hui de

la permission contenue dans votre billet d'hier,
et je m'en faisais une grande joie; deux affaires
et la prolongation de la séance m'enlèvent ce
bonheur. J'ai l'espoir de m'en dédommager demain ou après, et je serai bien heureux de vous
parler de mes sentiments qui ne varieront jamais
et de mes regrets de ne vous les exprimer que si
rarement.

Mille tendres hommages.

CLVI

J'ai fait votre commission, madame, avec tout
le zèle que vous devez supposer et j'espère bien
que rien de ce que vous craignez n'arrivera. Du
moins on me l'a promis positivement. *Le Constitutionnel* est occupé de se garantir du sort du
Courrier, et *le Courrier* ne me paraît avoir aucune
envie de se livrer à de la gaieté. Je crois donc
qu'il n'y a rien à craindre et qu'on respectera les
plaisirs enfantins que vous voulez préserver du
ridicule. Je crois ces plaisirs tellement innocents,

que je partage l'intérêt qu'ils vous inspirent. Je serais heureux de vous prouver mon zèle dans des choses plus importantes.

Je ne sais quand j'aurai l'honneur et le bonheur de vous voir. Koreff, que vous n'avez pas oublié sans doute, m'a donné un remède pour ma jambe, et, en deux fois vingt-quatre heures, il l'a rendue plus malade qu'elle ne l'avait encore été. Je puis à peine marcher avec deux béquilles. Il est impossible de faire en moins de temps plus de mal à un homme, et Koreff me paraît le premier médecin du monde en ce genre.

Mille tendres respects.

CLVII

J'espère que vous avez reçu madame, le compte rendu de ce que vous avez bien voulu me charger de faire ou plutôt d'empêcher. Je suppose que l'éclat qu'a eu la fête d'hier ne poussera personne à en parler aujourd'hui. Cependant tant de succès irrite l'envie.

Permettez qu'en vous adressant ce petit mot, je vous l'envoie par un excellent jeune homme, qui publie un journal hebdomadaire où il y a de très bonnes choses, et qui, tout libéral qu'il est, a une grande admiration pour M. de Chateaubriand. C'est au point que je ne sais si son désir de vous voir tient plus à ce qu'il y a de naturel dans ce désir, qu'à l'envie de voir une personne liée avec celui qu'il regarde comme le premier de nos écrivains. Vous savez que, sous quelques rapports, je partage cette opinion. Cependant mon enthousiasme ne va pas jusqu'à chercher en vous autre chose que vous-même. Je vous recommande mon jeune homme. Traitez-le assez bien pour qu'il soit enchanté, cela vous sera facile ; mais tâchez qu'il n'en devienne pas fou, et ici commence la difficulté.

Vous savez que cela est arrivé à des gens qui avaient la réputation d'être raisonnables.

Mille tendres hommages.

CLVIII

Des occupations, des maladies, un départ prochain pour les eaux, m'ont empêché, madame, de
profiter des moments que je pourrais passer près
de vous et qui auraient pour moi tant de charmes ;
je n'en crois pas moins à votre amitié et j'en
abuse ; car je viens vous parler d'une chose dont
je n'ai pas eu la première idée, mais à laquelle
je tiens beaucoup, puisqu'on en a eu l'idée. Beaucoup de gens qui partagent mon opinion sur le
ministère ont eu l'idée de faire imprimer une col-
lection de mes discours. Jusqu'à présent, le succès est probable. Il m'est venu dans la pensée que
vous pourriez y contribuer, et que peut-être vous
aimeriez à y contribuer. Je vous envoie donc des
prospectus.

Que faites-vous cet été ? Je vais aux eaux rétablir
ma santé, qui est assez mauvaise.

Vous trouve-t-on toujours le matin ? Je ne veux
pas partir sans vous voir.

Mille tendres hommages.

CLIX

Je me suis présenté chez vous, madame, avec madame B. Constant, mais vous étiez sortie. J'avais essayé deux fois de vous trouver avant mon départ sans être plus heureux. Si je sais quand on vous importune le moins, je renouvellerai mes tentatives.

Je voudrais aussi vous demander un petit éclaircissement sur un fait dont j'ai toujours oublié de vous parler, quoiqu'il soit bien ancien ; j'espère que vous n'en avez pas perdu toute mémoire. Avant mon retour à Paris, je pris, en 1817, la liberté de vous prier de retirer d'une malle de papiers quelque chose que j'avais écrit *dans un temps où j'étais bien malheureux* et que je ne voulais pas que d'autres vissent. Vous eûtes cette bonté. Dans cette malle étaient des lettres de notre amie, qui ne devaient être vues de personne. Ne vous avais-je pas prié de les retirer aussi ? Le fait est que je ne les ai pas retrouvées. Depuis la déplorable mort du pauvre Auguste [1], j'aurais besoin de ces lettres pour en montrer quelques parties au duc de Broglie et à sa femme; soyez assez bonne pour me dire si vous les avez.

Je suis accablé de cette mort si inattendue. Quelle noble carrière interrompue par un coup de foudre! Auguste était de toute la famille celui dont j'avais le plus à me louer.

Je ne veux pas vous fatiguer de ma douleur. Dites-moi quand je pourrai vous voir, et un mot sur le sujet de ma lettre.

Agréez mille tendres et respectueux hommages.

CLX

Paris, 13 octobre 1830.

Assez gravement malade depuis deux mois, madame, je me suis trouvé, à mon grand regret, hors d'état d'aller vous présenter mes hommages. Il fallait bien que la destinée diminuât la joie que

1. Auguste de Staël.

j'ai eue des événements qui nous ont délivrés. Je trouve aujourd'hui une occasion de me rappeler à votre souvenir et j'en profite avec empressement.

M. Martin des Landes, qui aura l'honneur de vous remettre cette lettre, est un littérateur distingué, moins favorisé par la fortune que par le talent. Il aspirerait à une bibliothèque qui le mettrait dans une situation plus heureuse et lui donnerait les moyens de continuer ses travaux. On assure que M. Lenormant aura sur les choix de cette espèce une intervention bienveillante. Confiné par une triste santé dans une triste retraite, je n'ai plus que le plaisir de rendre service, et je tâche d'en jouir le plus que je peux. Cependant, en vous écrivant, ma vie s'embellit de souvenirs plus doux, et je vous dois de répandre sur mes derniers jours une teinte moins terne.

Agréez mille tendres hommages.

CLXI

Je viens, madame, implorer votre bonté pour vous supplier d'engager M. de Chateaubriand à se rendre à l'Académie après-demain jeudi. J'ai beaucoup de chances, et l'on m'a dit que le seul danger est qu'on ne soit pas en nombre. J'ai donc recours à votre bienveillance auprès de M. de Chateaubriand, dont le suffrage m'est plus précieux que je ne puis dire et la présence bien nécessaire[1].

Mille hommages.

1. Je crois que M. de Chateaubriand vota pour Benjamin Constant, qui ne fut pas nommé. Ce fut Viennet, son concurrent, qui fut élu le 18 novembre 1830.

FIN

APPENDICE

APPENDICE

I

Dans le cours de la correspondance qu'on vient de lire, on a pu remarquer une ou deux allusions à des *Mémoires* que Benjamin Constant se dit être occupé à rédiger. Nous avons indiqué dans une note qu'il s'agissait d'un récit des premières années de la jeunesse de madame Récamier, dont il se faisait un pretexte pour la voir une fois de plus. Cette entreprise ne fut pas menée loin. Il en subsiste quelques fragments que nous donnons ici en appendice.

PREMIÈRES ANNÉES DU MARIAGE DE Mᵐᵉ RÉCAMIER

Parmi les femmes de notre époque que des avantages de figure, d'esprit ou de caractère ont rendues célèbres, il en est une que je veux peindre. Sa beauté l'a d'abord fait admirer, son âme s'est ensuite fait connaître, et son âme a encore paru supérieure à sa beauté. L'habitude de la société a fourni à son esprit le moyen de se déployer, et cet esprit n'est resté au-dessous ni de sa beauté ni de son âme.

A peine âgée de treize ans, mariée à un homme qui, occupé d'affaires immenses, ne pouvait guider son extrême jeunesse, madame Récamier se trouva presque entièrement livrée à elle-même dans un pays qui était encore un chaos. Plusieurs femmes de la même époque ont rempli l'Europe de leurs diverses célébrités ; la plupart ont payé le tribut à leur siècle, les unes par des amours sans délicatesse, les autres par de coupables condescendances envers les tyrannies successives. Celle que je peins sortit brillante de cette atmosphère qui flétrissait ce qu'elle ne corrompait pas.

L'enfance fut d'abord pour elle une sauvegarde, tant l'auteur de ce bel ouvrage faisait tourner tout à son profit. Éloignée du monde, dans une solitude embellie par les arts, elle se faisait une douce occupation de toutes ces études charmantes et poétiques qui restent le charme d'un autre âge. Souvent aussi, entourée de jeunes compagnes, elle se livrait avec elles à des jeux bruyants. Svelte et égère, elle les devançait à la course ; elle couvrait d'un bandeau ses yeux qui devaient un jour pénétrer toutes les âmes ; son regard aujourd'hui si expressif et si profond, et qui semble nous révéler des mystères qu'elle-même ne connaît pas, n'étincelait alors que d'une gaieté vive et folâtre. Ses beaux cheveux, qui ne peuvent se détacher sans nous remplir de trouble, tombaient alors sans danger pour personne sur ses blanches épaules ; un rire étincelant et prolongé interrompait souvent ses conversations enfantines. Mais déjà l'on eût pu remarquer en elle cette observation fine et rapide qui saisit le ridicule, cette malignité douce qui s'en amuse sans jamais blesser, et surtout ce sentiment exquis d'élégance, de pureté, de bon goût, véritable noblesse native, dont les titres sont empreints sur les êtres privilégiés.

Le grand monde d'alors était trop contraire à sa nature pour qu'elle ne préférât pas la retraite. On ne la vit jamais dans les maisons ouvertes à tout venant, seules réunions possibles quand toute société fermée eût été suspecte ; où toutes les classes se précipitaient, parce qu'on pouvait y parler sans rien dire, s'y rencontrer sans se compromettre ; où le mauvais ton tenait lieu d'esprit et le désordre de gaieté. On ne la vit jamais à cette cour du Directoire, où le pouvoir était tout à la fois terrible et familier, inspirant la crainte sans échapper au mépris.

Cependant, madame Récamier sortait quelquefois de sa retraite pour aller au spectacle ou dans les promenades publiques ; et, dans ces lieux fréquentés par tous, ces rares apparitions étaient de véritables événements : tout autre but de ces réunions immenses était oublié, et chacun s'élançait sur son passage. L'homme assez heureux pour la conduire avait à surmonter l'admiration comme un obstacle ; ses pas étaient à chaque instant ralentis par les spectateurs pressés autour d'elle. Elle jouissait de ce succès avec la gaieté d'un enfant et la timidité d'une jeune fille ; mais la dignité gracieuse qui, dans sa retraite, la distinguait de ses jeunes amies, contenait au dehors la foule effervescente. On eût dit qu'elle régnait également par sa seule présence sur ses compagnes et sur le public. Ainsi se passèrent les premières années du mariage de madame Récamier, entre des occupations poétiques, des jeux enfantins dans la

retraite, et de courtes mais brillantes apparitions
dans le monde.

M. DE LA HARPE

L'esprit de madame Récamier avait besoin d'un autre
aliment, l'instinct du beau lui faisait aimer d'avance,
sans les connaître, les hommes distingués par une réputation de talent et de génie.

M. de la Harpe, un des premiers, sut apprécier cette
femme qui devait un jour grouper autour d'elle toutes
les célébrités de son siècle. Il l'avait rencontrée dans
son enfance ; il la revit mariée, et la conversation de
cette jeune personne de quinze ans eut mille attraits
pour un homme que son excessif amour-propre et l'habitude des entretiens avec les hommes les plus spiri-
tuels de France, rendaient fort exigeant et fort difficile.
M. de la Harpe se dégageait, auprès de madame Récamier, de la plupart des défauts qui rendaient son com-
merce épineux et presque insupportable. Il se plaisait à
être son guide : il admirait avec quelle rapidité son esprit suppléait à l'expérience et comprenait tout ce qu'il
lui révélait sur le monde et sur les hommes. C'était au
moment de cette conversion fameuse que tant de gens
ont qualifiée d'hypocrisie. J'ai toujours regardé cette
conversion comme sincère : le sentiment religieux est
une faculté inhérente à l'homme ; il est absurde de prétendre que la fraude et le mensonge aient créé cette
faculté ; on ne met rien dans l'âme humaine que ce que

la nature y a mis. Les persécutions, les abus d'autorité en faveur de certains dogmes peuvent nous faire illusion à nous-mêmes et nous révolter contre ce que nous éprouverions si on ne nous l'imposait pas ; mais, dès que les causes extérieures ont cessé, nous revenons à notre tendance primitive. Quand il n'y a plus de courage à résister, nous ne nous applaudissons plus de notre résistance. Or, la Révolution ayant ôté ce mérite à l'incrédulité, les hommes que la vanité seule avait rendus incrédules purent devenir religieux de bonne foi.

M. de la Harpe était de ce nombre ; mais il garda son caractère intolérant, et cette disposition amère qui lui faisait concevoir de nouvelles haines sans abjurer les anciennes. Toutes les épines de sa dévotion disparaissaient cependant auprès de madame Récamier.

MADAME DE STAEL

Madame Récamier contracta avec une femme bien autrement illustre que M. de la Harpe, une amitié qui devint chaque jour plus intime, et qui dure encore.

M. Necker, ayant été rayé de la liste des émigrés, chargea madame de Staël, sa fille, de vendre une maison qu'il avait à Paris. Madame Récamier l'acheta et ce fut une occasion pour elle de voir madame de Staël.

La vue de cette femme célèbre la remplit d'abord d'une excessive timidité. La figure de madame de Staël a été fort discutée. Mais un superbe regard, un sourire doux, une expression habituelle de bienveillance, l'ab-

sence de toute affectation minutieuse et de toute réserve
gênante ; des mots flatteurs, des louanges un peu di-
rectes, mais qui semblent échapper à l'enthousiasme,
une variété inépuisable de conversation, étonnent,
attirent et lui concilient presque tous ceux qui l'approchent. Je ne connais aucune femme et même aucun
homme qui soit plus convaincu de son immense supériorité sur tout le monde, et qui fasse moins peser cette
conviction sur les autres.

Madame de Staël réunit deux choses qui en font la
femme la plus étonnante qui existe peut-être au monde,
et dont la réunion fait illusion aux autres et à el e-
même. Son imagination, pleine d'éloquence et de
poésie, donne à toutes ses paroles une noblesse,
une élévation, une empreinte de générosité et de
dévouement qui charment et qui captivent, mais
elle a un tel sentiment de sa supériorité et de l'immense distance qui la sépare du reste des hommes,
que c'est en sa faveur surtout que cette noblesse,
cette élévation, cette générosité s'exercent. Ce n'est
pas de l'égoïsme, c'est du culte. L'égoïsme a quelque
chose de honteux et d'embarrassé qui le décèle et qui
encourage les autres à le condamner. Le culte de
madame de Staël pour elle-même intéresse, au contraire, les spectateurs et leur communique un certain
respect religieux. Il est accompagné d'une bonne foi
parfaite, et il fournit une démonstration précieuse de la
puissance de la bonne foi.

Madame de Staël est de bonne foi successivement en
mille sens contraires ; mais comme, dans chacun des

moments où elle parle, elle est réellement de bonne
foi, on est subjugué par l'accent de vérité qui retentit
dans ses paroles. La raison que l'on croyait avoir
disparaît, et l'on se tâte pour savoir si l'on est bien le
même être, si l'on a bien la même intelligence qu'une
heure avant, quand on ne l'entendait pas.

Est-elle amie, et le premier objet de son amitié a-t-il
une volonté opposée à la sienne, allègue-t-il des devoirs
de famille, des affaires, des motifs d'indépendance complète ou partielle, durable ou passagère? rien de plus
beau que d'entendre madame de Staël parler avec toute
l'énergie de la Nouvelle Héloïse du lien des âmes, du
dévouement, devoir sacré de toute nature supérieure
et du bonheur et de la sainteté de deux existences
indissolublement unies l'une à l'autre.

Est-elle mère et quelqu'un de ses enfants préfère-
t-il à l'obéissance qu'elle réclame une passion qui l'entraîne? Rien de plus sublime que le tableau qu'elle fait
des devoirs de la piété filiale, des obligations de famille,
des droits d'une mère, de la nécessité pour un jeune
homme d'honorer sa vie en se dégageant d'affections
frivoles, et en entrant dans une noble carrière; car tout
homme doit compte à la Providence des facultés qu'elle
lui a données, et malheur à celui qui croit qu'on peut
vivre pour l'amour! Dans tout cela, madame de Staël
n'est point égoïste, car elle ne croit pas l'être, et la
moralité est dans la conscience.

Il faut ajouter qu'elle fait entrer dans son culte d'elle-
même tout ce qui tient à elle tant que le lien subsiste,
à la condition expresse d'une entière et absolue sou-

mission, ce qui donne à son caractère quelque chose de plus large et de plus élevé qu'à l'égoïsme proprement dit. Son éloquence produit sur elle le même effet que sur ses auditeurs. En se préférant aux autres, elle ne pense être que juste, et elle s'estime de sa justice. Par là même, ceux qui l'entendent reçoivent sa conviction et sont dans l'impossibilité de lutter contre elle; il faudrait pour qu'on pût lui résister qu'elle se chargeât elle-même de la contre-partie de ce qu'elle a dit. On sent qu'elle seule pourrait se répondre, et quand on l'a pour adversaire, on voudrait l'avoir pour défenseur.

Rien n'était plus attachant que les entretiens de madame de Staël et de madame Récamier. La rapidité de l'une à exprimer mille pensées neuves, la rapidité de la seconde à les saisir et à les juger; cet esprit mâle et fort qui dévoilait tout, et cet esprit délicat et fin qui comprenait tout; ces révélations d'un génie exercé, communiquées à une jeune intelligence digne de les recevoir; tout cela formait une réunion qu'il est impossible de peindre sans avoir eu le bonheur d'en être témoin soi-même.

L'amitié de madame Récamier pour madame de Staël se fortifia d'un sentiment qu'elles éprouvaient toutes deux, l'amour filial. Madame Récamier était tendrement attachée à sa mère, femme d'un rare mérite, dont la santé donnait déjà des inquiétudes et que sa fille ne cesse de regretter depuis qu'elle l'a perdue. Madame de Staël avait voué à son père un culte que la mort n'a fait que rendre plus exalté. Toujours entraînante dans sa manière de s'exprimer, elle le devient surtout encore

plus quand elle parle de lui. Sa voix émue, ses yeux près
de se mouiller de larmes, la sincérité de son enthousiasme
touchent l'âme de ceux mêmes qui ne partagent pas
son opinion sur cet homme célèbre. On a fréquemment
jeté du ridicule sur les éloges qu'elle lui a donnés dans
ses écrits : quand on l'a entendue sur ce sujet, il est
impossible d'en faire un objet de moquerie, parce que
rien de ce qui est vrai n'est ridicule. M. Necker, d'ailleurs, trop faible pour les circonstances dans lesquelles
il s'est trouvé et dans lesquelles il s'est placé, méri-
tait néanmoins à beaucoup d'égards les louanges de sa
fille.

Peu d'hommes ont eu des intentions aussi pures.
Son orgueil même le préservait de toute personnalité
étroite ou avide. Les hommages qu'il se rendait l'en-
gageaient à en rester digne à ses propres yeux. Il se
considérait, lui, sa femme et sa fille, comme d'une
espèce privilégiée et presque au-dessus de l'humanité.
Mais il en résultait qu'il aimait à remplir quelques-
unes des fonctions de la Providence, et qu'avec des
formes un peu superbes, il faisait beaucoup de bien.

Ses relations avec madame de Staël se ressentaient de
l'immense distance qu'il mettait entre tout ce qui était
émané de lui et le reste du monde. Il jouissait de son
esprit, de sa grâce, de sa vivacité et même de la véhé
mence de ses qualités surnaturelles. Il avait avec elle la
protection d'un père et l'adoration d'un amant. L'amour-
propre de madame de Staël, souvent satisfait, mais
quelquefois froissé dans la société, parce que la société
est sévère pour qui se met trop en avant, n'était jamais

en souffrance avec M. Necker, dont l'affection excessive approuvât tout. Quand madame de Staël parlait de son père à Juliette, celle-ci admirait en elle la force et la profondeur du sentiment le plus respectable. Il y a dans l'admiration quelque chose de noble qui attache presque autant à celui qui sait l'éprouver qu'à celui qui en est l'objet : à celle de madame de Staël pour son père se mêlait encore un respect qui la rendait plus touchante.

LUCIEN BONAPARTE

Nous arrivons à l'époque où madame Récamier se vit, pour la première fois, l'objet d'une passion forte et suivie. Jusqu'ici, elle avait reçu des hommages unanimes de la part de tous ceux qui la rencontraient; mais son genre de vie ne présentait nulle part des centres de réunion où l'on fût sûr de la retrouver. Elle ne recevait jamais chez elle, et ne s'était point formé de société où l'on pût pénétrer pour la voir tous les jours et essayer de lui plaire.

Dans l'été de 1799, elle vint habiter le château de Clichy, à un quart de lieue de Paris. Un homme, célèbre depuis par divers genres de tentatives et de prétentions, et plus célèbre encore par les avantages qu'il a refusés que par les succès qu'il a obtenus, Lucien Bonaparte se fit présenter à elle.

Il n'avait aspiré jusqu'alors qu'à des conquêtes fa-

ciles, et n'avait étudié pour les obtenir que les moyens
de roman que son peu de connaissance du monde lui
représentait comme infaillibles. Il est possible que
l'idée de captiver la plus belle femme de son temps l'ait
séduit d'abord. Les circonstances politiques dans lesquelles il se trouvait exaltaient son imagination. Chef
d'un parti dans le Conseil des Cinq-Cents, frère du premier général du siècle, il fut flatté de réunir dans sa
personne le triomphe d'un homme d'État et les succès
d'un amant. Il s'offrit donc à madame Récamier avec
une fatuité mêlée d'assurance et de gaucherie, dont
sa correspondance porte l'empreinte, et qui se dé-
veloppa dans sa conduite d'une manière très remarquable.

Il imagina de recourir à une fiction pour déclarer son
amour. Il supposa des lettres de Roméo à Juliette, et
les envoya comme un ouvrage de lui à celle qui portait
le même nom.

Le style de ces lettres ou plutôt de cette lettre, car il
abjura dès la seconde le déguisement qu'il avait em-
prunté, est visiblement imité de tous les romans qui
ont peint les passions, depuis *Werther* jusqu'à l'*Héloïse*. —
Il y a des répétitions, de l'emphase et des digressions
qui annoncent l'auteur bien plus que l'homme amoureux. Madame Récamier reconnut facilement, à plusieurs
circonstances de détail, qu'elle était l'objet de la déclaration qu'on lui présentait comme une simple lecture.
Elle n'était pas assez accoutumée au langage direct de
l'amour pour être avertie par l'expérience que tout, dans
cette déclaration, n'était pas sincère ; mais un instinct

juste et sûr l'avertissait. Elle répondit avec simplicité,
avec gaieté même, et montra bien plus d'indifférence
que d'inquiétude et de crainte. Il n'en fallait pas davantage pour que Lucien éprouvât réellement la passion
qu'il avait d'abord un peu exagérée, et madame Récamier se trouva dans la situation où elle s'est trouvée
depuis presque sans interruption, entourée d'adora-
teurs, émue de la peine qu'elle faisait, fâchée de son
émotion, ranimant l'espoir sans le savoir par sa seule
pitié, et le détruisant par son insouciance, dès qu'elle
avait apaisé la douleur qu'avait fait naître cette pitié
passagère.

Les lettres de Lucien deviennent plus intéressantes
et plus éloquentes à mesure qu'il devient plus passionné. On y voit bien toujours la vanité, la recherche,
l'ambition des ornements, le besoin de se mettre en atti-
tude, l'emploi d'expressions qui sont triviales à force
d'être usées. Il ne peut s'endormir sans « se jeter dans
les bras du sommeil ». Parle-t-il d'une fête, « la folie
y agite ses grelots ». Au milieu de son désespoir, il se
décrit livré aux grandes occupations qui l'entourent, il
s'étonne de ce qu'un homme comme lui verse des larmes.
Il demande à Juliette de ne pas ravir un grand citoyen
à la patrie ; enfin, dans une lettre pleine de désespoir, où
il veut se tuer, où il veut rompre, il dit tout à coup en
réflexion générale : « J'oublie que l'amour ne s'arrache
pas, il s'obtient. » Puis il ajoute : « Après la réception
de votre billet, j'en ai reçu plusieurs diplomatiques. J'ai
appris une nouvelle que le bruit public vous aura ap-
prise : les félicitations m'entourent, m'étourdissent...

On me parle de ce qui n'est pas vous... Que la nature
est faible comparée à l'amour ! »

Cette nouvelle qui trouvait Lucien insensible était
pourtant une nouvelle immense, le débarquement de
Bonaparte à son retour d'Égypte. Un destin nouveau
venait de débarquer avec ses promesses et ses menaces,
le dix-huit brumaire ne devait pas se faire attendre. Lucien contribua puissamment au succès de cette journée,
qui tiendra toujours une grande place dans l'histoire.
Président du Conseil des Cinq-Cents, à Saint-Cloud, il
résiste aux forcenés qui lui demandent la mise hors la
loi de son frère, il lutte au milieu d'un tumulte épouvantable. Il doit la vie aux grenadiers de Bonaparte qui
l'enlèvent. Tout plein du danger qu'il vient de courir, il
en fait le récit à madame Récamier. Mêlant toujours le
roman à l'histoire, il se représente menacé par les as-
sassins qui lui demandaient la tête de son frère. « Dans
ce moment suprême, s'écrie-t-il, votre image m'est ap-
parue !... Vous auriez eu ma dernière pensée ! »

Il serait inutile d'entrer dans plus de détails sur cet
amour, qui se compose d'agitations toujours pareilles
de la part de l'un, d'inégalités toujours semblables de
la part de l'autre.

Après douze mois de ces orages, Lucien prit enfin le
parti de s'éloigner.

Comment put-il le prendre ? Je ne l'ai jamais conçu.
Peut-être la carrière de son frère, qui ouvrait devant lui
un avenir immense, lui présenta-t-elle des distractions
suffisantes pour un homme plus ambitieux que sensible.
Certes, alors, il ne devait pas aspirer à Juliette. Quand

les trônes du monde ne disparaissent pas devant son image, on ne l'a jamais complètement aimée.

Lucien eut la force de briser le lien qu'il n'avait pu resserrer. Il voulut désormais nuire à l'ange qu'il n'avait pu attendrir; si l'accusation est vraie, c'est un plus grand tort que tous ceux que ses ennemis lui ont reprochés. Celui qui écrit ces lignes aime Juliette plus que Lucien ne l'aima jamais, plus qu'aucun homme n'a jamais aimé. Il ne sait pas quel sort l'attend, il sait seulement qu'il n'a point d'espérance. Il a été souvent rejeté par elle, sans le mériter, de la douceur de l'amitié dans les abîmes de la douleur; il n'est pas sûr de ne pas mourir par elle, mais il jure qu'à sa dernière heure, le dernier mouvement de son bras serait pour sa défense, et sa dernière parole, une prière pour elle, et, si on l'accusait, une justification et un hommage.

II

Voici le premier projet de plan du mémoire composé par Benjamin Constant en faveur de la royauté de Murat, à la demande de madame Récamier, tel que nous le trouvons dans les papiers de cette dernière.

IDÉES SUR LA CONSERVATION DU ROYAUME DE NAPLES AU ROI JOACHIM Ier

Les raisonnements qu'on veut tirer du droit de conquête, des qualités personnelles du roi Joachim, et de la légitimité de l'établissement de sa dynastie à Naples fondée sur ce motif, ne sont pas les plus propres à faire effet parmi les personnes qui seront appelées à prononcer sur ses intérêts.

Le droit de conquête ne signifie rien, car ce que le droit de conquête a établi, le même droit de conquête peut le renverser, et que si l'on prend les armes pour enlever au roi Joachim son trône, son expulsion sera aussi fondée sur le droit de conquête.

Ses qualités personnelles, alléguées comme raison de le mettre à la place d'une ancienne dynastie, composent un argument plutôt fâcheux pour les Puissances qui vont décider au Congrès, parce que tous les souverains qui le composeront sont des hommes que la naissance et l'antiquité de leurs droits ont placés sur le trône, et qui n'ont aucune envie de reconnaître comme valides les droits qui se tirent des qualités personnelles.

Il y a d'autres motifs qu'on doit faire valoir; ils sont au nombre de trois.

1° On a conclu un traité avec le roi de Naples. Il a coopéré en vertu de ce traité à la délivrance de l'Europe. Dire, comme M. de Metternich, qu'à présent que le but de ce traité est rempli, il devient sans objet, c'est consacrer la perfidie de manière à exciter des défiances qui peuvent devenir très dangereuses, dans un moment où l'Europe est encore très agitée et contient beaucoup de germes de soulèvements et d'insurrections.

2° Si le roi Joachim avait appelé les peuples d'Italie qui désirent voir cette belle contrée ne former qu'un État, autour de ses étendards, il aurait pu mettre de grands obstacles aux arrangements qui ont eu lieu et qui, en satisfaisant l'Autriche, ont facilité la pacification provisoire de l'Europe. Il ne l'a pas fait, parce qu'il s'est reposé sur son traité avec les alliés, et il a dû se reposer sur ce traité, malgré le jour équivoque qu'on vient jeter à présent sur une transaction dont on a profité, puisqu'on s'est servi de ses troupes contre celles de Bonaparte, et qu'on l'a sanctionné en en profitant ainsi.

Ce qu'il n'a pas fait, il pourrait le faire encore, avec des chances moins favorables à la vérité, mais cepen-

dant avec la chance de produire eu Italie des mouvements très sérieux, et, s'il doit perdre son trône, il n'aura
rien de mieux à faire. On doit faire valoir ce raisonnement surtout avec l'Autriche; l'iutérêt manifeste de
cette puissance est que l'Italie reste tranquille : sa do-
mination, à peine rétablie, a besoin de se consolider
par le repos. Or, si l'Italie demeure dans l'état où elle
est, elle peut rester tranquille; mais si l'on y jette un
élément pareil à celui d'un roi cher à une grande partie
de son peuple, dont le nom rappelle de grands faits
militaires, et qui soit menacé, dépouillé, on donne un
chef aux mécontents, on offre une perspective aux partisans de l'indépendance italienne, et l'on compromet
tout ce qui vient de s'établir. La bonne intelligence de
l'Autriche avec les autres puissances n'est pas fondée
sur des bases bien solides. Le roi actuel de Naples est
l'allié naturel de l'Autriche, parce qu'il a traité plus
particulièrement avec elle, et parce qu'il lui devra son
trône, s'il le conserve.

L'ancienne dynastie qu'on voudrait rétablir à Naples
sera nécessairement l'ennemie, au moins secrète, de
l'Autriche, et l'alliée nécessaire des Puissances, avec
lesquelles le cabinet de Vienne ne peut manquer de se
brouiller tôt ou tard. Il est donc de l'intérêt de l'Autriche de faire valoir son influence actuelle au congrès
pour conserver le roi Joachim.

3° L'Europe actuelle, il ne faut pas se le déguiser,
est divisée entre deux espèces d'intérêts, ceux qui étaient
le résultat de ce qui existait avant la Révolution, qui a
duré vingt-cinq années, et ceux que ces vingt-cinq années

23

de révolution ont créés. La politique des Souverains
est d'amortir les intérêts de cette dernière espèce;
mais, pour cela même, il ne faut pas les alarmer, l'inquiétude ne fera que les rendre plus actifs et plus hostiles. Or le déplacement du roi Joachim est une déclar-
ration de guerre contre ces intérêts, et cette déclaration
est imprudente, dans ce moment où ces intérêts sont
dans toute leur force. En conservant le roi actuel de
Naples, au contraire, on rassure ces intérêts; et cependant le roi ainsi conservé est porté par sa position à
faire cause commune avec tous les Souverains contre
les doctrines désorganisatrices, au lieu que son déplacement, irritant, comme je l'ai dit, des intérêts nouveaux
et nombreux, leur donne en même temps un chef que
son caractère, ses talents et sa réputation rendent re-
doutable.

Ces observations, faites à la hâte, ne sont pas rédigées
en style diplomatique. On n'en recommande que le fond
aux personnes chargées de traiter cette importante
affaire.

III

Nous empruntons aux *Mémoires sur les Cent-Jours* les détails qu'ils fournissent sur la première entrevue de Benjamin Constant et de Napoléon.

Tout à coup, le 14 avril, je reçois la lettre suivante :

« Le chambellan de service a l'honneur de prévenir M. Benjamin Constant que Sa Majesté l'Empereur lui a donné l'ordre de lui écrire pour l'inviter à se rendre de suite au palais des Tuileries.

» Le chambellan de service prie M. Benjamin Constant de recevoir l'assurance de sa considération distinguée. »

Je me rendis aux Tuileries, je trouvai Bonaparte seul : il commença, le premier, la conversation ; elle fut longue. Je n'en donnerai qu'une analyse ; car je ne me propose point de mettre en scène un homme malheureux. Je n'amuserai pas mes lecteurs aux dépens de la puissance déchue. Je ne livrerai point à la curiosité malveillante celui que j'ai servi par un motif quelconque. Je ne transcrirai de ses discours que ce qui sera indispensable; mais, dans ce que je transcrirai, je rapporterai ses propres paroles.

Il n'essaya pas de me tromper ni sur ses vues, ni sur l'état des choses; il ne se présenta point comme corrigé par les leçons de l'adversité; il ne voulut point se donner le mérite de revenir à la liberté par inclination; il examina froidement, dans son intérêt, avec une impartialité trop voisine de l'indifférence, ce qui était possible et ce qui était préférable.

. . . .

J'ai vu Napoléon, souvent et longtemps, libre et seul, dans la circonstance la plus importante de sa vie; je l'ai vu rassemblant et ranimant d'incertaines espérances que son esprit pénétrant ne grossissait point à ses propres yeux; je l'ai vu quand il essayait, avec peu d'habitude et quelque impatience, de se plier aux formes que la liberté impose au pouvoir; je l'ai vu après sa défaite, quand il hésitait entre la résignation de la fatigue et les ressources du désespoir; je l'ai vu enfin après son abdication, lorsqu'il plaçait son dernier refuge dans la magnanimité qu'il attribuait à la seule nation qui eût persévéré à lui résister. En le peignant tel qu'il m'a paru être dans ces circonstances diverses, je cours risque de déplaire à tous les partis; il est loin de ma pensée d'altérer la gloire d'un homme que j'avais vu revenir avec douleur, et auquel je me suis rallié avec défiance; car je ne déguiserai pas ma répugnance avant cette réunion, ni le but de cette réunion même, qui était de limiter une autorité jadis terrible, et de

mettre obstacle au rétablissement de son ancien despo-
tisme..

Tous ceux qui ont eu avec Bonaparte, après son retour
de l'île d'Elbe, des relations fréquentes, ont pu remarquer en lui je ne sais quelle insouciance sur son avenir, quel détachement de sa propre cause qui contras-
tait singulièrement avec sa gigantesque entreprise. Il
interrompait les conversations les plus importantes pour
se livrer à des entretiens qui ne touchaient en rien à
ses intérêts; il ne domptait plus comme autrefois les
distractions, le sommeil, la fatigue. Sa puissance d'attention semblait à son terme, l'abdication a été le
résultat d'un sentiment intérieur d'épuisement et de
lassitude.

FIN DE L'APPENDICE.

TABLE

1. Les lettres qui suivent ont été écrites de Paris. Elles étaient toujours portées par un domestique, et ne sont, la plupart, datées ni du mois, ni du jour de la semaine. A défaut du secours du timbre de la poste, nous avons pu, en recourant à d'autres lettres de la même époque, assigner à celles de Benjamin Constant un ordre que la lecture de la correspondance affirme et justifie. Toutes les dates plus précises que nous avons reproduites sont inscrites sur les lettres autographes.

Nous nous bornons, pour le reste, à indiquer le mois et l'année.

A P P E N D I C E

FIN DE LA TABLE.

PARIS. — IMPRIMERIE ÉMILE MARTINET, RUE MIGNON, 2.

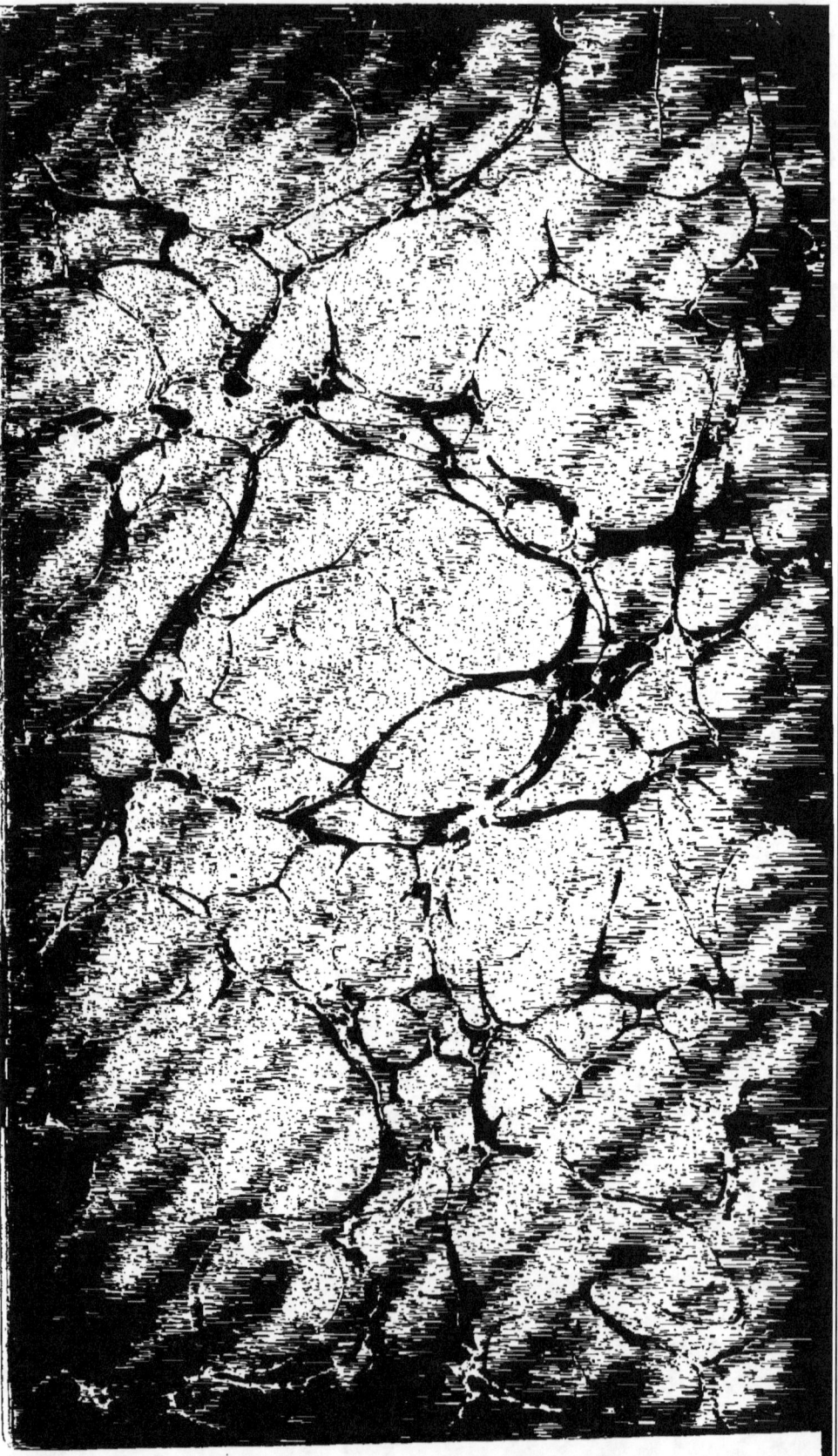

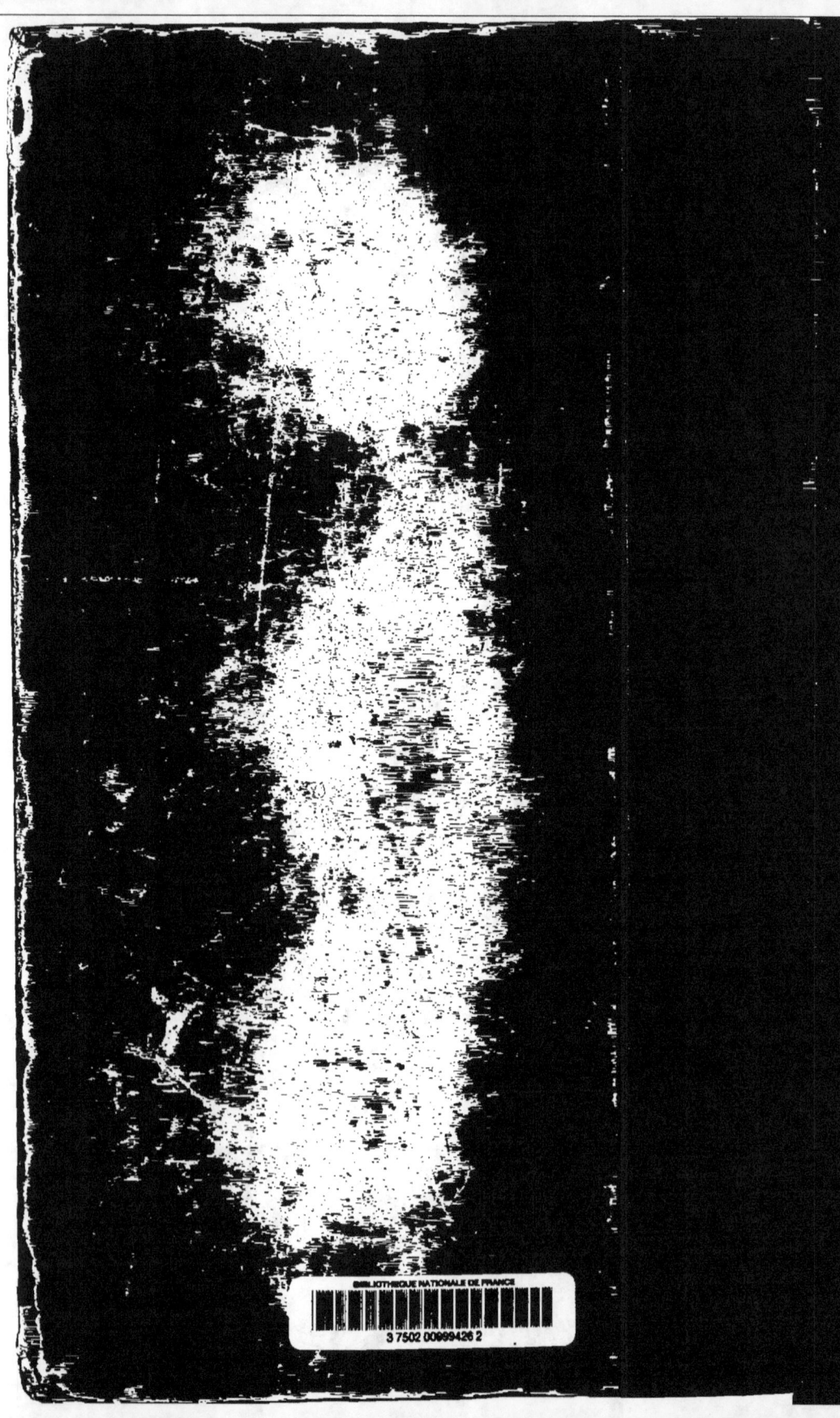

www.ingramcontent.com/pod-product-compliance
Lightning Source LLC
Chambersburg PA
CBHW050739030726
47505CB00002B/325